WORD POWER
英文字源入門

謝靜慧 編著　Bruce S. Stewart 校閱

LEARNING PUBLISHING CO.,LTD.

編者的話

── 英文單字真的很難背嗎？──

在學習英文的過程中，相信大多數的人都曾發過這類的怨言：「英文單字好難背哦！我整整花了一個鐘頭的時間，還背不到十個單字。」「哎呀！這個字我明明昨天才看過，怎麼現在就是想不起它的意思。」「我的記憶力真糟，已經背過十幾遍的單字，還是一轉眼就又忘掉。」

此外，還有某些「英文高手」甚至會以過來人的經驗告訴我們說：「背單字就是這樣，在記住一個單字以前，一定會先忘掉一百遍以上。」然而，英文單字真是這麼難背嗎？或我們的記憶力真是這麼差？

── 結合字源與想像·背出單字新樂趣 ──

事實上，只要我們能記住中國字，我們也就一定能牢記英文字彙。因為，不僅中國字有部首，英文字本身也有部首，那就是大家通稱的字源。字源本身具有固定而且特別的意義，就像中國字的部首一樣，可以幫助我們了解、記憶單字，只要熟記字源及其意義，我們便一定可以像學習中國字一樣輕而易舉地記憶英文單字了。

而且，所謂的驚人記憶力，也並不需要特殊的生理構造，後天的訓練往往可以造就不平凡的記憶力。心理學家曾指出，記性要好，其實一點也不難，只有一個祕訣，那就是：運用與生俱有的想像力，使要記憶的事物呈現出豐富的意象。

「英文字源入門」一書即是要指引我們，在透過對字源的認識與了解之後，再改合豐富的想像力，以求徹底打開我們對字彙的記憶之門。

　　以下就列舉幾個書上的例子，幫助您了解如何**運用字源**，**發揮想像力**，以達**記憶單字**之目的。

【例1】

intercede

想像：某人一直在兩人 ⇨ *v.* **代求情**
　　　之間遊走說項

【例2】

except

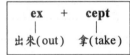
想像：把～拿出來 ⇨ *prep.* **除～之外**

【例3】

refuse

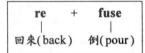
想像：好意被倒回來 ⇨ *v.* **拒絕**

讀了以上的例子解說，現在，且讓「英文字源入門」一書，陪伴您一起**發揮想像力**，共同邁向學習英文字彙的新殿堂。

　　本書雖經多方蒐集資料，審慎校對，惟仍恐有疏漏之處，尚祈各界先進不吝指正爲荷！

Contents

英文字源入門

1. 字源篇 ⋯⋯⋯⋯⋯⋯⋯⋯⋯⋯⋯⋯ *1*

2. 字首篇

本書採用米色宏康護眼印書紙，版面清晰自然，
不傷眼睛。

1

ETYMOLOGY

字源篇

《 字源 1 》

cede ; ceed ; cess

= come ; go ; yield（來；走；屈服，割讓）

---

accede〔 æk'sid 〕*v.* 同意；加入

ac	+	cede
朝向（to）	+	走（go）

朝向～走 ⇨ *v.* **同意；加入**

Our government *acceded* to the treaty.
我們的政府同意了該條約。

　　＊ access〔'æksεs〕*n.* 出入；接近的途徑或方法

concede〔 kən'sid 〕*v.* 退讓；承認

con	+	cede
一起（together）	+	屈服（yield）

一起屈服於～ ⇨ *v.* **退讓；承認**

She was so persistent that I *conceded* at last.
她是這麼固執，所以我終於讓步了。

　　＊ concession〔kən'seʃən〕*n.* 讓步

intercede〔,ɪntɚ'sid 〕*v.* 代求情

inter	+	cede
在～之間（between）	+	走（go）

在～之間走 ⇨ *v.* **代求情**

He *interceded* on the victim's behalf.
他為受害的一方求情。

　　＊ intercession〔,ɪntɚ'seʃən〕*n.* 從中調停；仲裁

precede 〔 pri'sid, prɪ- 〕 *v*. 在前

```
      pre      +  cede
       |            |
 在～之前（before）+ 走（go）
```
在～之前走 ⇨ *v*. **在前**

The invention of the automobile *preceded* the airplane.
汽車的發明在飛機之前。

> * precedence 〔 prɪ'sidn̩s, 'prɛsədəns 〕 *n*. 超出；在先（= *precedency*）
> precedent 〔 'prɛsədənt 〕 *n*. 先例；前例

recede 〔 rɪ'sid 〕 *v*. 後退

```
      re      +  cede
       |           |
 往後（back）+ 走（go）
```
往後走 ⇨ *v*. **後退**

We can look for shells when the tide *recedes*.
潮退時，我們可以去找貝殼。

> * recess 〔 rɪ'sɛs, 'risɛs 〕 *n*. 休閒時間；休假期

retrocede 〔 ˌrɛtro'sid, ˌritrə- 〕 *v*. 後退；返回

```
     retro     +  cede
       |            |
 往回（back）+ 走（go）
```
往回走 ⇨ *v*. **後退；返回**

The nobles want to *retrocede* the monarchy.
貴族們希望返回君主政體。

> * retrocession 〔 ˌrɛtro'sɛʃən 〕 *n*. 後退

secede 〔 sɪ'sid 〕 *v*. 脫離；退出

```
      se      +  cede
       |           |
 離開（away）+ 走（go）
```
走離開～ ⇨ *v*. **脫離；退出**

Our government *seceded* from the United Nations.
我們的政府退出聯合國。

　　*　secession〔sɪ'sɛʃən〕*n.* 脫離；退出

exceed〔ɪk'sid〕*v.* 超出；越過

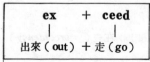

The measures he took *exceeded* the law.
他所探的手段超出法律之外。

　　*　excess〔ɪk'sɛs〕*n.* 過多之量；過度
　　excessive〔ɪk'sɛsɪv〕*adj.* 過度的；極度的
　　exceedingly〔ɪk'sidɪŋlɪ〕*adv.* 非常地；過度地

proceed〔prə'sid〕*v.* 繼續進行

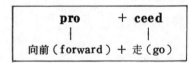

Please *proceed* to the next station. 請繼續行進到下一個車站。

　　*　process〔'prɑsɛs，'prosɛs〕*n.* 進行；過程
　　procession〔prə'sɛʃən，pro-〕*n.* 行列；前進之物
　　proceeding〔prə'sidɪŋ〕*n.* 行動；處置

succeed〔sək'sid〕*v.* 繼續；繼位

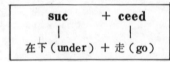

The prince will *succeed* the king. 王子將會繼承王位。

　　*　succession〔sək'sɛʃən〕*n.* 繼續；連續
　　successive〔sək'sɛsɪv〕*adj.* 繼續的；連續的

```
    suc    +  ceed
     |         |
  最近(next) + 走(go)
```
走到最接近的 ⇨ v. **完成；成功**

No one can *succeed* without pain and perspiration.
人要成功須付出辛勞與汗水。

* success〔sək'sɛs〕n. 成功；勝利
  successful〔sək'sɛsfəl〕adj. 成功的；一帆風順的

antecedent〔,æntə'sidn̩t〕adj. 在先的；在前的

```
    ante    +  ced  +  ent
     |          |        |
  在～之前(before) + 走(go) + 形容詞字尾
```
走在前面的 ⇨ adj.**在前的**

A wise man uses the lessons he learns from the *antecedent* events. 聰明人利用從前事學來的教訓。

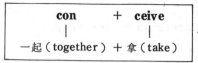

《字源 2》

ceive；cept = take（拿住，取）

conceive〔kən'siv〕v. 構思；想像；懷孕

```
    con    +  ceive
     |         |
  一起(together) + 拿(take)
```
一起拿～ ⇨ v. **構思；想像；懷孕**

He *conceived* a blueprint for the constitution of the country.
他構想出一份國家建設的藍圖。

* conception〔kən'sɛpʃən〕n. 想像力；懷孕
  conceivable〔kən'sivəbl̩〕adj. 可想像的；可相信的
  concept〔'kɑnsɛpt〕n. 概念；觀念

deceive 〔 dɪ'siv 〕 *v.* 欺騙；欺詐

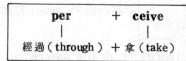

（好意）被拿開 ⇨ *v.* **欺騙；欺詐**

If you *deceive* others purposely, you may bring disgrace on your family. 如果你蓄意欺騙他人，你便有可能玷辱家門。

> * deceit 〔 dɪ'sit 〕 *n.* 欺騙；詭計
> deception 〔 dɪ'sɛpʃən 〕 *n.* 欺騙；虛幻騙人的東西

perceive 〔 pɚ'siv 〕 *v.* 看出；察覺

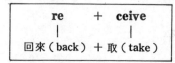

拿經過～ ⇨ *v.* **看出；察覺**

How did you *perceive* the event? 你怎麼看出這事件？

> * perception 〔 pɚ'sɛpʃən 〕 *n.* 感覺；領悟
> perceptible 〔 pɚ'sɛptəbl 〕 *adj.* 可知覺的；顯而易見的

receive 〔 rɪ'siv 〕 *v.* 收到；接受

```
    re    +  ceive
    |        |
回來（back）+ 取（take）
```

取回來 ⇨ *v.* **收到；接受**

I *received* several precious presents on my birthday.
生日時我收到好幾件珍貴的禮物。

> * receipt 〔 rɪ'sit 〕 *n.* 領收；收據
> receiver 〔 rɪ'sivɚ 〕 *n.* 收話器；接收機
> reception 〔 rɪ'sɛpʃən 〕 *n.* 接待；歡迎

except 〔 ɪk'sɛpt 〕 *prep.* 除～之外

```
    ex    +    cept
    |          |
出來 ( out ) + 拿 ( take )
```
把～拿出來 ⇨ *prep.* **除～之外**

I am fond of every ball game, *except* soccer.
除了足球以外，任何球類我都愛玩。

* exception〔ɪk'sɛpʃən〕*n.* 例外
exceptiing〔ɪk'sɛptɪŋ, ɛk-〕*prep.* 除～之外

~~《字源 3 》~~

claim ; clam = call out （叫喊）

claim〔klem〕*v.* 聲言；要求

He *claimed* that he had large estates abroad.
他聲稱他在國外擁有許多地產。

acclaim〔ə'klem〕*v.* 歡呼；喝采

```
    ac    +    claim
    |          |
朝向 ( to ) + 叫喊 ( call out )
```
朝向～叫喊 ⇨ *v.* **歡呼；喝采**

People *acclaim* him as a good cook. 人們讚許他為高明的厨子。

* acclamation〔,æklə'meʃən〕*n.* 歡呼；喝采

exclaim〔ɪk'sklem〕*v.* 驚叫；大呼

```
    ex    +    claim
    |          |
出來 ( out ) + 叫喊 ( call )
```
叫喊出來 ⇨ *v.* **驚叫；大呼**

John **exclaimed** that he won the election.

約翰大叫他選舉獲勝了。

  * exclamation〔,ɛkslə'meʃən〕*n.* 呼喊；感歎

proclaim〔pro'klem〕*v.* 宣布

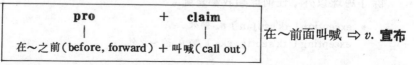

The president has the authority to **proclaim** wars and conclude treaties. 總統有權宣戰以及締結條約。

  * proclamation〔,praklə'meʃən〕*n.* 宣言；文告

reclaim〔rɪ'klem〕*v.* 糾正；矯正

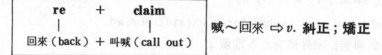

If you keep indulging yourself with alcohol, no one will try to **reclaim** you any more.

如果你再耽溺於杯中物，就沒人會再試著糾正你了。

  * reclamation〔,rɛklə'meʃən〕*n.* 改正；矯正

clamor〔'klæmɚ〕*n., v.* 喧鬧；叫囂（＝ *clamour*）

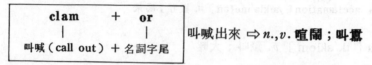

Gingsburg yielded to the **clamor** of public opinion.

金斯柏對喧騰的輿論讓步。

They are **clamoring** against war. 他們叫囂反對戰爭。

  * clamorous〔'klæmərəs〕*adj.* 吵鬧的；叫喊的

Exercise One

✤ 請在空白處填入適當的字源並完成該單字：

1.　**ac**　+　----------------　=　----------------------------------
　　朝向(to)　　　　走(go)　　　　　　　同意(agree)

2.　**pro**　+　----------------　=　----------------------------------
　　向前(forward)　　走(go)　　　　　繼續進行(go forward)

3.　**con**　+　----------------　=　----------------------------------
　　一起(together)　　拿(take)　　　　構思(form an idea in the mind)

4.　**re**　+　----------------　=　----------------------------------
　　回來(back)　　　取(take)　　　　　收到(take sth. offered)

5.　**ex**　+　----------------　=　----------------------------------
　　出來(out)　　　拿(take)　　　　　除～之外(not including)

6.　**ac**　+　----------------　=　----------------------------------
　　朝向(to)　　　叫喊(call out)　　　喝采(applaud loudly)

7.　**pro**　+　----------------　=　----------------------------------
　　之前(before)　　叫喊(call out)　　宣布(announce)

※答案請參考《字源 1 》到《字源 3 》。

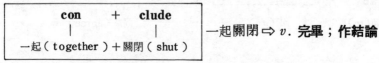

《 字源 4 》

clude ; clus = close ; shut （ 關閉 ）

---

conclude〔 kən'klud 〕 *v.* 完畢；結論

```
        con     +    clude
         |            |
    一起（ together ）＋關閉（ shut ）
```
一起關閉 ⇨ *v.* **完畢；作結論**

I'd like to ***conclude*** this disastrous matter.
我想替這悲慘的事件下結論。

　　＊ conclusion〔 kən'kluʒən 〕 *n.* 完結；推論

---

exclude〔 ɪk'sklud 〕 *v.* 拒絕；除外

```
      ex     +    clude
       |            |
   在外（ out ）＋關閉（ shut ）
```
把～關在外面 ⇨ *v.* **拒絕；除外**

I was ***excluded*** from the list of applicants after failing in
the exam. 考試不及格後，我便被摒棄於申請者行列外了。

　　＊ exclusion〔 ɪk'skluʒən 〕 *n.* 拒絕；除去
　　exclusive〔 ɪk'sklusɪv 〕 *adj.* 不許外人加入的

---

include〔 ɪn'klud 〕 *v.* 包括；包含

```
      in    +    clude
       |           |
   在內（ in ）＋關閉（ shut ）
```
把～關在裡面 ⇨ *v.* **包括；包含**

Every person was injured in the car, ***including*** the driver.
車中的每個人，包括司機，都受傷了。

　　＊ inclusion〔 ɪn'kluʒən 〕 *n.* 包括；包含

preclude 〔prɪ'klud〕 *v.* 排除；妨礙

pre	+	clude
在～之前（before）	+	關閉（shut）

事先關閉 ⇨ *v.* **排除；妨礙**

The threat of assassination ***precluded*** him from taking part in the meeting. 遭受暗殺的威脅使他無法參加會議。

* preclusion〔prɪ'kluʒən〕 *n.* 排除；阻止

seclude〔sɪ'klud〕 *v.* 隔離；隱居

se	+	clude
分開（apart）	+	關閉（shut）

關閉且與別人分開 ⇨ *v.* **隔離；隱居**

To stimulate inspiration, a poet or a writer always ***secludes*** himself in a forest or a mountain.

詩人或作家為了激發靈感，總是隱居山林。

* seclusion〔sɪ'kluʒən〕 *n.* 蟄居；隱遁
  secluded〔sɪ'kludɪd〕 *adj.* 隔離的；隱退的

《字源5》
cur = run；flow（跑；流）

incur〔ɪn'kɝ〕 *v.* 陷於；遭遇

in	+	cur
進入（into）	+	跑（run）

跑進入～ ⇨ *v.* **陷於；遭遇**

He has already ***incurred*** a lot of debts, therefore his credit has run out. 他已負債纍纍，因此他的信用喪失殆盡。

* incursion〔ɪn'kɝʒən, -ʃən〕 *n.* 入侵；流入

concur [kən'kɝ] *v.* 意見一致；同意

```
        con    +    cur
        |           |
     一起(together) + 跑(run)
```
一起跑 ⇨ *v.* **意見一致；同意**

The committee all **concurred** in passing the bill.
委員們全部同意通過此議案。

　　 * concurrence [kən'kɝəns] *n.* 同意；一致

occur [ə'kɝ] *v.* 發生；被發現

```
        oc    +    cur
        |           |
     朝向(towards) + 跑(run)
```
朝向～跑 ⇨ *v.* **發生；被發現**

A low tide **occurs** twice a day. 一天有兩次退潮。

　　 * occurrence [ə'kɝəns] *n.* 發生；事件

recur [rɪ'kɝ] *v.* 重現；再回到

```
        re        +    cur
        |               |
    再；回(again；back) + 跑(run)
```
再跑回～ ⇨ *v.* **重現；再回到**

The same nightmare **recurred** in my sleep last night.
昨晚我睡覺時，再次出現相同的惡夢。

　　 * recurrence [rɪ'kɝəns] *n.* 再發生；重覆
　　　 recurring [rɪ'kɝɪŋ] *adj.* 再現的；循環的

current ['kɝənt] *n.* 水流；趨向

```
      cur  +  r  +  ent
      |              |
    流(flow)       +名詞字尾
```
流向～；流通 ⇨ *n.* **水流；趨向**

We can't swim in the river because the *current* is too fast.
我們無法在這條河裏游泳，因為水流太急了。

    * currency〔'kɝənsɪ〕*n.* 流通；通貨（硬幣或紙幣）

excursion〔ɪk'skɝʒən〕*n.* 遠足；旅行

ex	+	cur	+	s	+	ion
出去（out）		跑（run）				＋名詞字尾

跑出去～ ⇨ *n.* **遠足；旅行**

All the students of the primary grades will go on an *excursion* next week. 下星期所有低年級的學生要去遠足。

    * excurrent〔ɛks'kɝənt〕*adj.* 流出的；向外流的

《 字源 6 》

duc ; duce ; duct = lead（引導，引出）

introduce〔ɪntrə'djus〕*v.* 引入；介紹

intro	+	duce
在～之內（within）		引導（lead）

引導至～之內 ⇨ *v.* **引入；介紹**

Let me *introduce* my sister to you. 讓我向你介紹我姊姊。

    * introduction〔,ɪntrə'dʌkʃən〕*n.* 介紹；輸入
    introductory〔,ɪntrə'dʌktərɪ〕*adj.* 導引的；初步的

conduce〔kən'djus〕*v.* 引起；貢獻

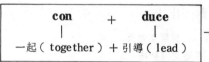

con	+	duce
一起（together）		引導（lead）

一起引導至～ ⇨ *v.* **引起；貢獻**

Sufficient sleep and a nutritious diet *conduce* healthy lives.
充足的睡眠和營養的飲食有助於健康的生活。

* conducive〔kənˈdjusɪv〕*adj.* 促成的；有助益的

deduce〔dɪˈdjus, -ˈdus〕*v.* 演繹；推論

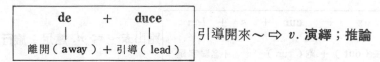

I can *deduce* from the manner he walks that he is not happy.
從他走路的樣子，我可以推論出他並不快樂。

* deducible〔dɪˈdjusəbḷ, -ˈdus-〕*adj.* 可推論的；可推知的

educe〔ɪˈdjus, ɪˈdus, i-〕*v.* 引出；使顯現

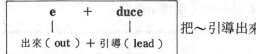

This editorial *educed* many controversial subjects.
這篇社論引出許多爭論的話題。

* educible〔ɪˈdjusəbḷ〕*adj.* 可引出的；能析出的

induce〔ɪnˈdjus〕*v.* 引誘；說服

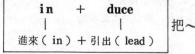

An unknown man *induced* my daughter to run away from home.
一位不知名男子，引誘我女兒離家出走。

* inducement〔ɪnˈdjusmənt〕*n.* 誘導；勸誘
  induction〔ɪnˈdʌkʃɴ〕*n.* 感應；歸納法

produce〔prə'djus〕v. 生產；製造

pro + duce	
向前（forward）＋引出（lead）	向前引出～ ⇨ v. **生產；製造**

This factory **produces** toys for babies. 這家工廠生產嬰兒玩具。

   * product〔'prɑdəkt, -dʌkt〕n. 產物；生產品
     productive〔prə'dʌktɪv〕adj. 生產的；豐饒的

reproduce〔,riprə'djus〕v. 再生；再出

re + produce	
再（again）＋生產（lead forward）	再生產 ⇨ v. **再生；再出**

A lower organism has a higher ability to **reproduce**.
較低等生物有較强的再生能力。

   * reproduction〔,riprə'dʌkʃən〕n. 再生；複製

reduce〔rɪ'djus〕v. 減少；減低

re + duce	
向後（back）＋引導（lead）	引導～向後退 ⇨ v. **減少；減低**

We are studying how to **reduce** traffic accidents in Taipei.
我們正研究如何減少台北的交通事故。

   * reduction〔rɪ'dʌkʃən〕n. 減少；減低

educate〔'ɛdʒə,ket, -dʒʊ-〕v. 教育；訓練

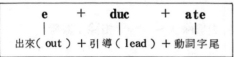

e + duc + ate	
出來（out）＋引導（lead）＋動詞字尾	啓發出～ ⇨ v. 教育；訓練

Teachers must *educate* their students to think properly.
教師要訓練學生適當地思考。

> * education〔,ɛdʒə'keʃən, -dʒʊ-〕 *n.* 教育；訓練
> educational〔,ɛdʒə'keʃənl̩, -dʒʊ-〕 *adj.* 教育的
> educator〔'ɛdʒə,ketə, -dʒʊ-〕 *n.* 從事教育者；教師

subdue〔səb'dju〕 *v.* 克制；征服

sub	+	du(c)e	
在~下面（under）	+	引導（lead）	引導~往下 ⇨ *v.* **克制；征服**

The man easily *subdued* his opponent. 這個人輕易地征服了他的對手。

> * subdual〔səb'djuəl, -'du-〕 *n.* 征服；抑制
> subdued〔səb'djud〕 *adj.* 被征服的；減弱的

conduct〔kən'dʌkt〕 *v.* 領導　〔'kɑndʌkt〕 *n.* 行為

con	+	duct	
一起（together）	+	引導（lead）	一起引導至~ ⇨ *v.* **領導**　*n.* **行為**

We need somebody to *conduct* these affairs professionally.
我們需要有人對這些事項作專業性地領導。

He has been praised because of his good *conduct*.
他因為善行而受到稱讚。　* conduction〔kən'dʌkʃən〕 *n.* 傳導

> * conductive〔kən'dʌktɪv〕 *adj.* 傳導性的；有傳導力的

deduct〔dɪ'dʌkt〕 *v.* 扣除；減除

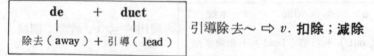

de	+	duct	
除去（away）	+	引導（lead）	引導除去~ ⇨ *v.* **扣除；減除**

The boss *deducted* taxes from every employee's salary.
老闆從每一位員工的薪水中扣除稅金。

Exercise Two

❖ 請試以字源分析法解析下列各字：

1. **conclude**
   (*n*. conclusion)

   $$\begin{array}{cc} \text{con} & + & \text{clude} \\ | & | \\ \text{together} & \text{shut} \end{array} \rightarrow v. \; 完畢；作結論$$

   ----

2. **include**
   (*n*. inclusion)

   ----

3. **seclude**
   (*n*. seclusion)

   ----

4. **incur**
   (*n*. incursion)

   ----

5. **recur**
   (*n*. recurrence)
   (*adj*. recurring)

   ----

6. **introduce**
   (*n*. introduction)
   (*adj*. introductory)

   ----

7. **produce**
   (*n*. product)
   (*adj*. productive)

   ----

8. **deduct**

※ 答案請參考《字源 4 》到《字源 6 》。

《 字源 1 》

fect ; fac = make ; do (做~)

affect 〔 ə'fɛkt 〕 *v.* 感動；假裝

af	+	fect
對著(to)	+	做(do)

對著~加以推動 ⇨ *v.* **感動；影響**

He was *affected* by her sympathy.
他為她的同情心所感動 。

> * affection 〔 ə'fɛkʃən 〕 *n.* 感動；情愛
> affectionate 〔 ə'fɛkʃənɪt 〕 *adj.* 摯愛的；親切的
> affected 〔 ə'fɛktɪd 〕 *adj.* 受影響的；感動的

af	+	fect
在~之上(upon)	+	做(do)

在表面上做~ ⇨ *v.* **假裝；佯為**

Don't *affect* ignorance; I know you are the one behind the scenes. 別假裝不知情；我知道你是幕後指使者 。

> * affectation 〔 ˌæfɪk'teʃən 〕 *n.* 虛飾；假裝

defect 〔 dɪ'fɛkt , 'difɛkt 〕 *n.* 過失；缺點

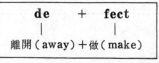

de	+	fect
離開(away)	+	做(make)

做得開了；差很遠 ⇨ *n.* **過失；缺點**

If I have any *defect* in handling this matter, please tell me.
如果我處理此事有任何缺失 ，請告訴我 。

> * defective 〔 dɪ'fɛktɪv 〕 *adj.* 有缺點的

effect 〔ə'fɛkt , ɪ- , ɛ- 〕 *n.* 結果；效果

ef	+	fect
|		|
出來（out）	+	做（make）

做出來的東西 ⇨ *n.* **結果；效果**

The *effect* of a close-up will be an emphasis on the scene.
特寫鏡頭的效果是強調畫面。

　* effective 〔ə'fɛktɪv , ɪ- 〕 *adj.* 有效的；生效的
　　effectual 〔ə'fɛktʃʊəl , ɪ- 〕 *adj.* 有效的；收效的

infect 〔 ɪn'fɛkt 〕 *v.* 感染；影響

in	+	fect
|		|
在內（in）	+	做（make）

做到裏面去 ⇨ *v.* **感染；影響**

The bad news *infected* the atmosphere of the room.
壞消息影響了屋內的氣氛。

　* infection 〔 ɪn'fɛkʃən 〕 *n.* 傳染；感染
　　infectious 〔 ɪn'fɛkʃəs 〕 *adj.* 傳染的；有傳染性的

perfect 〔pɚ'fɛkt , 'pɝfɪkt 〕 *v.* 改進　〔'pɝfɪkt 〕 *adj.* 完美的

per	+	fect
|		|
完整地（thoroughly）	+	做（make）

做得很完整 ⇨ *v.* **改進；使完美**
　　　　　　　adj. **完美的**

Perfect your work, and then hand it in.
　修改你的作品，然後繳上來。
The play is far from *perfect*. 這部戲一點都不完美。

　* perfection 〔pɚ'fɛkʃən 〕 *n.* 完全；十全十美

confect 〔 kən'fɛkt 〕 *v.* 混合調製

A pill of this medicine is ***confected*** from many ingredients.
一顆這種藥是由許多成分混合調製而成。

* confection 〔 kən'fɛkʃən 〕 *n.* 糖果;蜜餞
 confectionery 〔 kən'fɛkʃən,ɛrɪ 〕 *n.* 糖果店
 confectioner 〔 kən'fɛkʃənɚ 〕 *n.* 糖果糕餅的製造人或販賣人

fact 〔 fækt 〕 *n.* 事實;眞相

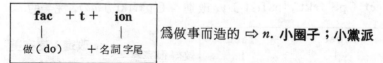

The ***fact*** is that you are not accustomed to the weather.
事實是你不習慣那種天氣。

faction 〔 'fækʃən 〕 *n.* 小圈子;小黨派

```
fac  + t +  ion
 |         |
做(do)     + 名詞字尾
```
爲做事而造的 ⇨ *n.* **小圈子;小黨派**

Faction has no regard for national interests.
派系的鬥爭忽視了國家的利益。

* factional 〔 'fækʃənḷ 〕 *adj.* 小派別的
 factious 〔 'fækʃəs 〕 *adj.* 好植黨派的

factitious 〔 fæk'tɪʃəs 〕 *adj.* 人爲的；人工的

fac	+ titi +	ous
|		|
做 (make)	+	形容詞字尾

特意去做的 ⇨ *adj.* **人爲的；人工的**

We can all see through his *factitious* words of encouragement.
我們都能看穿他鼓勵別人造作的話語 。

factor 〔'fæktɚ〕 *n.* 因素；原動力；代理人

fac	+ t +	or
|		|
做(make,do)	+	名詞字尾

構成的東西 ⇨ *n.* **因素；原動力；代理人**

An important *factor* in making a fortune is working hard.
致富的重要因素是努力工作 。

factory 〔'fæktrɪ , -tərɪ 〕 *n.* 工廠

fac	+ t +	ory
|		|
製造 (make)	+	名詞字尾

製造的地方 ⇨ *n.* **工廠**

The *factory* should be responsible for its pollution.
工廠應爲汚染負責 。

benefactor 〔'bɛnə,fæktɚ ,,bɛnə'fæktɚ〕 *n.* 恩人；施主

bene	+	factor
|		|
好事(good)	+	作事者 (doer)

做好事的人 ⇨ *n.* **恩人；施主**

His *benefactor* was beginning to show signs of disinterest.
他的恩人開始顯出漠不關心的徵兆 。

malefactor 〔'mælə,fæktɚ〕 *n.* 罪犯；作惡者

```
    male   +   factor
     |          |              做壞事的人 ⇨ n. 罪犯；作惡者
  壞事 ( bad )＋ 作事者 ( doer )
```

The notorious *malefactor* was imprisoned for all his life.
罪惡昭彰的罪犯受到終身監禁。

manufacture 〔,mænjə'fæktʃɚ〕 *n.,v.* 製造

```
   manu  +   fac  + t +  ure
    |          |           |         用手做～ ⇨ n.,v. 製造
  手 ( hand )＋ 做 ( make )    ＋名詞字尾
```

The city is famous for the *manufacture* of silk clothes.
這個城市以製造絲質衣服而聞名。

That publishing house *manufactures* nothing but lies and misin-
formation.　那家出版社只會製造謊言及錯誤的消息。

　　＊ manufacturer 〔,mænjə'fæktʃərɚ〕 *n.* 製造業者；廠主

manufactory 〔,mænjə'fæktərɪ〕 *n.* 工廠

```
   manu  +   fac  + t +  ory
    |          |           |         用手製造的地方 ⇨ n. 工廠
  手 ( hand )＋ 做 ( make )    ＋名詞字尾
```

The son took over his father's *manufactories* after the father
passed away.　父親去世後，兒子接管了他的工廠。

> 《 字源 8 》
>
> **fer** = bear；carry；bring (忍受；運載，帶；產生)

confer 〔 kən'fɝ 〕 *v.* 商量；協議

```
        con    +    fer
         |          |
    共同 ( together ) ＋ 運載 ( carry )
```
共同運載 ⇨ *v.* **商量；協議**

He *conferred* with his lawyer about the procedure for the divorce.

他和他的律師商量離婚的手續。

* conference 〔'kɑnfərəns 〕 *n.* 討論會；會議

defer 〔 dɪ'fɝ 〕 *v.* 順從；延緩

```
        de     +    fer
         |          |
    往下 ( down ) ＋ 忍受 ( bear )
```
忍受下來 ⇨ *v.* **順從；服從**

We have to *defer* this decision to the proper authorities.

我們必須順從有關當局的決定。

* deference 〔'dɛfərəns 〕 *n,* 服從；順從

```
        de     +    fer
         |          |
    離開 ( off ) ＋ 運送 ( carry )
```
把運送 (時間) 移開 ⇨ *v.* **延緩；展期**

We will *defer* this matter to another day.

我們會把這事延到另一天。

* deferment 〔 dɪ'fɝmənt 〕 *n.* 延期；遷延

differ 〔'dɪfɚ 〕 *v.* 意見相左；不同

```
        dif    +    fer
         |          |
    分開 ( apart ) ＋ 運送 ( carry )
```
分開運送 ⇨ *v.* **意見相左；不同**

We never *differed* with him on the subject.
關於那問題，我們從未與他意見相左。

* difference〔'dɪfərəns〕*n.* 相異；差額
different〔'dɪfərənt〕*adj.* 不同的；差異的

infer〔ɪn'fɝ〕*v.* 推知；推論出

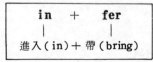

in ＋ fer
｜　　　｜
進入(in)＋帶(bring)　帶入（重心）⇨ *v.* **推知；推論出**

From the evidences we found on the spot, we can *infer* that
he is innocent. 從現場發現的證據，我們可以推知他是無辜的。

* inference〔'ɪnfərəns〕*n.* 推斷；推論

offer〔'ɔfɚ,'ɑfɚ〕*v.* 呈贈；提供

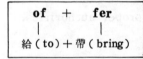

of ＋ fer
｜　　　｜
給(to)＋帶(bring)　帶給～ ⇨ *v.* **呈贈；提供**

He is *offering* us the money for the revolution.
他提供我們革命所需的金錢。

* offering〔'ɔfərɪŋ,'ɑf-〕*n.* 供奉；奉獻

prefer〔prɪ'fɝ〕*v.* 較喜愛；提出

pre ＋ fer
｜　　　　｜
之前(before)＋運送(carry)　運到面前 ⇨ *v.* **較喜愛；提出**

I *prefer* Chinese food to Italian food.
我喜歡中國菜甚於義大利菜。

* preference〔'prɛfərəns〕*n.* 寧好；較愛
preferable〔'prɛfrəbḷ,'prɛfərə-〕*adj.* 較可取的；較合人意的
preferably〔'prɛfərəblɪ〕*adv.* 更合人意地；較可取地

refer 〔rɪ'fɝ〕 *v.* 歸因；交給

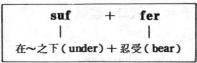

re	+	fer
│		│
回來 (back)	+	運載 (carry)

運載～回來 ⇨ *v.* **歸因；交給**

When you are not sure of something, you had better *refer* to your superiors.

　當你不確定某事時，你最好把它交給你的上司。

　　* reference 〔'rɛfərəns 〕 *n.* 指示；參考
　　referable 〔'rɛfərəbl̩, rɪ'fɝəbl̩ 〕 *adj.* 可歸因於～的；起因於～的
　　referendum 〔, rɛfə'rɛndəm 〕 *n.* 人民複決；複決投票

suffer 〔'sʌfɚ 〕 *v.* 蒙受；遭受

suf	+	fer
│		│
在～之下 (under)	+	忍受 (bear)

在下面忍受著（痛苦）⇨ *v.* **蒙受**

The economy of the country *suffered* great losses in the war.

　戰時，國家的經濟蒙受極大的損失。

　　* suffering 〔'sʌfrɪŋ, 'sʌfərɪŋ 〕 *n.* 痛苦；苦難　*adj.* 受苦的；苦難的
　　sufferer 〔'sʌfərɚ 〕 *n.* 受苦者；受難者
　　sufferance 〔'sʌfrəns, 'sʌfərəns 〕 *n.* 容忍；寬容

transfer 〔 træns'fɝ 〕 *v.* 遷移；調任

trans	+	fer
│		│
穿越 (across)	+	運送 (carry)

穿越～運送 ⇨ *v.* **遷移；調任**

He has been *transferred* to another section.

　他被調到另一個部門去了。

　　* transferable 〔 træns'fɝəbl̩ 〕 *adj.* 可轉移的；可讓渡的
　　transference 〔 træns'fɝəns 〕 *n.* 轉移；調動

fertile 〔ˈfɝtḷ〕 *adj.* 豐富的；肥沃的

fer	+ t +	ile	
|		|	產生的 ⇨ *adj.* **豐富的；肥沃的**
產生（bring）	+ 形容詞字尾		

Your *fertile* imagination will get you into trouble, one day.

你豐富的想像力有一天會使你惹上麻煩 。

> * fertility 〔fɝˈtɪlətɪ, fə-〕 *n.* 豐饒；豐富
> fertilize 〔ˈfɝtḷ,aɪz〕 *v.* 使肥沃；施肥於~（= *fertilise*）
> fertilizer 〔ˈfɝtḷ,aɪzə〕 *n.* 肥料

ferry 〔ˈfɛrɪ〕 *n.* 渡口；渡頭

fer	+	ry	
|		|	運載之地 ⇨ *n.* **渡口；渡頭**
運載（carry）	+ 名詞字尾		

The boatman rowed the traveler over the *ferry.*

船夫帶旅客過渡口 。

《 字源 9 》

> **fin；fine** = end；limit；fine （ 結束；限制；美好 ）

final 〔ˈfaɪnḷ〕 *adj.* 最後的；決定的

fin	+	al	
|		|	要結束的 ⇨ *adj.* **最後的；決定的**
結束（end）+ 形容詞字尾			

There is no use arguing with him as his word is *final.*

和他爭論沒有用 ，因爲他的話就是定論 。

> * finality 〔faɪˈnælətɪ〕 *n.* 結局；最後
> finally 〔ˈfaɪnlɪ〕 *adv.* 最後地；終於

finish〔ˈfɪnɪʃ〕*v.* 結束；完成

fin	+	ish
│		│
結束 (end)＋ 動詞字尾		

結束 ⇨ *v.* **結束；完成**

Even with his injury, he managed to *finish* the race.
即使身上有傷，他還是成功地完成了賽跑。

* finished〔ˈfɪnɪʃt〕*adj.* 結束的；完成的

fine〔faɪn〕*adj.* 優秀的；卓越的

He is a *fine* civil engineer. 他是一位優秀的土木工程師。

* fineness〔ˈfaɪnnɪs〕*n.* 佳好；精良
  finely〔ˈfaɪnlɪ〕*adv.* 佳好地；敏銳地

finite〔ˈfaɪnaɪt〕*adj.* 有限的

fin	+	ite
│		│
結束 (end)＋ 形容詞字尾		

有結束的 ⇨ *adj.* **有限的**

Don't try me for too long, for my patience is *finite*.
別一直煩我，我的忍耐有限。

confine〔ˈkɑnfaɪn〕*n.* 邊緣 〔kənˈfaɪn〕*v.* 監禁

con	+	fine
│		│
完全地 (wholly)＋ 結束 (end)		

全部地結束 ⇨ *n.* **邊緣；疆界**
v. **監禁；限制**

He is on the *confines* of bankruptcy. 他正處於破產邊緣。
We would have to *confine* the boy in the hospital.
我們必須把那男孩關在醫院裏。

* confinement〔kənˈfaɪnmənt〕*n.* 限制；拘留

define 〔dɪ'faɪn〕 *v.* 下定義；說明

de	+	fine
|		|
下來(down)	+	限制(limit)

下限制 ⇨ *v.* **下定義；說明**

Can you please *define* your conditions？
請說明你的情形好嗎？

* definition 〔͵dɛfə'nɪʃən〕 *n.* 定義；確定

affinity 〔ə'fɪnətɪ〕 *n.* 密切的關係；親戚關係

af	+	fin	+	ity
|		|		|
屬於(to)	+	界限(limit)	+	名詞字尾

屬於界限裏的關係
⇨ *n.* **密切的關係；親戚關係**

He has a close *affinity* to the people of this area
他與此地的人有密切的關係。

* affine 〔ə'faɪn〕 *n.* 親屬；姻親

refine 〔rɪ'faɪn〕 *v.* 使精美；精煉

re	+	fine
|		|
再(again)	+	美好(fine)

再使～美好 ⇨ *v.* **使精美；精煉**

Taiwan has its own facilities to *refine* oil.
台灣本身有精煉石油的設備。

* refined 〔rɪ'faɪnd〕 *adj.* 精美的；高雅的
  refinement 〔rɪ'faɪnmənt〕 *n.* 精美；高尚
  refiner 〔rɪ'faɪnə〕 *n.* 精製者；精製機
  refinery 〔rɪ'faɪnərɪ〕 *n.* 煉製廠

Exercise Three

♣ 請在空白處填入適當的字源並完成該單字:

1.   **de**   +   _____ = _____
   離開(away)   做(make)   過失;缺點(fault)

2.   **per**   +   _____ = _____
   完整地(thoroughly)   做(make)   完美的(without fault)

3.   **con**   +   _____ = _____
   共同(together)   運載(carry)   商量;協議(talk over)

4.   **of**   +   _____ = _____
   給(to)   帶(bring)   呈贈;提供(present)

5.   **suf**   +   _____ = _____
   在~之下(under)   忍受(bear)   蒙受(undergo)

6.   _____ +   **ish**   = _____
   結束(end)   動詞字尾   結束;完成(complete)

7.   **con**   +   _____ = _____
   完全地(wholly)   結束(end)   監禁;限制(restrain)

※ 答案請參考《字源7》到《字源9》。

《字源10》

firm＝ firm（堅固的，肯定的）

---

firm〔fɜm〕*adj.* 堅固的；堅定的

His will to victory is as *firm* as a rock.

他爭取勝利的意志堅定如磐石。

　＊ firmly〔'fɜmlɪ〕*adv.* 堅定地；堅強地
　　firmness〔'fɜmnɪs〕*n.* 堅定；強硬

firmament〔'fɜməmənt〕*n.* 蒼天

firm ＋ a ＋ ment
　│　　　　│
堅固的（firm）＋名詞字尾

（以前）被想成堅定不移的東西
⇨ *n.* **蒼天**

His boast could bring down the whole of *firmament*.

他的自誇可以使整個天踢下來。

infirm〔ɪn'fɜm〕*adj.* 虛弱的；猶疑不定的

in ＋ firm
　│　　　│
否定之意（not）＋堅固的（firm）

不堅固的 ⇨ *adj.* **虛弱的**

His one weakness was his *infirm* judgement.

他唯一的弱點是優柔寡斷。

　＊ infirmity〔ɪn'fɜmətɪ〕*n.* 虛弱；殘廢

affirm〔ə'fɜm〕*v.* 肯定；斷言

af ＋ firm
　│　　　│
對（to）＋肯定的（firm）

對～肯定的 ⇨ *v.* **肯定；斷言**

The committee has ***affirmed*** the nomination of his choice.
委員會已肯定他所做的提名。

    * affirmation〔,æfɚ'meʃən〕*n.* 肯定；斷言

confirm〔kən'fɝm〕*v.* 確定；證實

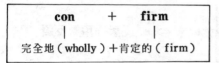

con	**+**	**firm**
|		|
完全地（wholly）＋肯定的（firm）		

非常地肯定 ⇨ *v.* **確定；證實**

Your flight tomorrow has been ***confirmed***, sir.
先生，您明天的班機已經確定了。

    * confirmation〔,kɑnfə'meʃən〕*n.* 確定；認可
    confirmative〔kən'fɝmətɪv〕*adj.* 確定的；確認的

《字源 11 》

fleet；**flex** = bend（彎曲）

inflect〔ɪn'flɛkt〕*v.* 使彎曲；改變字尾

in	**+**	**flect**
|		|
進入（in）＋彎曲（bend）		

彎進去 ⇨ *v.* **使彎曲；改變字尾**

You have to ***inflect*** this word in this sentence to fit your meaning. 你必須改變此句中這字的字尾以配合你的意思。

    * inflection〔ɪn'flɛkʃən〕*n.* 音調變化；彎曲（ = *inflexion*）

reflect〔rɪ'flɛkt〕*v.* 反射；反省

re	**+**	**flect**
|		|
回來（back）＋彎曲（bend）		

（光線）彎曲回來 ⇨ *v.* **反射；反省**

I took some time off today to *reflect* on my past life.

我今天騰出一些時間，反省我過去的生活。

> * reflection〔rɪ'flɛkʃən〕*n.* 反射；內省

reflex〔'riflɛks〕*n.* 反射作用；反照

```
        re    +    flex
        |          |
    回來（back）+ 彎曲（bend）
```
彎回來 ⇨ *n.* **反射作用；反照**

You can test your *reflex* by hitting your knee.

你可以敲打膝蓋，測驗你的反射作用。

> * reflexive〔rɪ'flɛksɪv〕*adj.* 反身的；反射的

flexible〔'flɛksəbl̩〕*adj.* 易彎曲的；有伸縮性的

```
       flex    +    ible
        |            |
    彎曲（bend）+ 形容詞字尾
```
可以彎曲的 ⇨ *adj.* **易彎曲的**

I have a very *flexible* schedule for this semester.

這個學期，我的時間表很有彈性。

> * flexibility〔,flɛksə'bɪlətɪ〕*n.* 易曲性；柔靭性

《字源12》

form = model；form（形式；形成）

------

conform〔kən'fɔrm〕*v.* 使一致；遵從

```
       con    +    form
        |            |
    和（with）+ 形式（model）
```
和～形式（相同）⇨ *v.* **使一致；遵從**

While you are here, you have to *conform* to the norms of your environment. 你在此地，就得遵從你周遭環境的標準。

> * conformity〔kən'fɔrmətı〕*n.* 相似；服從
>   conformable〔kən'fɔrməbḷ〕*adj.* 適應的；溫順的

deform〔dı'fɔrm〕*v.* 使不成形；使殘廢

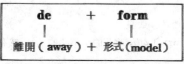

離開～形式 ⇨ *v.* **使不成形；使殘廢**

The bottle was *deformed* due to its exposure to sunlight. 瓶子因暴露在陽光底下而變形了。

> * deformity〔dı'fɔrmətı〕*n.* 殘廢；畸形
>   deformed〔dı'fɔrmd〕*adj.* 變形的；醜陋的

inform〔ın'fɔrm〕*v.* 通知；告發

in	+	form
進入（into）+		成形（form）

使進入（心中）而成形 ⇨ *v.* **通知；告發**

I am afraid to *inform* you that your application has been rejected. 很抱歉得通知你，你的申請被拒絕了。

> * information〔ˌınfə'meʃən〕*n.* 通知；消息
> * informer〔ın'fɔrmɚ〕*n.* 告發者；告密者

perform〔pɚ'fɔrm〕*v.* 執行；表演

per	+	form
完全地（thoroughly）+		成形（form）

使～完全成形 ⇨ *v.* **執行；表演**

He will *perform* at the concert hall tonight. 他今晚將在音樂廳表演。

> * performance〔pɚ'fɔrməns〕*n.* 履行；表演
>   performer〔pɚ'fɔrmɚ〕*n.* 表演者；執行者

reform 〔rɪˈfɔrm〕 *v.* 改進；改造

```
    re    +    form
    |          |
再（again）＋形成（form）
```
再一次形成 ⇨ *v.* **改進；改造**

This institution is meant to *reform* your way of thinking.
此制度意在改造你們的想法。

* reformation 〔,rɛfəˈmeʃən〕 *n.* 改革；改良
  reformatory 〔rɪˈfɔrmə,torɪ,-,tɔrɪ〕 *adj.* 改革的；感化的 *n.* 感化院
  reformer 〔rɪˈfɔrmɚ〕 *n.* 改革者

transform 〔trænsˈfɔrm〕 *v.* 使變形；改觀

```
   trans    +    form
    |             |
越過（across）＋形狀（model）
```
使～超越形狀 ⇨ *v.* **使變形；改觀**

Her years of hardship has *transformed* her into a woman of
strength and character.
艱辛的歲月，使她改變成一個有毅力，而且有個性的女人。

* transformation 〔,trænsfəˈmeʃən〕 *n.* 變形；變質
  transformer 〔trænsˈfɔrmɚ〕 *n.* 變壓器

form 〔fɔrm〕 *v.* 變成；構成 *n.* 形狀；人影

My religion *forms* the basis of my beliefs.
我的宗教構成我的信仰基礎。

I saw a form before me.
我看到一個人影在我前面。

* formal 〔ˈfɔrml̩〕 *adj.* 正式的；傳統的
  formality 〔fɔrˈmælətɪ〕 *n.* 禮節；儀式
  formation 〔fɔrˈmeʃən〕 *n.* 構成；組成物

Exercise Four

✤ 請試以字源分析法解析下列各字：

1. **infirm**
   (*n.* infirmity)

   in + firm
     | | → *adj.* 虛弱的
   not solid

   ----

2. **affirm**
   (*n.* affirmation)

   ----

3. **confirm**
   (*n.* confirmation)
   (*adj.* confirmative)

   ----

4. **inflect**
   (*n.* inflection)

   ----

5. **reflex**
   (*n.* reflexive)

   ----

6. **conform**
   (*n.* conformity)
   (*adj.* conformable)

   ----

7. **perform**
   (*n.* performance)

   ----

8. **transform**
   (*n.* transformation)

※ 答案請參考《字源 10 》到《字源 12 》。

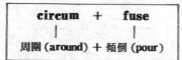

《字源13》

fuse ; **fute** = pour（傾，倒，流）

circumfuse 〔ˌsɝkəmˈfjuz〕 *v.* 散佈；圍繞

> **circum** ＋ **fuse**
> ｜ ｜
> 周圍 (around) ＋ 傾倒 (pour)
>
> 傾倒在周圍 ⇨ *v.* **散佈；圍繞**

His whole body was ***circumfused*** with light giving him an
otherworldly look.

　他全身散發著賦予他超凡長像的光芒。

confuse 〔kənˈfjuz〕 *v.* 使混亂；誤認

> **con** ＋ **fuse**
> ｜ ｜
> 一起 (together) ＋ 傾倒 (pour)
>
> 傾倒在一起 ⇨ *v.* **使混亂；誤認**

Please don't ***confuse*** Jack for David, they are two totally
different persons.

　請別把傑克誤認為大衞，他們是兩個完全不同的人。

> ＊ confusion 〔kənˈfjuʒən〕 *n.* 混亂；迷惑
> confused 〔kənˈfjuzd〕 *adj.* 混淆不清的；紊亂的

diffuse 〔dɪˈfjuz〕 *v.* 流布；傳播

> **dif** ＋ **fuse**
> ｜ ｜
> 分開 (apart) ＋ 傾倒 (pour)
>
> 傾倒開來 ⇨ *v.* **流布；傳播**

Her appearance on television had the effect of ***diffusing*** religion.

　她出現在電視上，具有傳播宗教的效果。

> ＊ diffusion 〔dɪˈfjuʒən〕 *n.* 流布；普及
> diffusive 〔dɪˈfjusɪv〕 *adj.* 普及的；擴散的

effuse〔ɛ'fjuz, ɪ-〕*v.* 流出；散發出

ef	+	fuse
│		│
出去（out）	+	倒（pour）

倒出去 ⇨ *v.* **流出；散發出**

Her person *effused* with gentility and warmth.

她的外表散發出優雅的風度和熱忱。

* effusion〔ə'fjuʒən, ɪ-, ɛ-〕*n.* 流出；瀉出
effusive〔ɛ'fjusɪv, ɪ-〕*adj.* 流出的；噴出的

infuse〔ɪn'fjuz〕*v.* 注入；灌輸

in	+	fuse
│		│
進入（in）	+	倒（pour）

倒進去～ ⇨ *v.* **注入；灌輸**

The seminar *infused* in us the need for a commitment to service and quality.

講習會灌輸我們要求服務和品質保證的必要性。

* infusion〔ɪn'fjuʒən〕*n.* 注入物；混合物

interfuse〔ˌɪntə'fjuz〕*v.* 融合；充滿

inter	+	fuse
│		│
在～之間（between）	+	倒（pour）

倒在（空氣）之間 ⇨ *v.* **融合**

Through the generations the stock of races in the land *interfused* to create one whole.

經過數代，這塊土地上的民族融合起來形成一個整體。

* interfusion〔ˌɪntə'fjuʒən〕*n.* 融合

profuse 〔 prəˊfjus 〕 *adj*. 很多的；浪費的

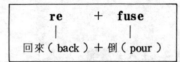

（太多）而流向前 ⇨ *adj*.**很多的；浪費的**

I was overwhelmed with the ***profuse*** outpouring of emotions.

我因情感過度宣洩而崩潰了。

　　* profusion 〔 prəˊfjuʒən 〕 *n*. 極豐；大量

refuse 〔 rɪˊfjuz 〕 *v*. 拒絕；謝絕

```
      re    +   fuse
      |          |
回來（ back ）+ 倒（ pour ）
```

（好意）被倒回來 ⇨ *v*. **拒絕；謝絕**

Her husband is the one person she cannot ***refuse***.

她丈夫是她所無法拒絕的人。

　　* refusal 〔 rɪˊfjuzḷ 〕 *n*. 拒絕；謝絕

suffuse 〔 səˊfjuz 〕 *v*. 充盈；佈滿

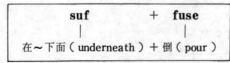

倒入下方 ⇨ *v*. **充盈；佈滿**

The forest was ***suffused*** with a luxurious growth of greens.

這座森林佈滿了茂盛的綠色植物。

　　* suffusion 〔 səˊfjuʒən 〕 *n*. 充滿；佈滿

transfuse 〔 trænsˊfjuz 〕 *v*. 輸（血）；注射

```
    trans   +   fuse
      |          |
經過（ across ）+ 倒（ pour ）
```

經過～而倒入～ ⇨ *v*. **輸（血）；注射**

We had to ***transfuse*** some blood in order to save his life.

我們必需輸一點血，以挽救他的生命。

　　* transfusion〔 træns'fjuʒən〕*n.* 輸血；靜脈注射

fuse〔 fjuz 〕*v.* 使融合；融化

The two parts were ***fused*** so tightly that no air could get it.

這兩個部份融合得如此緊密，以致空氣無法進入。

　　* fusion〔 'fjuʒən〕*n.* 融解；結合

futile〔 'fjutḷ,-tɪl 〕*adj.* 徒勞的；無用的

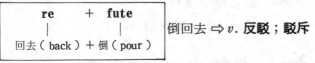

　fut　　＋　　ile
　　|　　　　　 |
　倒（pour）＋形容詞字尾　　可以倒掉的 ⇨ *adj.* **徒勞的；無用的**

The doctor's attempts to save him were futile.

醫生企圖救他是徒勞的。

　　* futility〔 fju'tɪlətɪ〕*n.* 無效；無益

refute〔 rɪ'fjut 〕*v.* 反駁；駁斥

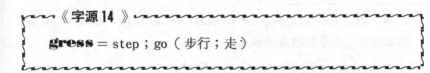

　re　　＋　　fute
　　|　　　　　 |
　回去（back）＋倒（pour）　　倒回去 ⇨ *v.* **反駁；駁斥**

I will ***refute*** his accusations in the proper time and the proper place. 我會在適當的時機和地方駁回他的控訴。

　　* refutation〔 ,rɛfjʊ'teʃən〕*n.* 反駁；辯駁

《 字源 14 》

gress ＝ step；go（步行；走）

aggress 〔 ə'grɛs 〕 v. 進攻；侵略

```
  ag    +  gress
  |         |
朝向(to) + 走(step)
```
朝向～走 ⇨ v. **進攻；侵略**

The enemy *aggressed* into the national territory without any resistance.

敵人未受到任何抵抗就侵入國家領土。

> * aggression 〔 ə'grɛʃən 〕 *n.* 進攻；侵略
> aggressive 〔 ə'grɛsɪv 〕 *adj.* 侵略的
> aggressor 〔 ə'grɛsə 〕 *n.* 侵略者

congress 〔 'kɑŋgrəs 〕 v. 聚集；集合

```
  con    +  gress
   |         |
一起(together) + 走(go)
```
走在一起 ⇨ v. **聚集；集合**

His duties included *congressing* with patrons from time to time.

他的任務包括要不時地與贊助人集會。

> * congressional 〔 kən'grɛʃən̩ 〕 *adj.* 集會的

progress 〔 prə'grɛs 〕 v. 使進步　〔 'prɑgrɛs 〕 n. 進步

```
  pro    +  gress
   |         |
向前(forward) + 走(go)
```
向前走 ⇨ v., n. （使）進步

The R.O.C. has *progressed* rapidly in the last couple of years.

過去幾年，中華民國進步神速。

> * progression 〔 prə'grɛʃən 〕 *n.* 前進；進步
> progressive 〔 prə'grɛsɪv 〕 *adj.* 前進的

regress 〔rɪ'grɛs〕 v. 回歸；退化

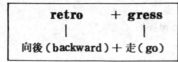

re　　+ gress
｜　　　　｜
向後 (back) ＋ 走 (go)

　向後走 ⇨ v. **回歸；退化**

Lack of practice and stimulation could *regress* one's faculties.
缺乏練習和刺激會使一個人的能力退化 。

　　＊ regression 〔rɪ'grɛʃən〕 n. 回歸；後歸
　　regressive 〔rɪ'grɛsɪv〕 adj. 回歸的；逆行的

retrogress 〔'rɛtrə,grɛs〕 v. 後退；倒轉

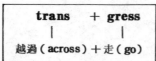

retro　　+ gress
｜　　　　｜
向後 (backward) ＋ 走 (go)

　向後走 ⇨ v. **後退；倒轉**

Time seems to have *retrogressed* in this stultifying atmosphere. 在此種愚弄人的氣氛下 , 時光似乎倒轉了 。

　　＊ retrogression 〔,rɛtrə'grɛʃən〕 n. 後退
　　retrogressive 〔,rɛtrə'grɛsɪv〕 adj. 退步的；退化的

transgress 〔træns'grɛs〕 v. 踰越；違反

trans　　+ gress
｜　　　　｜
越過 (across) ＋ 走 (go)

　越過～而走 ⇨ v. **踰越；違反**

You have time and again *transgressed* the rules of this society. 你一再地違反這個社會的規則 。

　　＊ transgression 〔træns'grɛʃən〕 n. 違犯；違背

《字源 15》

ject ; **jac** ; **jet** = throw (投射，拋擲，推出)

deject 〔 dɪˊdʒɛkt 〕 v. 使沮喪

de	+	ject
|		|
向下 (down)	+	拋 (throw)

向下拋 ⇨ v. **使沮喪**

She was *dejected* by her suitor, that's why she is blue today.
她對求婚者感到灰心，那就是她今天憂鬱的原因。

* dejection 〔 dɪˊdʒɛkʃən 〕 n. 頹喪；沮喪
  dejected 〔 dɪˊdʒɛktɪd 〕 adj. 失望的；沮喪的

eject 〔 ɪˊdʒɝkt 〕 v. 噴出；逐出

e	+	ject
|		|
向外 (out)	+	拋 (throw)

向外拋 ⇨ v. **噴出**；**逐出**

The volcano is still *ejecting* lava.
那火山還在噴出熔岩。

*ejection 〔 ɪˊdʒɛkʃən 〕 n. 噴出；逐出

inject 〔 ɪnˊdʒɛkt 〕 v. 注入

in	+	ject
|		|
向內 (into)	+	拋 (throw)

向內拋 ⇨ v. **注入**

The nurse *injected* a substance poisonous to his system.
護士將一種有毒的物體注入他體內。

* injection 〔 ɪnˊdʒɛkʃən 〕 n. 注射；注入

object 〔 əb'dʒɛkt 〕 *v.* 反對　〔 'ɑbdʒɪkt 〕 *n.* 目標

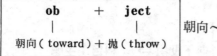

逆向拋 ⇨ *v.* **反對**

I **object** to the plan. 我反對該計畫。

　　＊ objection 〔 əb'dʒɛkʃən 〕 *n.* 異議；反對

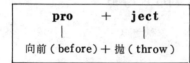

朝向～拋 ⇨ *n.* **目標；對象**

She is the **object** of my desires. 她是我追求的對象。

　　＊ objective 〔 əb'dʒɛktɪv 〕 *n.* 目的　*adj.* 客觀的；目標的

project 〔 prə'dʒɛkt 〕 *v.* 發射

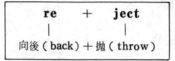

pro ＋ ject
向前（before）＋ 拋（throw）

向前拋 ⇨ *v.* **發射**

We use this launcher to **project** rockets into space.
我們利用此發射臺發射火箭升空。

　　＊ projection 〔 prə'dʒɛkʃən 〕 *n.* 投射
　　　 projector 〔 prə'dʒɛktɚ 〕 *n.* 設計者

reject 〔 rɪ'dʒɛkt 〕 *v.* 拒絕；丟棄

re ＋ ject
向後（back）＋ 拋（throw）

向後拋 ⇨ *v.* **拒絕；丟棄**

I have been **rejected** by 3 companies again today.
我今天再度被三家公司拒絕了。

　　＊ rejection 〔 rɪ'dʒɛkʃən 〕 *n.* 拒絕；被棄物

subject 〔ˈsʌbdʒɪkt〕 *adj.* 易受～的　*n.* 科目

```
        sub     +     ject
         |             |            拋置～於下方 ⇨ adj. 易受～的
      下方 (under)＋ 拋置 ( throw )
```

Your work will be ***subject*** to unexpected inspection from your supervisors. 你的工作容易受到主管的突擊檢查。

　　＊ subjection 〔səbˈdʒɛkʃən〕*n.* 服從；隸屬

```
        sub     +     ject
         |             |            向下投射 ⇨ n. 科目；主題
      向下 (under)＋ 投射 ( throw )
```

We had eight ***subjects*** to learn during high school.
　高中時期，我們有八個科目要學習。

　　＊ subjective 〔səbˈdʒɛktɪv〕*adj.* 主觀的；作主詞的

interject 〔͵ɪntɚˈdʒɛkt〕 *v.* 投入其間；突然插入

```
        inter     +     ject
          |               |          投～在中間 ⇨ v. 突然插入
     在～中間 ( between )＋ 投 ( throw )
```

The audience ***interjected*** with a shout of disbelief when the story suddenly took a dramatic turn.
　當劇情突然做戲劇性轉變時，觀衆們突然插入了一聲懷疑的叫喊。

　　＊ interjection 〔͵ɪntɚˈdʒɛkʃən〕*n.* 插入

conjecture 〔kənˈdʒɛktʃɚ〕 *n.* 推測；臆想

```
       con     +     ject     +     ure
        |              |              |        一起推論出～ ⇨ n. 推測
  一起 ( together )＋ 推出 ( throw )＋ 名詞字尾
```

Your *conjectures* will most certainly not hold water.
你的推測一定會站不住腳。

　　* conjectural〔kən'dʒɛktʃərəl〕*adj.* 推測的；揣度的

abject〔'æbdʒɛkt〕*adj.* 不幸的；可憐的

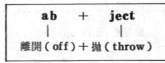

ab	+	ject

離開（off）＋拋（throw）　丟棄；拋開 ⇨ *adj.* **不幸的；可憐的**

Their *abject* poverty led them to a humiliating way of life.
赤貧使他們過屈辱的生活。

　　* abjection〔æb'dʒɛkʃən〕*n.* 卑屈；落魄

abjective〔æb'dʒɛktɪv〕*adj.* 不良的；令人沮喪的

ab	+	ject	+	ive

離開（off）＋拋（throw）＋形容詞字尾　拋開～ ⇨ *adj.* **不良的**

Watching television brought him *abjective* influences.
看電視帶給他不良的影響。

adjacent〔ə'dʒesn̩t〕*adj.* 接近的；毗連的

ad	+	jac	+	ent

朝向（to）＋投擲（throw）＋形容詞字尾　朝向～投擲 ⇨ *adj.* **接近的**

Adjacent to the building, you will find a small post office.
靠近那幢建築，你會發現一家小郵局。

jet〔dʒɛt〕*v.* 射出；噴射

The water fountain *jetted* gushes of water to everyone's
delight. 噴水池噴湧出水來，使得每個人很欣喜。

　　* *jet-age* 噴射機時代的

Exercise Five

❖ 請在空白處填入適當的字源並完成該單字：

1. **con** + _____ = _____
   一起（together）　　傾倒（pour）　　　　使混亂（mix up）

2. **inter** + _____ = _____
   在～之間（between）　倒（pour）　　　　融合（blend）

3. **re** + _____ = _____
   回到（back）　　　倒（pour）　　　反駁；駁斥（dispute）

4. **pro** + _____ = _____
   向前（forward）　　　走（go）　　　進步（advance）

5. **re** + _____ = _____
   向後（back）　　　　走（go）　　　後退（move backward）

6. **de** + _____ = _____
   向下（down）　　　　抛（throw）　　使沮喪（make sad）

7. **ad** + _____ + **ent** = _____
   朝向（to）　　　　投擲（throw）　形容詞字尾　接近的（near）

※ 答案請參考《字源 13》到《字源 15》。

《 字源 16 》

lect = gather ; choose（匯聚；選擇）

collect〔kə'lɛkt〕*v.* 集合；使鎮定

col	+	lect
|		|
一起（together）+ 集合（gather）		

聚集在一起 ⇨ *v.* **集合；使鎮定**

Please allow me to ***collect*** myself before I start my presen-
tation. 在我開始演出前，請允許我鎮定一下 。

 * collection〔kə'lɛkʃən〕*n.* 收集　collective〔kə'lɛktɪv〕*adj.* 集合的
   collector〔kə'lɛktə〕*n.* 收集者

re-collect〔,rikə'lɛkt〕*v.* 重新收集；鼓起勇氣

re	+	collect
|		|
再（again）+ 集合（together）		

再集合 ⇨ *v.* **重新收集；鼓起勇氣**

We had to ***re-collect*** the test papers due to a computer mis-
function. 由於電腦操作錯誤，我們必須收回試卷 。

 * re-collection〔,rikə'lɛkʃən〕*n.* 再收集；鼓起勇氣

recollect〔,rɛkə'lɛkt〕*v.* 記起；憶起

re	+	collect
|		|
重新（again）+ 集合一起（gather）		

重新集合一起 ⇨ *v.* **記起；憶起**

As I ***recollect***, you never were much of a help anyway.
在我記憶中，你無論如何不算是一個好幫手 。

 * recollection〔,rɛkə'lɛkʃən〕*n.* 記憶

neglect 〔 nɪˈglɛkt 〕 *v.* 棄置；疏忽

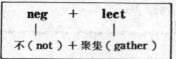

不匯集一起 ⇨ *v.* 棄置；疏忽

His love affair led him to **neglect** his work.

戀情使他疏忽了工作。

> * negligence 〔 ˈnɛglədʒəns 〕 *n.* 疏忽
> negligent 〔 ˈnɛglədʒənt 〕 *adj.* 疏忽的；粗心的

elect 〔 ɪˈlɛkt 〕 *v.* 選舉；決定

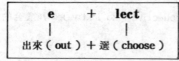

選～出來 ⇨ *v.* 選舉；決定

We've **elected** to postpone the holding of the meeting for at least 2 weeks.

我們決定至少延後兩個星期才舉行會議。

> * election 〔 ɪˈlɛkʃən 〕 *n.* 選擇；選舉
> elector 〔 ɪˈlɛktɚ 〕 *n.* 選民；有選舉權者

select 〔 səˈlɛkt 〕 *v.* 挑選

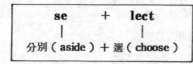

分別選擇～ ⇨ *v.* 挑選

After the final elimination round, the judges will **select** the new Miss Universe, 1988.

在最後一回合的淘汰賽後，評審們將選出一九八八年新環球小姐。

> * selection 〔 səˈlɛkʃən 〕 *n.* 選擇
> selective 〔 səˈlɛktɪv 〕 *adj.* 選擇的；淘汰的

intellect〔ˈɪntḷˌɛkt〕*n.* 理解力；智力

intel	+	lect
|		|
在～之間（inter）	+	選（choose）

在～之間做選擇 ⇨ *n.* **理解力；智力**

With her more than average ***intellect***, there's a bright future waiting for her. 因爲她具有超凡的理解力，光明的前途等著她。

* intellectual〔ˌɪntḷˈɛktʃʊəl〕*adj.* 智力的　*n.* 知識份子

《 **字源 17** 》

mit；miss；mise

＝ let go；send；throw（送；遣送；發射，投射）

---

admit〔ədˈmɪt〕*v.* 承認；許入

ad	+	mit
|		|
朝向（to）	+	遣送（send）

朝向～遣送 ⇨ *v.* **承認；許入**

I have to ***admit*** that you've got me on this one.
我不得不承認你這次贏了我。

* admission〔ədˈmɪʃən〕*n.* 承認；許入（指進入某一場所、組織之權，及其一切相關權益、目的）
　admittance〔ədˈmɪtn̩s〕*n.* 入場權；准入（指進入某一場所組織之許可權，但不包括其他的相關性義務）

commit〔kəˈmɪt〕*v.* 委託；犯（罪）

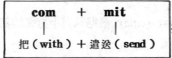

com	+	mit
|		|
把（with）	+	遣送（send）

把（事情）遣送給～ ⇨ *v.* **委託；犯（罪）**

Mr. Wang *committed* his son to the care of his aunt.

王先生把兒子委託給伯母照顧。

> * commission〔kə'mɪʃən〕*n.* 委託;委任
> committee〔kə'mɪtɪ〕*n.* 委員會

emit〔ɪ'mɪt〕*v.* 放射;噴射

The device *emitted* light constantly at night.

這項裝置在夜晚不斷放出光芒。

> * emission〔ɪ'mɪʃən〕*n.* 發出;發射
> emissive〔ɪ'mɪsɪv〕*adj.* 發射的;放射的

intermit〔,ɪntɚ'mɪt〕*v.* 中止;間歇

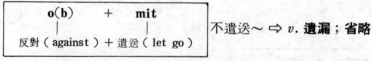

The program was *intermitted* with a special announcement by the board of directors. 這項計劃因董事會的特別通告而中止了。

> * intermission〔,ɪntɚ'mɪʃən〕*n.* 間歇
> intermittent〔,ɪntɚ'mɪtṇt〕*adj.* 間斷的;間歇性的

omit〔ə'mɪt〕*v.* 遺漏;省略

```
      o(b)        +       mit
       |                   |
  反對(against)+ 遺送(let go)
```
不遺送~ ⇨ *v.* **遺漏;省略**

Omit the crossed section of the test paper. 省略試卷中打叉的部分。

> * omission〔o'mɪʃən〕*n.* 遺漏;刪除
> omissive〔o'mɪsɪv〕*adj.* 忽略的　omissible〔o'mɪsəbḷ〕*adj.* 可忽略的

permit 〔 pɚ'mɪt 〕 *v.* 容許；准許

per	+	mit
|		|
通過（through）	+	送（send）

送～通過 ⇨ *v.* **容許；准許**

We were not ***permitted*** to use the court today.
我們今天不准使用球場。

> ＊ permission 〔 pɚ'mɪʃən 〕 *n.* 許可；允許
> permissive 〔 pɚ'mɪsɪv 〕 *adj.* 許可的

remit 〔 rɪ'mɪt 〕 *v.* 匯寄；緩和；赦免

re	+	mit
|		|
向後（back）	+	送（send）

送回～ ⇨ *v.* **滙寄；緩和；赦免**

His brother ***remits*** some money back home every month.
他哥哥每月滙一些錢回家。

> ＊ remission 〔 rɪ'mɪʃən 〕 *n.* 免除；釋免
> remittance 〔 rɪ'mɪtn̩s 〕 *n.* 匯款

submit 〔 səb'mɪt 〕 *v.* 提出；使服從

sub	+	mit
|		|
向下（under）	+	送（send）

向下送 ⇨ *v.* **提出；使服從**

I have already ***submitted*** to you my recommendations.
我已經把推薦書提交給你了。

> ＊ submission 〔 səb'mɪʃən 〕 *n.* 服從；寄託
> submissive 〔 səb'mɪsɪv 〕 *adj.* 順從的；恭謹的

transmit 〔 træns'mɪt 〕 *v.* 傳送；傳導

送過 ⇨ *v.* 傳送；傳導

They have already ***transmitted*** this information to their agent in Hongkong.

他們已將這項情報傳送到他們在香港的代理店了。

* transmission 〔 træns'mɪʃən 〕 *n.* 傳達
  transmissible 〔 træns'mɪsəbl 〕 *adj.* 可傳送的

mission 〔 'mɪʃən 〕 *n.* 使命；任務；傳教

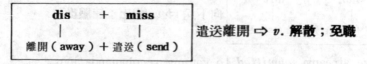

遣送 ⇨ *n.* 使命；任務；傳教

We are now on a reconnaissance ***mission*** to find where the enemy base camp is.

我們現在負有找出敵人駐紮所在的搜索任務。

* missionary 〔 'mɪʃən,ɛrɪ 〕 *n.* 傳教士；使節　*adj.* 傳教的

dismiss 〔 dɪs'mɪs 〕 *v.* 解散；免職

dis + miss
│ │
離開（away）+ 遣送（send）

遣送離開 ⇨ *v.* 解散；免職

The boss ***dismissed*** his secretary.

老闆解雇了他的秘書。

* dismissal 〔 dɪs'mɪsl 〕 *n.* 開除；免職
  dismissible 〔 dɪs'mɪsəbl 〕 *adj.* 可開除的

premise〔prɪ'maɪz, 'prɛmɪs〕 v. 預述；立前提

```
     pre      +   mise
      |            |
   之前（before）＋送（send）
```
在～之前送 ⇨ v. **預述；立前提**

Don't *premise* the answer if you're in doubt.
假如你有所懷疑，就別預述答案。

　　＊ premiss〔'prɛmɪs〕 n.〔邏輯〕前提（＝ *premise* ）

promise〔'prɑmɪs〕 n. 答應；約定

```
     pro      +   mise
      |            |
   向前（forward）＋遣送（send）
```
往前送 ⇨ n. **答應；約定**

My *promise* is as good as gold.
我的一諾值千金，絕對不會改變。

　　＊ promissory〔'prɑmə,sorɪ,-,sɔrɪ〕 adj. 允諾的；約定的

compromise〔'kɑmprə,maɪz〕 v. 妥協；和解

```
    com     +    pro     +   mise
     |            |            |
  一起（together）＋向前（forward）＋送（send）
```
一起往前送
⇨ v. **妥協；和解**

He *compromised* with them for a short-sighted gain.
他為了眼前的利益而與他們妥協了。

　　＊ compromiser〔'kɑmprə,maɪzɚ〕 n. 和解者

surmise〔sɚ'maɪz〕 v. 猜測

```
     sur      +   mise
      |            |
  在～之上（above）＋遣送（send）
```
超越～向上送 ⇨ v. **猜測**

I *surmise* that she'll probably be on her way up right now.
我猜她此刻可能已經上路了。

  * surmisable〔səˈmaɪzəbḷ〕*adj.* 可推測的

missile〔ˈmɪsḷ〕*n.* 投射出的武器，如箭、子彈；飛彈

```
miss    +    ile
 |            |
發射 ( throw )＋名詞字尾
```
發射出的物品 ⇨ *n.* **飛彈**

A *missile* was test fired yesterday.
昨天試射了一枚飛彈。

missive〔ˈmɪsɪv〕*n.* 公文；書信

```
miss    +    ive
 |            |
送 ( send )＋名詞字尾
```
傳送的物品 ⇨ *n.* **公文**；**書信**

My school sent a *missive* to my parents.
我就讀的學校寄了一張公文給我父母。

《字源 18》

mount ; mont

＝mount ; mountain (走，登上，登山；山)

mount〔maʊnt〕*v.* 爬上；登上；踏上

The adventurers *mounted* an expedition to South America in search of the fabled city of gold.
探險者踏上遠征南美洲之旅程，尋找傳說中的黃金城。

mountain 〔'maʊntn̩〕 *n.* 山

mount	+	ain
登上（mount）	+	名詞字尾

登上～ ⇨ *n.* **山**

Mount Everest is the reputed highest ***mountain*** in the world.
　聖母峰是聞名的世界最高峰。

　　＊ mountaineer 〔,maʊntn̩'ɪr〕 *n.* 山居者；善於登山者
　　mountaineering 〔,maʊntn̩'ɪrɪŋ〕 *n.* 登山
　　mountainous 〔'maʊntn̩əs〕 *adj.* 多山的；巨大的

amount 〔ə'maʊnt〕 *v.* 總計；等於　　*n.* 額；量

a	+	mount
朝（to）	+	走（mount）

朝向～走 ⇨ *v.* **總計；等於**
　　　　　 n. **額；量**

Their search ***amounted*** to nothing after all.
　他們的調查最後等於是一無所成。

Don't keep a large ***amount*** of cash at home. 別放大量的現金在家。

dismount 〔dɪs'maʊnt〕 *v.* 下車；下馬

dis	+	mount
否定詞（negation）	+	登上（mount）

沒有登上 ⇨ *v.* **下車；下馬**

The earl had to ***dismount*** with some help from the squire.
　伯爵下馬需要護衛的協助。

　　＊ dismountable 〔dɪs'maʊntəbl̩〕 *adj.* 可下馬的

remount 〔ri'maʊnt〕 *v.* 再上馬（車）；回溯

re	+	mount
再次（again）	+	登上（mount）

再次登上 ⇨ *v.* **再上馬（車）；回溯**

Let's *remount* our horses and start moving again.

讓我們再上馬，開始前進吧。

paramount 〔 'pærə,maʊnt 〕 *adj.* 最重要的；至上的

para	+	mount
並於（ by ）＋山（ mountain ）		

並行於山頂上 ⇨ *adj.* **最重要的；至上的**

It's of *paramount* importance that you complete the mission.

對你而言，完成此項任務，是最重要的事。

* paramountcy 〔 'pærə,maʊntsɪ 〕 *n.* 至上；卓越（ = *paramountship* ）

surmount 〔 sə'maʊnt 〕 *v.* 克服；凌駕

sur	+	mount
之上（ above ）＋登上（ mount ）		

登於～之上 ⇨ *v.* **克服；凌駕**

We can *surmount* any difficulty thrusted upon us with valor and resoluteness.

我們可以用勇氣和決心克服一切加在我們身上的困難。

* surmountable 〔 sə'maʊntəbḷ 〕 *adj.* 可超越的；可駕凌的

promontory 〔 'prɑmən,torɪ 〕 *n.* 海角；岬

pro	+	mont	+	ory
在前（ forward ）＋山（ mountain ）＋名詞字尾				

～在山之前 ⇨ *n.* **海角**

As we came nearer to shore the land's *promontory* came sharper in focus.

我們越靠近海岸，陸地的岬角就越清晰。

Exercise Six

❖ 請試以字源分析法解析下列各字：

1. **neglect**
   (*n.* negligence)
   (*adj.* negligent)

$$
\begin{array}{c c}
\mathbf{neg} + & \mathbf{lect} \\
| & | \\
not & gather
\end{array} \rightarrow v. \ 棄置；疏忽
$$

----

2. **elect**
   (*n.* election)

----

3. **emit**
   (*n.* emission)
   (*adj.* emissive)

----

4. **mission**
   (*n., adj.* missionary)

----

5. **premise**
   (*n.* premiss)

----

6. **mountain**
   (*n.* mountaineer)
   (*adj.* mountainous)

----

7. **dismount**
   (*adj.* dismountable)

----

8. **promontory**

※ 答案請參考《字源 16 》到《字源 18 》。

《 字源 19 》

mov(e) ; **mot(e)** ; **mob** = move (移動)

move 〔 muv 〕 *v.* 移動；使行動

His words can *move* mountains.

他一言九鼎（說話很有份量）。

* movement 〔 'muvmənt 〕 *n.* 動作；移動

remove 〔 rɪ'muv 〕 *v.* 移動；除去；免職

re	+	move
|		|
再次（again）	+	移動（move）

再移動 ⇨ *v.* **移動；除去；免職**

He can't *remove* his eyes from the face of the beauty.

他無法將視線從那美人的臉上移開。

* removal 〔 rɪ'muvl̩ 〕 *n.* 撤除；消除
  remover 〔 rɪ'muvɚ 〕 *n.* 移運者

motion 〔 'moʃən 〕 *n.* 移動；運動

mot	+	ion
|		|
移動（move）	+	名詞字尾

移動 ⇨ *n.* **移動；運動**

Our *motions* underwater somehow are slowed down due to friction.

我們在水中的運動，因摩擦而多少有點慢下來。

* motional 〔 'moʃənl̩ 〕 *adj.* 運動的
  motionless 〔 'moʃənlɪs 〕 *adj.* 不動的；靜止的

motive 〔 'motɪv 〕 *n.* 動機；目的

> **mot** ＋ **ive**
> ｜　　　　｜
> 移動（move）＋形容詞字尾
> 移動 ⇨ *n.* **動機；目的**

I suspect he has an ulterior *motive* in joining our cause.
我懷疑他加入我們的行列別有動機。

　　＊ motiveless 〔 'motɪvlɪs 〕 *adj.* 無動機的；無目的的

motor 〔 'motɚ 〕 *n.* 馬達；發動機

> **mot** ＋ **or**
> ｜　　　　｜
> 移動（move）＋名詞字尾
> 移動 ⇨ *n.* **馬達；發動機**

The *motor* for the pump broke down again. That's why we don't have water.
抽水機的馬達又壞了，那就是我們為什麼沒有水的理由。

　　＊ motorboat 〔 'motɚ,bot 〕 *n.* 汽艇

commotion 〔 kə'moʃən 〕 *n.* 騷動；暴動

> **com** ＋ **mot** ＋ **ion**
> ｜　　　　｜　　　　｜
> 聚集（together）＋移動（move）＋名詞字尾
> 聚集行動 ⇨ *n.* **騷動；暴動**

The decision passed by the jury caused a *commotion* among the audience. 陪審團所通過的判決，在觀眾之間引起騷動。

　　＊ commotive 〔 kə'motɪv 〕 *adj.* 暴動的

emotion 〔 ɪ'moʃən 〕 *n.* 情感

> **e** ＋ **mot** ＋ **ion**
> ｜　　　　｜　　　　｜
> 出來（out）＋移動（move）＋名詞字尾
> 表現出的移動 ⇨ *n.* **情感**

You have to rein in your **emotions** in order to make better decisions. 你必須控制自己的情感，以便做較好的決定。

　　* emotional〔ɪ'moʃənl̩〕 *adj.* 情感的；感人的

promote〔prə'mot〕 *v.* 升遷；促進；助長

pro　　　+　　　mote
｜　　　　　　　｜
向前（forward）+ 移動（move）

向前移動 ⇨ *v.* **升遷；促進；助長**

The official was charged with **promoting** corruption in his department. 那位官員被指控在其部門助長貪污的風氣。

　　* promotion〔prə'moʃən〕 *n.* 升遷；促進
　　 promoter〔prə'motɚ〕 *n.* 升遷者；提倡者

remote〔rɪ'mot〕 *adj.* 遙遠的；微小的

re　　+　　mote
｜　　　　　　｜
退後（back）+ 移動（move）

向後移動 ⇨ *adj.* **遙遠的；微小的**

There is a **remote** possibility that other life forms exist on other planets. 有其他生物體生存在另外行星的可能性相當小。

　　* remotely〔rɪ'motlɪ〕 *adv.* 遙遠地；遠古地

locomotive〔‚lokə'motɪv〕 *adj.* 移動的；運動的

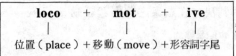

loco　　+　　mot　　+　　ive
｜　　　　　　｜　　　　　　｜
位置（place）+ 移動（move）+ 形容詞字尾

移動位置 ⇨ *adj.* **移動的；運動的**

Plants do not have **locomotive** abilities by themselves, instead they are carried by agents.
　植物本身沒有移動的能力，而是由其他媒介物運送。

　　* locomotion〔‚lokə'moʃən〕 *n.* 運動；移動

mobile 〔 ′mobḷ, ′mobil, ′mobɪl 〕 *adj.* 可動的；變動的

mob	+	ile
移動（move）	+	形容詞字尾

可移動 ⇨ *adj.* **可動的；變動的**

The progress made in modern transportation has enabled man to be more *mobile* than his predecessors.
　現代運輸的進步使人類比其祖先更方便移動。

　　＊ mobility〔mo′bɪlətɪ〕*n.* 易變性；可動性
　　　mobilize〔′mobḷ‚aɪz〕*v.* 動員；（使）運動

automobile 〔 ′ɔtəmə‚bil, ‚ɔtə′mobil, ‚ɔtəmə′bil 〕 *adj.* 自動的　*n.* 汽車

auto	+	mob	+	ile
自發（self）	+	移動（move）	+	形容詞字尾

自發性的移動 ⇨ *adj.* **自動的**　*n.* **汽車**

The engine on his *automobile* bicycle is running fine.
　他的自動腳踏車上的引擎性能很好。
Ford came up with the first mass-produced *automobiles* in the world. 福特公司榮登全世界大量生產汽車的寶座。

　　＊ automobilism〔‚ɔtəmə′bilɪzəm, ‚ɔtə′mobɪlɪzəm〕*n.* 汽車駕駛

mob 〔 mɑb 〕 *n.* 民衆；暴民

The *mob* quickly took control over the proceedings of the case.
　暴民迅速地控制了此案的訴訟程序。

　　＊ mobbish〔′mɑbɪʃ〕*adj.* 無紀律的
　　　mobbism〔′mɑbɪzm〕*n.* 暴徒行爲

《 字源 20 》

part ; port = part （部份）

part〔part〕*v.* 分開；排出　*n.* 部分；要素

Reading was a ***part*** of his life.

閱讀在他生活中佔重要部份。

It is very hard to ***part*** ways with people you've been with for a long time. 要和相處已久的人分離非常困難。

> ＊ parting〔'partɪŋ〕*n.* 分離　*adj.* 分開的
> partly〔'partlɪ〕*adv.* 部分地；有幾分地

party〔'partɪ〕*n.* 黨

> ```
>     part    +    y
>      |           |
>   部分（part）＋名詞字尾
> ```
> 一部分 ⇨ *n.* **黨**

The ***party*** broke constitutional laws by receiving funds from abroad. 此黨因接受海外的資金而違反憲法。

> ＊ *party-line* 合乎黨之政策的
> partyism〔'partɪɪzm〕*n.* 黨派心；黨派制

parcel〔'parsl̩〕*n.* 包裹；部分

> ```
>   par(t)   + c +  el
>     |            |
>   部分（part）＋表縮小的名詞字尾
> ```
> 小部分 ⇨ *n.* **包裹；部分**

Please wrap up this ***parcel***. 請把這個包裹包起來。

> ＊ parcellation〔,pasə'leʃən〕*n.* 分配；區分

partial〔'parʃəl〕*adj.* 一部分的；偏袒的

> ```
>     part    +    ial
>      |           |
>   部分（part）＋形容詞字尾
> ```
> 一部分 ⇨ *adj.* **一部分的；偏袒的**

I promise to recoup a **_partial_** portion of our losses by next year. 我答應在明年前彌補我們的一部分損失。

> * partially〔'pɑrʃəlɪ〕*adv*. 部分地；偏袒地
> partiality〔ˌpɑr'ʃælətɪ；ˌpɑrʃɪ'ælətɪ〕*n*. 偏見；偏愛

particle〔'pɑrtɪkl̩〕*n*. 極小量；分子

```
    part   + i +     cle
     |                |
部分（part）+     +表縮小的名詞字尾
```
小部分 ⇨ *n*. **極小量；分子**

The streaming light of the sun made the **_particles_** floating in the air evident.

　太陽的光線使得浮動在空氣中的小分子容易觀察得到。

> * particular〔pə'tɪkjələ, pə-, pɑr-〕*adj*. 特有的
> particularity〔pəˌtɪkjə'lærətɪ, pɑr-〕*n*. 特徵

partake〔pə'tek, pɑr-〕*v*. 分享；參與

```
    par   + take
     |       |
部分（part）+取（take）
```
取一部分 ⇨ *v*. **分享；參與**

They **_partook_** in our celebrations.

　他們參加了我們的慶祝活動。

> * partaker〔pɑr'tekə〕*n*. 參與者；分享者

participate〔pə'tɪsəˌpet, pɑr-〕*v*. 分享；參與

```
    part  + i +  cip  +  ate
     |            |       |
部分（part）+    +取（take）+動詞字尾
```
取一部分 ⇨ *v*. **分享；參與**

Many countries **_participated_** in the Olympics. 有許多國家參加奧運。

> * participation〔pɑrˌtɪsə'peʃən, pə-〕*n*. 參與；共享
> participle〔'pɑrtəsəpl̩, 'pɑrtsəpl̩, 'pɑrtəˌsɪpl̩〕*n*. 分詞

partition 〔par'tɪʃən,pə-〕 *n.* 分隔；區分

```
       part  +  i  +  tion
        │            │
    部分（part）+    ＋名詞字尾
```
一部分 ⇨ *n.* 分隔；區分

The street made a *partition* between the two communities.
該街道隔開了這兩個社區。

　　＊ partitional 〔par'tɪʃənl；pə-〕 *adj.* 分隔的

partner 〔'pɑrtnə〕 *n.* 分享者；股東

```
       part  +  n  +     er
        │               │
    部分（part）+    ＋表人的名詞字尾
```
佔有一部分者 ⇨ *n.* **分享者；股東**

That man you see sitting there is the *partner* in crime of
the Mafia boss.
　　你看到坐在那裏的那個人是參與黑手黨老大案件的共犯。

　　＊ partnership〔'pɑrtnə,ʃɪp〕 *n.* 合夥；協力合作

apart 〔ə'pɑrt〕 *adv.* 分散地；個別地

```
        a   +   part
        │        │
    趨向（to）+部分（part）
```
趨向部分 ⇨ *adv.* **分散地；個別地**

With identical twins you can't tell *apart* who from whom.
　　對同卵雙胞胎，你無法個別地分辨誰是誰。

　　＊ apartment 〔ə'pɑrtmənt〕 *n.* 公寓

compartment 〔kəm'pɑrtmənt〕 *n.* 隔間；區劃

```
       com   +   part  + ment
        │         │       │
    一起（together）+部分（part）+名詞字尾
```
把一起的分成部分 ⇨ *n.* **隔間**

There is ample space in this ***compartment***.

這個小隔間有足夠的空間。

* compartmental〔,kampart'mɛntl〕*adj.* 區劃的;區分的

depart〔dɪ'part〕*v.* 離去;出發

de + part
| |
分開(off)+部分(part)

分開~成一部分 ⇨ *v.* **離去;出發**

How could he ***depart*** without even saying a word to me?

他怎麼能連一句話都不對我說就離去?

* department〔dɪ'partmənt〕*n.* 部分;部門
  departure〔dɪ'partʃə〕*n.* 離去;違反;改變
  departed〔dɪ'partɪd〕*adj.* 死的;過去的

impart〔ɪm'part〕*v.* 分給;傳授;告知

im + part
| |
入內(in)+部分(part)

注入部分於內 ⇨ *v.* **分給;傳授;告知**

The father ***imparted*** the family's most-cherished heirloom to his favorite son. 父親傳授家中最珍貴的傳家寶給他最喜愛的兒子。

* impartation〔,ɪmpar'teʃən〕*n.* 分與;告知
  impartial〔ɪm'parʃəl〕*adj.* 公平的;不偏倚的

portion〔'porʃən,'pɔr-〕*n.* 部分;分得之遺產

port + ion
| |
部分(part)+名詞字尾

一部分 ⇨ *n.* **部分;分得之遺產**

The mouse ate a ***portion*** of the cake. 老鼠吃掉了一部分的蛋糕。

* portionless〔'poʃənlɪs〕*adj.* 沒有繼承權的

apportion〔ə'porʃən, ə'pɔr-〕*v.* 分配；分派

ap	+ portion
朝向(to)	+分成部分

朝向分成部分 ⇨ *v.* **分配；分派**

The government ***apportioned*** the land equally to the hungry peasants. 政府將土地平均分配給飢餓的農民。

＊ apportionment〔ə'porʃənmənt, ə'pɔr-〕*n.* 分配

proportion〔prə'porʃən, -'pɔr-〕*n.* 比例；均衡

pro	+ portion
向前(forward)	+分成部分

向前分成相等的部分 ⇨ *n.* **比例；均衡**

The ***proportion*** of his reward to his contribution is totally unjustified. 他的報酬與其貢獻之比例完全不合理。

＊ proportional〔prə'porʃənl, -'pɔr-〕*adj.* 成比例的；相稱的
＊ proportionate〔prə'porʃənɪt, -'pɔr-〕*adj.* 成比例的
　　　　　　　　〔prə'porʃən,et, -'pɔr-〕*v.* 使相稱；使成比例

～《字源 21 》～～～～～～～～～～～～～～～～～～～～～

pass = step；pass（走過；通過）

pass〔pæs, pɑs〕*v.* 通過；傳遞

Please ***pass*** the mashed potatoes. 請把芋泥遞過來。

＊ passage〔'pæsɪdʒ〕*n.* 通道；走廊
　 passenger〔'pæsndʒ〕*n.* 旅客；乘客
　 passer-by 行人
　 passable〔'pæsəbl〕*adj.* 尚可的；可通行的

pace〔 pes 〕 *n.* 速度;步態(此字亦由字源 pass 演變而來)

The ***pace*** of technological development has been quickening in the last few years.

科學發展的速度前幾年開始加快了。

　　* paced〔 pest 〕 *adj.* ～步的;步伐～的

overpass〔 ,ovɚ'pæs , -'pɑs 〕 *v.* 勝過　〔 'ovɚ,pæs , - ,pɑs 〕 *n.* 天橋

```
    over  +  pass
     |        |
之上(upon)＋通過(pass)
```
通過～之上 ⇨ *v.* **勝過**

You must overpass everyone to win the race.

你要贏得這場比賽必須勝過每一個人。

　　* overpassed〔,ovɚ'pæst〕*adj.* 已過去的

```
    over  +  pass
     |        |
在上(upon)＋通路(passage)
```
上面的通路 ⇨ *n.* **天橋**

The overpass is too low for trucks to go under.

該天橋太低了以致於卡車無法行經其下。

surpass〔 sɚ'pæs , -'pɑs 〕 *v.* 超越;凌駕

```
    sur  +  pass
     |        |
之上(above)＋經過(pass)
```
經過～之上 ⇨ *v.* **超越;凌駕**

I'm happy to announce that we have already ***surpassed*** our quota. 我很樂於宣佈,我們已經超過我們的配額了。

　　* surpassing〔sɚ'pæsɪŋ , -'pɑs-〕*adj.* 優勝的;卓越的

trespass〔'trɛspəs〕v. 侵入；侵犯

tres + **pass** |　　　　| 超過（beyond）＋通過（pass）	超越過 ⇨ v. **侵入；侵犯**

You are not allowed to *trespass* on a private property.

你不准侵犯私人財產。

　　＊ trespasser〔'trɛspəsə〕n. 侵害者；不法侵入者

compass〔'kʌmpəs〕v. 環繞；圖謀；圍繞　　n. 指南針；範圍

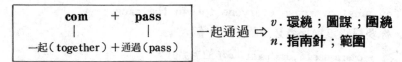

com + **pass** |　　　　| 一起（together）＋通過（pass）	一起通過 ⇨ v. **環繞；圖謀；圍繞** n. **指南針；範圍**

He compassed the world when he was 17 years old.

他十七歲時就環繞世界一周了。

A *compass* is used to guide a traveller in his journey.

指南針是在旅途中用來引導旅行者的。

　　＊ compassable〔'kʌmpəsəbḷ〕*adj.* 可圍繞的；可達到的

pastime〔'pæs,taɪm, 'pɑs-〕n. 娛樂；消遣

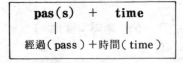

pas(s) + **time** |　　　　| 經過（pass）＋時間（time）	用以消磨時間的～ ⇨ n. **娛樂；消遣**

It seems to me that the national *pastime* of this country is working hard.

在我看來，這個國家的全國性消遣似乎是努力工作。

Exercise Seven

❖ 請在空白處填入適當的字源並完成該單字:

1.　　**re**　　　+　　--------------　　=　　--------------------------
　　再次(again)　　　移動(move)　　　　移動;除去(get rid of)

2.　　**pro**　　+　　--------------　　=　　--------------------------
　　向前(forward)　　移動(move)　　　　促進;助長(advance)

3.　--------------　+　　**ial**　　　=　　--------------------------
　　部分(part)　　　　形容詞字尾　　　　一部份的(not complete)

4.　--------------　+　　**take**　　=　　--------------------------
　　部分(part)　　　　拿取(take)　　　　分享(share)

5.　　**de**　　　+　　--------------　　=　　--------------------------
　　分開(off)　　　　部份(part)　　　　離去(go away)

6.　　**over**　　+　　--------------　　=　　--------------------------
　　在上(upon)　　　通路(passage)　　　天橋(viaduct)

7.　　**com**　　+　　--------------　　=　　--------------------------
　　一起(together)　通過(pass)　　　　環繞(encircle)

※ 答案請參考《字源 19 》到《字源 21 》。

```
╭────《 字源 22 》─────────────╮
   pel ; puls = drive ; push（驅使；迫使，推）
╰──────────────────────────────╯
```

compel〔kəm'pɛl〕v. 強迫；迫使

```
┌─────────────────────────────┐
│      com    +    pel        │
│       |           |         │
│   共同（together）+ 迫使（drive）│
└─────────────────────────────┘
```
合力迫使 ⇨ v. **強迫；迫使**

Don't *compel* me to raise my hand against you.

別逼我對你動手。

> * compulsion〔kəm'pʌlʃən〕n. 強迫；強制
> compulsory〔kəm'pʌlsərɪ〕adj. 強迫的；強制的

dispel〔dɪ'spɛl〕v. 驅散；去除

```
┌─────────────────────────────┐
│      dis    +    pel        │
│       |           |         │
│   離開（away）+ 驅使（drive）  │
└─────────────────────────────┘
```
驅使離開 ⇨ v. **驅散；去除**

The president *dispelled* rumors of his ill health by appearing at the banquet in a jolly mood.

總統以愉快的心情出現在宴會上，驅散了有關他身體不適的謠言。

expel〔ɪk'spɛl〕v. 驅除；開除

```
┌─────────────────────────────┐
│      ex     +    pel        │
│       |           |         │
│   出來（out）+ 推（push）      │
└─────────────────────────────┘
```
推出來 ⇨ v. **驅除；開除**

The schoolboy was *expelled* from school for misdemeanor.

該學童因品行不良而被學校開除。

> * expulsion〔ɪk'spʌlʃən〕n. 驅逐；逐出
> expulsive〔ɪk'spʌlsɪv〕adj. 驅逐的；開除的

impel 〔 ɪm'pɛl 〕 v. 推進;驅使

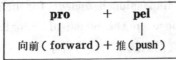

```
    im    +    pel
    |          |
進入(in) + 推(push)
```
推進去 ⇨ v. 推進;**驅使**

He was ***impelled*** by his nobler nature to come forward and defend the masses. 他受更高貴情操驅使而前來抵抗群衆。

> * impulse 〔'ɪmpʌls 〕 n. 刺激;推動
> impellent 〔 ɪm'pɛlənt 〕 adj。推進的　n. 推進力

propel 〔 prə'pɛl 〕 v. 推動;鼓勵

```
   pro    +    pel
    |           |
向前(forward) + 推(push)
```
向前推 ⇨ v. **推動;鼓勵**

Her outstanding performance in the play ***propelled*** her into stardom. 她在該劇中的傑出演出促使她成爲電影明星。

> * propeller 〔 prə'pɛlɚ 〕 n. 推動者;螺旋槳

repel 〔 rɪ'pɛl 〕 v. 逐退;拒絕

```
   re    +    pel
   |          |
退後(back) + 推(push)
```
推退後 ⇨ v. **逐退;拒絕**

Same poles ***repel*** each other. 同極相斥。

> * repellent 〔 rɪ'pɛlənt 〕 adj. 逐回的;不討人喜歡的

repulse 〔 rɪ'pʌls 〕 v. 驅逐;拒絕

```
   re    +    puls   + e
   |           |
向後(back) + 推(push)
```
向後推 ⇨ v. **驅逐;拒絕**

The imperial army ***repulsed*** the invading barbarian horde with a vengeance.

帝國的軍隊徹底地將入侵的野蠻游牧部落逐退。

> * repulsion 〔rɪ'pʌlʃən〕*n.*。厭惡；驅逐；拒絕
> repulsive 〔rɪ'pʌlsɪv〕*adj.* 排斥的；討厭的

appeal 〔ə'pil〕*v.,n.* 懇求；上訴

> | **ap** + **pe(a)l** | 朝向～推 ⇨ *v.,n.* **懇求；上訴** |
> |---|---|
> | 朝向(to)＋推(push) | |

Madame Chiang Kai-shek made an impassioned ***appeal*** for help against the Japanese aggressors once in the house of Senate.

蔣夫人曾在參議院慷慨激昂地請求援助對抗日本侵略者。

> * appealing 〔ə'pilɪŋ〕*adj.* 上訴的；令人心動的

pulse 〔pʌls〕*n.* 脈搏；傾向

> | **puls** + **e** | 驅向 ⇨ *n.* **脈搏；傾向** |
> |---|---|
> | 驅使(push) | |

These statistics measure the ***pulse*** of economic growth of the country. 這些統計數字測度這個國家經濟成長的動向。

> * pulsed 〔pʌlst〕*adj.* 跳動的
> pulseless 〔'pʌlslɪs〕*adj.* 無脈動的；不活潑的

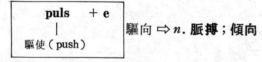

《 字源 23 》

pend ; pense = hang ; weigh ; pay

　　　　　　　(懸掛；權衡輕重；償付)

pending〔'pɛndɪŋ〕*adj*.未決定的；待解決的

pend	+	ing
|		|
懸掛(hang)	+	形容詞字尾

懸著的 ⇨ *adj*. **未決定的；待解決的**

The legislation for more aid to the rebel army is *pending*.
這項提供反叛軍更多援助的立法尚未決定。

* pendency〔'pɛndənsɪ〕*n*. 懸垂；未決　　pendant〔'pɛndənt〕*n*. 耳環

append〔ə'pɛnd〕*v*. 附加；增補

ap	+	pend
|		|
朝向(to)	+	懸掛(hang)

朝向～懸掛 ⇨ *v*. **附加；增補**

The inheritors were indignant to find out that the deceased
had *appended* an unfavorable condition to the disposal of the
will. 繼承者發現死者附加了一個不利於遺囑處理的條件都很憤慨。

* appendix〔ə'pɛndɪks〕*n*. 附錄

depend〔dɪ'pɛnd〕*v*. 信賴；依靠

de	+	pend
|		|
向下(down)	+	懸掛(hang)

向下懸掛 ⇨ *v*. **信賴；依靠**

My whole family is *depending* on me to succeed in this examination.
我們全家人都信賴我能通過這個考試。

* dependence〔dɪ'pɛndəns〕*n*.信賴;信任　dependent〔dɪ'pɛndənt〕*adj*.依賴的

expend〔ɪk'spɛnd〕*v*. 花費；消費

ex	+	pend
|		|
出來(out)	+	償付(pay)

償付出來 ⇨ *v*. **花費；消費**

The teachers *expended* all their energy to educate the students. 老師投注全部心力教育學生。

* expenditure〔ɪk'spɛndɪtʃə〕*n.* 消費　expense〔ɪk'spɛns〕*n.* 費用；代價　expensive〔ɪk'spɛnsɪv〕*adj.* 昂貴的

spend〔spɛnd〕*v.* 花費；耗盡

```
  s +    pend
         |
      償付 (pay)
```
償付～ ⇨ *v.* 花費；耗盡

An unbelievable amount was *spent* on constructing the lavish palace. 一筆令人難以相信的數目被花在建築豪華的宮殿上。

* spendthrift〔'spɛnd,θrɪft,'spɛn,θrɪft〕*n.* 浪費者

impend〔ɪm'pɛnd〕*v.* 懸空；迫近

```
  im  +    pend
  |        |
入內 (in) + 懸掛 (hang)
```
懸掛於內 ⇨ *v.* 懸空；迫近

The townsfolk were oblivious to the *impending* disaster coming their way. 鎮民沒有注意到迫近他們的災禍。

* impendence〔ɪm'pɛndəns〕*n.* 急迫　impending〔ɪm'pɛndɪŋ〕*adj.* 迫近的

perpendicular〔,pɝpən'dɪkjələ〕*adj.* 垂直的

```
   per    +    pend    + i + cul(e)+    ar
   |           |                        |
徹底 (through) + 下垂的 (pendent) +    +名詞字尾 + 形容詞字尾
```

徹底下垂的 ⇨ *adj.* 垂直的

He tries to draw a line *perpendicular* to a given line.
他試著要畫一條線與已知線垂直。

* perpendicularity〔,pɝpən,dɪkjə'lærətɪ〕*n.* 垂直；直立

suspend 〔sə'spɛnd〕 v. 懸掛；暫停

sus	+	pend
在～之下（under）	+	懸掛（hang）

懸於～之下 ⇨ v. 懸掛；暫停

The patient was still in a state of *suspended* animation.

　該病人仍處在昏迷狀態中。

> * suspense 〔sə'spɛns〕 n. 遲疑；懸念
> suspension 〔sə'spɛnʃən〕 n. 懸掛；中止

compensate 〔'kɑmpən,set〕 v. 賠償；報酬

com	+	pens(e)	+	ate
一起（together）	+	償付（pay）	+	動詞字尾

一起償付 ⇨ v. 賠償；報酬

The aged parliamentarians were handsomely *compensated* for their service for the country.

　年老的國會議員因他們對國家的貢獻而受到相當的報酬。

> * compensation 〔,kɑmpən'seʃən〕 n. 補償
> compensatory 〔kəm'pɛnsə,torɪ〕 adj. 賠償的

recompense 〔'rɛkəm,pɛns〕 v., n. 報答

re	+	com	+	pense
退回（back）	+	一起（together）	+	償付（pay）

一起償還 ⇨ v., n. 報答

He always *recompensed* evil with good.

　他總是以德報怨。

We have the right to receive a *recompense* for our services.

　我們有權接受工作的報酬。

> * recompensable 〔,rɛkəm'pɛnsəbl〕 adj. 報答的；償還的

dispense 〔dɪ'spɛns〕*v.* 分配；執行

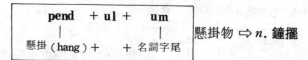

> **dis** + **pense**
> |　　　　|
> 分開 (apart) + 償付 (pay)　　分開償付 ⇨ *v.* **分配；執行**

The officer in charge *dispensed* his duties in a most uncer-
emonious way. 該官員以最不拘形式的方式執行他的任務。

　　* dispensable 〔dɪ'spɛnsəbḷ〕*adj.* 能分配的；可寬恕的

pendulum 〔'pɛndʒələm〕*n.* 鐘擺

> **pend** + **ul** + **um**
> |　　　　　|
> 懸掛 (hang) +　　+ 名詞字尾　　懸掛物 ⇨ *n.* **鐘擺**

The *pendulum* of fortune has swung against you this time.
幸運的鐘擺這次不搖向你了。

　　* pendulous 〔'pɛndʒələs〕*adj.* 下垂的；擺動的

pension 〔'pɛnʃən〕*n.* 年金；退休金

> **pens** + **ion**
> |　　　　|
> 償付 (pay) + 名詞字尾　　償付金 ⇨ *n.* **年金；退休金**

The old man on the hill lived off his *pensions* until he died.
山丘上的老人，靠退休金過活，一直到死。

　　* pensionable 〔'pɛnʃənəbḷ〕*adj.* 有領年金（等）資格的

pensive 〔'pɛnsɪv〕*adj.* 沈思的；憂鬱的

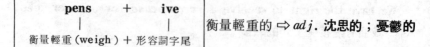

> **pens** + **ive**
> |　　　　|
> 衡量輕重 (weigh) + 形容詞字尾　　衡量輕重的 ⇨ *adj.* **沈思的；憂鬱的**

You look *pensive* today. Is anything worrying you?

你今天看起來心事重重的。有任何事情困擾你嗎?

      * pensively〔'pɛnsɪvlɪ〕*adv.* 沈思地

《 字源 **24** 》

ple ; **plu** ; **ply** = full ; fill ; fold

              (充滿 ; 填塞 ; 折疊)

---

impletion〔ɪm'pliʃən〕*n.* 充滿

im	+	ple	+	tion
|		|		|
入內 (in)	+	填塞 (fill)	+	名詞字尾

填塞～於內 ⇨ *n.* **充滿**

With the *impletion* of the pool with water, the children jumped into the pool happily.

池裏裝滿了水,小孩子們快樂地跳入水池裏。

      * implement〔'ɪmpləmənt〕*n.* 工具　〔'ɪmplə,mɛnt〕*v.* 實現

plus〔plʌs〕*n.* 附加物 ; 利益　*adj.* 多的 ; 加的

plu	+	s
|		
填塞 (fill)		

填塞～ ⇨ *n.* **附加物 ; 利益**
adj. **多的 ; 加的**

Your experience in another country will be an added *plus* to your qualifications.

你在另一個國家的經歷能增加你的資格。

I received an A *plus* on my math test again.

我的數學考試又得A⁺了。

supply [sə'plaɪ] *v.* 供給；滿足　*n.* 供應

sup	+	ply
|		|
向上(up)	+	填塞(fill)

向上填塞 ⇨ *v.* 供給；滿足
n. 供應

The government *supplied* emergency aid to the victims of the recent typhoon.

政府提供緊急援助給最近的颱風受難者。

　　* supplier [sə'plaɪɚ] *n.* 供給者

apply [ə'plaɪ] *v.* 塗；用；申請

ap	+	ply
|		|
朝向(to)	+	折疊(fold)

朝向～折疊 ⇨ *v.* 塗；用；申請

In my opinion, she *applies* too much makeup to her face.

依我的看法，她塗太多化妝品在臉上了。

　　* appliance [ə'plaɪəns] *n.* 用具
　　applied [ə'plaɪd] *adj.* 應用的
　　application [,æplə'keʃən] *n.* 應用；用途

imply [ɪm'plaɪ] *v.* 暗示；包含

im	+	ply
|		|
向內(in)	+	折疊(fold)

向內折疊 ⇨ *v.* 暗示；包含

By asking for a replacement, the boss *implied* that he was firing him.

該老闆藉著尋求一位接替人，以暗示他要開除他。

　　* implied [ɪm'plaɪd] *adj.* 含蓄的；言外的

comply 〔kəm'plaɪ〕 *v.* 依從；應允

com	+	ply
|		|
一起 (together)	+	塡塞 (fill)

一起塡滿 ⇨ *v.* **依從；應允**

You must ***comply*** with the laws.
你必須依從法律行事。

* compliance 〔kəm'plaɪəns〕 *n.* 順從

multiply 〔'mʌltə,plaɪ〕 *v.* 增加；繁殖

multi	+	ply
|		|
很多 (many)	+	折 (fold)

折很多次 ⇨ *v.* **增加；繁殖**

In such a dirty environment, flies will ***multiply*** enormously.
在這麼骯髒的環境，蒼蠅會大量繁殖。

* multiplicity 〔,mʌltə'plɪsətɪ〕 *n.* 衆多；重複
  multiplication 〔,mʌltəplə'keʃən〕 *n.* 增多；乘法
  multiple 〔'mʌltəpl〕 *adj.* 複合的；多重的

reply 〔rɪ'plaɪ〕 *v.*, *n.* 答覆；回答

re	+	ply
|		|
向後 (back)	+	折 (fold)

往後折 ⇨ *v.*, *n.* **答覆；回答**

He always ***replies*** to all the letters he gets.
他總是答覆他所收到的每一封信。

He made no ***reply*** to my request. 他沒有答覆我的請求。

* replicate 〔'rɛplɪkɪt〕 *n.*, *adj.* 折返 (的)　〔'rɛplɪ,ket〕 *v.* 折返

Exercise Eight

❖ 請試以字源分析法解析下列各字：

1. **compel**
   (*n.* compulsion)
   (*adj.* compulsory)

$$\begin{array}{ccc} \text{com} & + & \text{pel} \\ | & & | \quad \rightarrow v. \text{ 强迫；迫使} \\ \text{together} & \text{drive} \end{array}$$

----

2. **appeal**
   (*adj.* appealing)

----

3. **append**
   (*n.* appendix)

----

4. **expend**
   (*n.* expense)
   (*adj.* expensive)

----

5. **dispense**
   (*adj.* dispensable)

----

6. **supply**
   (*n.* supplier)

----

7. **comply**
   (*n.* compliance)

----

8. **multiply**
   (*n.* multiplication)
   (*adj.* multiple)

※ 答案請參考《字源 22 》到《字源 24 》

《字源 25 》

port = carry（運送，帶）

---

disport〔 dɪ'sport , -'spɔrt 〕 *v.* 以～自娛；嬉戲

dis	**+**	**port**
離開（away）	+	帶（carry）

帶離開（工作）⇨ *v.* **以～自娛；嬉戲**

He *disported* himself in the forest. 他在森林中嬉戲。

export〔 ɪks'port 〕 *v.* 輸出

ex	**+**	**port**
出去（out）	+	運送（carry）

運送出去 ⇨ *v.* 輸出

The ROC *exports* almost all sorts of conceivable items to the world. 中華民國幾乎把各種想得到的商品都輸出到全世界。

* exportation〔 ,ɛkspor'teʃən, -pɔr- 〕 *n.* 輸出（品）
  exporter〔 ɪk'spɔrtɚ, -'spɔr- 〕 *n.* 出口者

import〔 ɪm'port , -'pɔrt 〕 *v.* 進口；對～重要   *n.* 重要性

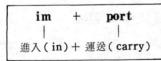

im	**+**	**port**
進入（in）	+	運送（carry）

運進來 ⇨ *v.* **進口；對～重要**
n. **重要性**

They have to *import* coal from another area.
他們必須自另一個地區進口煤炭。

* importation〔 ,ɪmpor'teʃən, -pɔr- 〕 *n.* 進口
  importer〔 'ɪmportɚ, -pɔrtɚ 〕 *n.* 進口商
  important〔 ɪm'pɔrtn̩t 〕 *adj.* 重大的
  importance〔 ɪm'pɔrtn̩s 〕 *n.* 重要

report 〔 rɪ'port 〕 *v.* 報告

```
     re     +     port
     |            |
回來（back）＋ 運送（carry）
```
運回到～ ⇨ *v.* **報告**

The agents *reported* to their superior on a regular basis.
代理人定期地向他們的上司報告。

* reportable 〔 rɪ'portəbḷ 〕 *adj.* 可報導的
  reportage 〔 rɪ'portɪdʒ, -'por- 〕 *n.* 報導

support 〔 sə'port, -'pɔrt 〕 *v.,n.* 支持

```
    sup     +     port
     |            |
在下（beneath）＋ 運送（carry）
```
在下運送 ⇨ *v.,n.* **支持**

I don't think that this chair can *support* my weight.
我不認爲這張椅子可以支持我的重量。

* supportable 〔 sə'portəbḷ, 'pɔrt- 〕 *adj.* 可支持的
  supporter 〔 sə'portɚ, -'pɔr- 〕 *n.* 支持者

transport 〔'trænsport 〕 *n.* 運輸

```
   trans     +     port
     |              |
越過（across）＋ 運送（carry）
```
越過～運送 ⇨ *n.* **運輸**

A modern *transport* system is now being built to alleviate
the traffic problems of Taipei.
一個現代化的運輸系統正在興建當中，爲的是要減輕台北的交通問
題。

* transportation 〔,trænspɚ'teʃən 〕 *n.* 運輸

porter 〔'portɚ〕 *n.* 腳夫

```
port    +    er
 |            |
運送(carry)＋表人的名詞字尾
```
運送者 ⇨ *n.* **脚夫**

The ***porter*** was given a tip after carrying the bags to the room. 腳夫在搬運袋子到房間後，得到賞錢。

* porterage 〔'portərɪdʒ, 'pɔr-〕 *n.* 搬運業；運費
  porteress 〔'portərɪs, 'pɔr-〕 *n.* 女搬運者

portmanteau 〔port'mænto〕 *n.* 皮箱

```
port    +    manteau
 |              |
運送(carry)＋覆罩物(mantle)
```
用來運送的覆罩物 ⇨ *n.* **皮箱**

His ***portmanteau*** exploded and spilled the contents on the street. 他的皮箱爆開了，而把箱內的東西灑落在街上。

portable 〔'portəbḷ, 'pɔr-〕 *adj.* 可携帶的

```
port    +    able
 |            |
帶(carry)＋形容詞字尾
```
可帶的 ⇨ *adj.* **可携帶的**

Portable bicycles are now being sold in the market.
手提式脚踏車現在上市了。

* portability 〔,portə'bɪlətɪ, ,pɔr-〕 *n.* 輕便

portage 〔'portɪdʒ, 'pɔr-〕 *n.* 運輸；運費

```
port    +    age
 |            |
運送(carry)＋名詞字尾
```
運送 ⇨ *n.* **運輸；運費**

They were required to pay a small amount of *portage* when they reached the mountain pass.

當他們到達山隘時，他們受到要求付了少許運費。

portfolio 〔 port'folɪ,o 〕 *n.* 紙夾；公事包

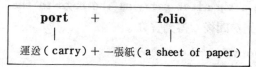

The applicant showed his *portfolio* to the manager to show his competence at the job.

應徵者拿他的公文夾給經理看，以證明他對這個工作的能力。

《 字源 26 》

post ; pose ; posit ; pon ; pound
= place ; put（排列；放置）

postage 〔'postɪdʒ〕 *n.* 郵費

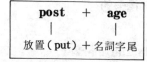

The price for *postage* in and around the island has been raised by fifty percent.

島內和近島的郵費價格已提高了百分之五十。

* postal〔'postl̩〕 *adj.* 郵政的　　*n.* 明信片
  postbag〔'post,bæg〕 *n.* 郵件；郵袋
  postman〔'postmən〕 *n.* 郵差

compose〔kəm'poz〕 *v.* 組成；作曲

com ＋ **pose**	
│　　　　│	放～在一起 ⇨ *v.* **組成；作曲**
一起 (together) ＋ 放置 (put)	

Mozart started ***composing*** music when he was young.

莫札特年輕時就開始作曲。

* composition〔ˏkɑmpə'zɪʃən〕 *n.* 組成；構成
   composure〔kəm'poʒɚ〕 *n.* 沈著
   composed〔kəm'pozd〕 *adj.* 安靜的
   composedness〔kəm'pozɪdnɪs〕 *n.* 鎮靜

depose〔dɪ'poz〕 *v.* 免職；罷黜

de ＋ **pose**	
│　　　　│	放開 ⇨ *v.* **免職；罷黜**
離開 (away) ＋ 放置 (put)	

The hated tyrant was ***deposed*** in a bloodless coup.

可恨的暴君在一次不流血的政變中被廢除了。

* deposal〔dɪ'pozl̩〕 *n.* 免職

dispose〔dɪ'spoz〕 *v.* 配置；處理

dis ＋ **pose**	
│　　　　│	分開排列 ⇨ *v.* **配置；處理**
分開 (apart) ＋ 排列 (place)	

We should ***dispose*** of our garbage properly.

我們應該適當地處理垃圾。

* disposition〔ˏdɪspə'zɪʃən〕 *n.* 配置；處分；性情
   disposal〔dɪ'spozl̩〕 *n.* 排列；處理
   disposed〔dɪ'spozd〕 *adj.* 有～傾向的

expose 〔 ɪk'spoz 〕 *v.* 暴露;揭穿

```
    ex    +    pose
    |          |
出來(out)+放置(put)
```
放出來 ⇨ *v.* **暴露;揭穿**

The thief *exposed* himself when he tried to sell the stolen good. 該小偷設法要賣贓物時暴露了身份。

* exposure 〔 ɪk'spoʒɚ 〕 *n.* 暴露(於日光、風雨等);(商品的)陳列
  exposition 〔,ekspə'zɪʃən〕 *n.* (商品、工業的)博覽會

impose 〔 ɪm'poz 〕 *v.* 加(負擔、懲罰)於;課稅

```
    im    +    pose
    |          |
之於(on)+放置(put)
```
放於~之上 ⇨ *v.* **加(負擔、懲罰)於**

He always *imposed* his opinion upon others.
他總是強迫別人接受其意見。

* imposition 〔,ɪmpə'zɪʃən〕 *n.* 課稅;利用
  imposing 〔 ɪm'pozɪŋ〕 *adj.* 壯麗的;威風凜凜的

interpose 〔,ɪntɚ'poz 〕 *v.* 介入

```
    inter      +      pose
    |                  |
在~之間(between)+放置(put)
```
置於~之間 ⇨ *v.* **介入**

The schoolmaster *interposed* between the two quarelling friends. 該教師介入這兩個爭吵的朋友之間。

* interposal 〔,ɪntɚ'pozḷ〕 *n.* 置於中間(= *interposition*)
  interpolation 〔ɪn,tɚpə'leʃən〕 *n.* 插入;添加

oppose 〔ə'poz〕 *v.* 反對

```
      op      +    pose
      |            |
   逆向(against)＋放置(put)
```
逆向放置～ ⇨ *v.* **反對**

The conservatives ***opposed*** the plan for a denuclearization of Europe. 保守黨員反對歐洲的停止核子武器試驗計畫。

* opposition 〔,apə'zɪʃən〕 *n.* 反對
   opposed 〔ə'pozd〕 *adj.* 相對的
   opposite 〔'apəzɪt〕 *adj.* 相反的

propose 〔prə'poz〕 *v.* 提議

```
      pro     +    pose
      |            |
   向前(forward)＋放置(put)
```
向前放 ⇨ *v.* **提議**

The host ***proposed*** a toast after the dinner to his guests. 晚餐後主人提議舉杯祝賀賓客。

* proposal 〔prə'pozl〕 *n.* 建議
   proposition 〔,prapə'zɪʃən〕 *n.* 提議

purpose 〔'pɝpəs〕 *n.* 目的　　*v.* 意欲；企圖

```
      pur     +    pose
      |            |
   在前(before)＋放置(put)
```
放～於前 ⇨ *n.* **目的**
　　　　　v. **意欲；企圖**

His ***purpose*** for coming here was to secure our agreement. 他們來此的目的是想獲得我們的贊同。

He ***purposed*** a further attempt to win the race. 他想要作進一步嘗試以贏得賽跑。

* purposely 〔'pɝpəslɪ〕 *adv.* 故意地

repose 〔 rɪ'poz 〕 *n.*,*v.* 休息

re	+	pose
|		|
回來（back）+ 放置（put）		

放回來 ⇨ *n.*,*v.* **休息**

In the serenity of the mountains he was able to find some much needed *repose*.

在寧靜的山中，他可以多獲得所需的休息。

He is now *reposing* in his seaside hideaway.

他現在正在海邊的隱居地休息。

　　* reposeful 〔 rɪ'pozfḷ 〕 *adj.* 鎮靜的

suppose 〔 sə'poz 〕 *v.* 假定；想像

sup	+	pose
|		|
下方（under）+ 放置（put）		

放於～之下 ⇨ *v.* **假定；想像**

Let us *suppose* that the character in the film did not die.

讓我們假定，這部電影的主角沒有死。

　　* supposition 〔,sʌpə'zɪʃən〕 *n.* 假定

transpose 〔 træns'poz 〕 *v.* 調換；改換

trans	+	pose
|		|
超過（beyond）+ 放置（put）		

放置～超過～ ⇨ *v.* **調換；改換**

The pianist had to *transpose* the score to suit the singer's voice.

鋼琴師必須轉換總樂譜的調子，以配合歌手的聲音。

　　* transposable 〔 træns'pozəbḷ 〕 *adj.* 可置換的

posit 〔'pɑzɪt 〕 *v.* 布置；安排

Their unconditional surrender was ***posited*** for ending the war.
他們無條件投降爲的是安排結束戰爭。

position 〔 pə'zɪʃən 〕 *n.* 位置；地位

posit	+	ion
|		|
放置（put）＋		名詞字尾

放置 ⇨ *n.* **位置；地位**

His ***position*** in the company has been threatened by the new arrival. 他在公司的地位已因新來者而受到威脅了。

　　* positional 〔 pə'zɪʃənḷ 〕 *adj.* 位置（上）的

positive 〔'pɑzətɪv 〕 *adj.* 明確的

posit	+	ive
|		|
放置（put）＋		形容詞字尾

安置好的 ⇨ *adj.* **明確的**

His proposal received a ***positive*** reaction.
他的建議得到明確的回應。

　　* positively 〔'pɑzətɪvlɪ 〕 *adv.* 積極地

preposition 〔,prɛpə'zɪʃən 〕 *n.* 介系詞；前置詞

pre	+	posit	+	ion
|		|		|
在前（before）＋		放置（put）＋		名詞字尾

放置於前 ⇨ *n.* **介系詞；前置詞**

He has a difficulty of grasping the use of ***prepositions***.
他在瞭解介系詞用法上有困難。

　　* prepositional 〔,prɛpə'zɪʃənḷ 〕 *adj.* 介系詞的

apposition 〔ˌæpə'zɪʃən〕 *n.* 並置；同位

ap	+	posit	+	ion
↓		↓		↓
朝向(to)	+	放置(put)	+	名詞字尾

朝向～放置 ⇨ *n.* **並置；同位**

The *apposition* " criminal " was added on to the sentence to emphasize his disgrace.

同位語「罪犯」加在該句中，是用以強調他的恥辱。

* appositive 〔ə'pɑzətɪv〕 *adj.* 同位的；同格的

deposit 〔 dɪ'pɑzɪt 〕 *v.* 存放；繳保證金　*n.* 存款；保證金

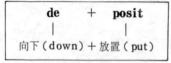

He has *deposited* a sizeable sum of money in the bank.

他已經在銀行存了一筆數目可觀的錢了。

He had to leave one month's rent as *deposit*.

他必須留一個月的房租作爲保證金。

* depositary 〔dɪ'pɑzə,tɛrɪ〕 *n.* 信託公司

postpone 〔 post'pon 〕 *v.* 延期

post	+	pone
↓		↓
之後(after)	+	放置(put)

放於～之後 ⇨ *v.* **延期**

The meeting was again *postponed* due to bad weather.

會議因爲壞天氣的關係又延期了。

* postponable 〔 post'ponəbl 〕 *adj.* 可延期的

compound 〔kɑm'paʊnd〕 *v.* 混合

```
      com    +    pound
       |           |
   共同(together)+ 放置(put)
```
共同放置 ⇨ *v.* **混合**

You will *compound* the problem if you don't apologize.
如果你不道歉的話，你會把問題搞混。

   * compounding 〔'kɑmpaʊndɪŋ〕 *n.* 組合

expound 〔ɪk'spaʊnd〕 *v.* 詳細解釋

```
      ex    +    pound
       |           |
   出來(out)+ 放置(put)
```
放置出來 ⇨ *v.* **詳細解釋**

You are able to further *expound* his ideas in the forum.
你可以在討論會中進一步解釋他的想法。

《 字源 27 》

   press = press (壓)

press 〔prɛs〕 *v.* 壓；按；熨

Please have my pants *pressed*. 請把我的褲子熨好。

   * pressure 〔'prɛʃ⋋〕 *n.* 壓力   pressman 〔'prɛsmən〕 *n.* 印刷工人

depress 〔dɪ'prɛs〕 *v.* 壓下；使沮喪

```
      de    +    press
       |           |
   下方(down)+ 壓(press)
```
向下方壓 ⇨ *v.* **壓下；使沮喪**

I was *depressed* by the bad news. 我因那個壞消息而心感沮喪。

> * depression〔dɪ'prɛʃən〕*n*.沮喪；低氣壓
> depressed〔dɪ'prɛst〕*adj*.沮喪的；壓下的
> depressing〔dɪ'prɛsɪŋ〕*adj*.鬱悶的；抑壓的

express〔ɪk'sprɛs〕*v*.表達　*n*.快遞

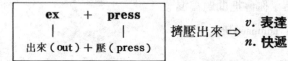

You must learn to *express* yourself in public.

你要學著在公衆面前表達自己的意思。

I have sent it by *express*. 我已將它以快遞寄出。

> * expression〔ɪk'sprɛʃən〕*n*.表達；措辭
> expressive〔ɪk'sprɛsɪv〕*adj*.表現的

impress〔ɪm'prɛs〕*v*.銘記　〔'ɪmprɛs〕*n*.蓋印；印象

I was *impressed* with what he had done.

我深深記得他所做過的事。

The *impress* had the school's insignia on it.

那個印有學校的標幟在上頭。

> * impression〔ɪm'prɛʃən〕*n*.印象；蓋印
> impressive〔ɪm'prɛsɪv〕*adj*.留給人深刻印象的

oppress 〔ə'prɛs〕 *v.* 壓迫；壓抑

```
        op      +   press
        |           |
    逆～( against ) + 壓 ( press )
```
逆壓 ⇨ *v.* **壓迫；壓抑**

The tyrant who governs this country *oppresses* the people cruelly. 統治該國的暴君殘酷地壓迫人民。

* oppression〔ə'prɛʃən〕*n.* 壓迫；高壓手段
  oppressive〔ə'prɛsɪv〕*adj.* 壓迫的

repress 〔rɪ'prɛs〕 *v.* 鎮壓；抑制

```
        re    +   press
        |         |
    回 ( back ) + 壓 ( press )
```
壓迫回來 ⇨ *v.* **鎮壓；抑制**

The regiment was ordered to *repress* the revolt.
該團奉令去鎮壓叛變。

* repression〔rɪ'prɛʃən〕*n.* 鎮壓
  repressible〔rɪ'prɛsəbl̩〕*adj.* 可鎮壓的
  repressive〔rɪ'prɛsɪv〕*adj.* 鎮壓的

suppress 〔sə'prɛs〕 *v.* 鎮壓；禁止出版

```
        sup      +   press
        |            |
    ～下方 ( under ) + 壓 ( press )
```
壓往下方 ⇨ *v.* **鎮壓；禁止出版**

A crackdown *suppressed* the fledgeling protest movement.
一項懲罰行動鎮壓了初具雛形的抗議活動。

* suppression〔sə'prɛʃən〕*n.* 鎮壓；平定
  suppressive〔sə'prɛsɪv〕*adj.* 鎮壓的
  suppressible〔sə'prɛsəbl̩〕*adj.* 可鎮壓的

Exercise Nine

❖ **請在空白處填入適當的字源並完成該單字：**

1. **ex** + _____ = _____
出去(out)　　運送(carry)　　　輸出(send abroad)

2. **im** + _____ = _____
進入(in)　　運送(carry)　　　輸入(receive)

3. **sup** + _____ = _____
下方(under)　　放置(put)　　假定(assume)

4. _____ + **pone** = _____
之後(after)　　放置(put)　　延後(delay)

5. **com** + _____ = _____
共同(together)　　放置(put)　　混合(mix)

6. **ex** + _____ = _____
出來(out)　　壓(press)　　表達(show)

7. **op** + _____ = _____
逆～(against)　　壓(press)　　壓迫(rule cruelly)

※答案請參考《字源 25 》到《字源 27 》。

~~~《 字源 28 》~~~~~~~~~~~~~~~~~~~~~~~~~~~

prov ; **prob** = test ; try ; examine ; good
（測驗；試驗；檢查；滿意的）

~~~~~~

prove〔pruv〕v. 證明；試驗

He has **proven** he can do the job.

　他證明了他可以做這件工作。

　　* proof〔pruf〕n. 證據；考驗

approve〔əˊpruv〕v. 贊成；批准

ap ＋ **prove**
｜　　　　｜
朝向（to)＋試驗（try)

向～試驗 ⇨ v. **贊成；批准**

The principal **approved** the scheme for increasing the number
of students.

　校長批准了增加學生人數的方案。

　　* approval〔əˊpruvḷ〕n. 贊成

disprove〔dısˊpruv〕v. 證明為誤；舉反證

dis ＋ **prove**
｜　　　　｜
否定的（negative）＋ 試驗（try)

試驗為否定的 ⇨ v. **證明為誤**

After learning the fallacies of logic, we were asked to **dis-
prove** the statement of the teacher.

　學了邏輯謬誤的推理後，我們受到要求證明老師的陳述為誤。

　　* disproval〔dısˊpruvəḷ〕n. 反證

improve 〔 ɪmˈpruv 〕 *v*. 改善；增進

im + prove	
| |	使～朝向滿意的 ⇨ *v.* **改善；增進**
朝向 (to)＋滿意的 (good)	

We are pleased to see the democratic conditions in this country are ***improving.*** 我們很高興見到這個國家的民主狀況正在改善中。

> * improvement 〔 ɪmˈpruvmənt 〕 *n.* 改良；改進之處
> improvable 〔 ɪmˈpruvəb!̩ 〕 *adj.* 可改善的
> improvability 〔 ɪm,pruvəˈbɪlətɪ 〕 *n.* 改善之可能性

reprove 〔 rɪˈpruv 〕 *v.* 譴責；責罵

re + prove	
| |	證明～為逆 ⇨ *v.* **譴責；責罵**
逆 (against)＋證明 (prove)	

She ***reproved*** the babysitter for not taking good care of her baby. 她責備保母沒有照顧好她的小孩。

> * reproof 〔 rɪˈpruf 〕 *n.* 譴責；斥責的話

re-prove 〔 rɪˈpruv 〕 *v.* 再證明

re + prove	
| |	再證明～ ⇨ *v.* **再證明**
再 (again)＋證明 (prove)	

The formula needs to be ***re-proved.*** 這公式要再證明。

probable 〔ˈprɑbəb!̩ 〕 *adj., n.* 可能的 (事)

prob + able	
| |	可證明的 ⇨ *adj., n.* **可能的 (事)**
證明 (prove)＋可～的 (able)	

A **probable** conclusion for the story is that money is not everything. 這故事可能的結論是：金錢並非萬能的 。

* probability〔͵prɑbə'bɪlətɪ〕*n.* 可能性
  probably〔'prɑbəblɪ〕*adv.* 或許；大概

《 字源 29 》

quire ; quest ; quisit = seek ; ask（追求；要求）

---

acquire〔ə'kwaɪr〕*v.* 獲得

| ac + quire |
| | |
| 去（to）+ 追求（seek） |

去追求 ➪ *v.* **獲得**

It is helpful to **acquire** a good learning habit.

獲得好的學習習慣是有助益的 。

* acquirement〔ə'kwaɪrmənt〕*n.* 取得
  acquisition〔͵ækwə'zɪʃən〕*n.* 獲得
  acquisitive〔ə'kwɪzətɪv〕*adj.* 想獲得的

inquire〔ɪn'kwaɪr〕*v.* 查詢；調查

| in + quire |
| | |
| 深入（in;into）+ 追求（seek） |

深入探求 ➪ *v.* **查詢；調查**

The police are **inquiring** about the whereabouts of the wanted criminal. 警方正在調查通緝犯的行踪 。

* inquiry〔ɪn'kwaɪrɪ , 'ɪnkwərɪ〕*n.* 調查；詢問
  inquisite〔ɪn'kwɪzɪt〕*v.* 審訊；調查
  inquisition〔͵ɪnkwə'zɪʃən〕*n.* 調查；研討

require 〔 rɪˈkwaɪr 〕 v. 需要；要求

```
    re    +   quire
    |         |          再度求取 ⇨ v. 需要；要求
  再度(again)＋求取(ask)
```

This sport *requires* vigor and stamina.
該項運動需要體力與耐力。

* requirement 〔 rɪˈkwaɪrmənt 〕 *n*. 需要；需要之事物
  requisite 〔ˈrɛkwəzɪt 〕 *adj*. 需要的
  requisition 〔 ˌrɛkwəˈzɪʃən 〕 *n*. 需要；請求

quest 〔 kwɛst 〕 *n*. 探求；尋找

Her *quest* for happiness led her on a whirlwind tour of the world.
她對快樂的追求使她作了旋風式的環球之旅。

question 〔ˈkwɛstʃən 〕 *n*. 疑問；問題

```
   quest  +  ion
    |         |          疑問 ⇨ n. 疑問；問題
  問(ask)＋名詞字尾
```

I would like to ask a *question*. 我想要問一個問題。

* questionable 〔ˈkwɛstʃənəbl̩ 〕 *adj*. 有問題的；引起爭論的

request 〔 rɪˈkwɛst 〕 v. 請求；需求

```
    re    +   quest
    |         |          再要求 ⇨ v. 請求；需求
  再(again)＋要求(ask)
```

We *requested* our English teacher to put off the exam.
我們請求英文老師將考試延期。

exquisite 〔'ɛkskwɪzɪt〕 *adj.* 精美的；優雅的

```
ex    +   quisite
 |          |
出來(out)＋求得（ask）
```
求取出來 ⇨ *adj.* **精美的；優雅的**

She is a woman of *exquisite* taste.
她是一個有精緻品味的女人。

conquer 〔'kɔŋkɚ〕 *v.* 征服；攻略

```
con      +   quer
 |            |
完全地(wholly)＋追求（seek）
```
完全求得 ⇨ *v.* **征服；攻略**

The giant state was able to *conquer* the smaller states by
use of brute force. 大國可以藉著使用暴力征服小國。

> * conquest 〔'kaŋkwɛst〕 *n.* 征服；戰勝
> conquerable 〔'kaŋkərəbḷ〕 *adj.* 可勝的；可克服的
> conqueror 〔'kaŋkərɚ〕 *n.* 征服者；勝利者

《 字源 30 》

　　rupt = break（打破，破裂）

rupture 〔'rʌptʃɚ〕 *n.* 破裂；絕交

```
rupt   +   ure
 |          |
打破(break)＋名詞字尾
```
打破的關係 ⇨ *n.* **破裂；絕交**

The balloon was *ruptured* by the talons of the bird.
汽球被鳥爪抓破了。

abrupt 〔 əˈbrʌpt 〕 *adj.* 突然的；不意的

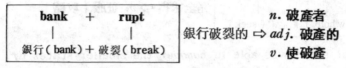

ab	+	rupt
離開（off）＋破裂（break）

突然破裂的 ⇨ *adj.* **突然的；不易的**

His *abrupt* resignation shocked his close friends.
他的突然辭職使其密友們震驚。

> * abruptly 〔 əˈbrʌptlɪ 〕 *adv.* 突然地；唐突地

bankrupt 〔ˈbæŋkrʌpt 〕 *n.* 破產者 *adj.* 破產的 *v.* 使破產

bank	+	rupt
銀行（bank）＋ 破裂（break）

銀行破裂的 ⇨

n. **破產者**
adj. **破產的**
v. **使破產**

We will become *bankrupt* if we don't get more customers.
如果我們不多獲得一些顧客，我們會破產的。

His ostentatious life style *bankrupted* the business.
他舖張的生活方式使他的事業破產。

> * bankruptcy 〔ˈbæŋkrʌptsɪ 〕 *n.* 破產；倒閉

corrupt 〔 kəˈrʌpt 〕 *v.*, *adj.* 腐敗（的）

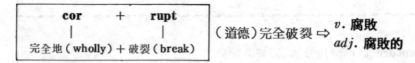

cor	+	rupt
完全地（wholly）＋破裂（break）

（道德）完全破裂 ⇨
v. **腐敗**
adj. **腐敗的**

Uncensored television programs have *corrupted* the minds of the children.
未經檢查的電視節目已腐壞了小孩子的心靈。

His *corrupt* way of living will one day lead to his downfall.
他腐敗的生活方式有一天會導致他毀滅。

> * corruption 〔 kəˈrʌpʃən 〕 *n.* 腐化；墮落

disrupt〔dɪs'rʌpt〕*v.* 使分裂；使中斷　*adj.* 中斷的

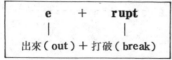

dis	+	**rupt**
分開(apart)＋		破裂(break)

破裂分開 ⇨ *v.* **使分裂；使中斷**
adj. **中斷的**

The opposition tried to **disrupt** the meeting.

反對黨設法要讓該會議中斷。

Workers are trying to fix the **disrupt** telephone line.

工人設法要修理中斷的電話線路。

* disruption〔dɪs'rʌpʃən〕*n.* 分裂；瓦解
  disruptive〔dɪs'rʌptɪv〕*adj.* 引起分裂的；破裂的

erupt〔ɪ'rʌpt〕*v.* 爆發；迸出

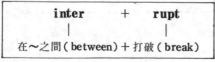

e	+	**rupt**
出來(out)＋		打破(break)

破裂開來 ⇨ *v.* **爆發；迸出**

The volcano **erupted** with a display of spewing fire and molten rock.

火山爆發，噴出火焰和熔岩。

* eruption〔ɪ'rʌpʃən〕*n.* (火山之)爆發；噴火

interrupt〔,ɪntə'rʌpt〕*v.* 打斷；打擾

inter	+	**rupt**
在～之間(between)＋		打破(break)

在中間打破 ⇨ *v.* **打斷；打擾**

He has this habit of **interrupting** conversations which I find annoying.

他有這種打斷別人談話的習慣，讓我覺得很討厭。

* interruption〔,ɪntə'rʌpʃən〕*n.* 打岔；中斷

~~~~~Exercise Ten~~~~~

❖ 請試以字源分析法解析下列各字:

1. **approve**
   (*n*. approval)

   $$\begin{array}{cc} \text{ap} + & \text{prove} \\ | & | \\ \text{to} & \text{try} \end{array} \rightarrow v. \text{ 贊成 ; 批准}$$

   ----

2. **disprove**
   (*n*. disproval)

   ----

3. **improve**
   (*n*. improvement)
   (*adj*. improvable)

   ----

4. **acquire**
   (*n*. acquirement)
   (*adj*. acquisitive)

   ----

5. **conquer**
   (*n*. conquest)
   (*adj*. conquerable)

   ----

6. **rupture**

   ----

7. **bankrupt**
   (*n*. bankruptcy)

   ----

8. **interrupt**
   (*n*. interruption)

《 字源 31 》

scend = climb （爬；登）

ascend 〔ə'sɛnd〕 *v.* 上升；登

```
    a  +  scend
    |        |
去 (to) + 爬 (climb)
```
爬上去 ⇨ *v.* **上升；登**

As the plane *ascended* to the sky, the passengers were pushed back against their seats due to the plane's accelerating velocity. 當飛機升空時，由於飛機加速，乘客會往後推碰到座位。

* ascent 〔ə'sɛnt〕 *n.* 上升；攀登
    ascendancy 〔ə'sɛndənsɪ〕 *n.* 優越；權勢
    ascendant 〔ə'sɛndənt〕 *adj.* 上升的；優越的

descend 〔dɪ'sɛnd〕 *v.* 下降

```
    de  +  scend
    |         |
下來 (down) + 爬 (climb)
```
爬下來 ⇨ *v.* **下降**

The parachutist *descended* safely to the ground.
跳傘者安全地降落到地面。

* descent 〔dɪ'sɛnt〕 *n.* 降下；降落
    descendant 〔dɪ'sɛndənt〕 *n.* 子孫；後裔

condescend 〔,kɑndɪ'sɛnd〕 *v.* 屈就

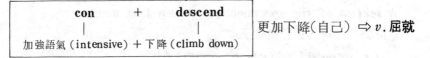

```
    con       +       descend
    |                    |
加強語氣 (intensive) + 下降 (climb down)
```
更加下降(自己) ⇨ *v.* **屈就**

He hates people who ***condescend*** on people of lower status.

他討厭對地位較低者屈就的人。

* condescension 〔,kɑndɪ'sɛnʃən〕 *n.* 謙卑；謙讓
  condescending 〔,kɑndɪ'sɛndɪŋ〕 *adj.* 屈尊的；降格相從的

transcend 〔træn'sɛnd〕 *v.* 勝過；超越

> **tran(s)** + **scend**
> |　　　　　　|
> 超越過 (beyond, over) + 登 (climb)

登超越過～ ⇨ *v.* **勝過；超越**

If you can ***transcend*** your weaknesses, I believe you will reach your goal.

如果你能戰勝自己的弱點，我相信你會達成目標。

* transcendence 〔træn'sɛndəns〕 *n.* 超越；優越 (= *transcendency*)
  transcendent 〔træn'sɛndənt〕 *adj.* 超凡的；卓越的
  transcendental 〔,trænsɛn'dɛntḷ〕 *adj.* 先驗的；超自然的
  transcendentalism 〔,trænsɛn'dɛntḷ,ɪzəm〕 *n.* 先驗哲學；超越論

《字源 32》

sect = cut （切割）

section 〔'sɛkʃən〕 *n.* 部分；節；區域

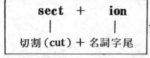

> **sect** + **ion**
> |　　　|
> 切割 (cut) + 名詞字尾

切割開的東西 ⇨ *n.* **部分；節；區域**

A ***section*** of the specimen was stolen last night.

昨晚一部份的樣品被偷了。

* sectional 〔'sɛkʃənḷ〕 *adj.* 分項的；區域的
  sectionalism 〔'sɛkʃənḷ,ɪzəm〕 *n.* 地方主義；地方偏見

bisect 〔baɪ'sɛkt〕 v. 分切爲二；平分

bi	+	sect
|		|
二 (two)	+	切割 (cut)

切割爲二 ⇨ v. **分切爲二；平分**

The biology teacher **bisected** the frog without fear.
生物老師毫不害怕地將靑蛙分割爲二。

　　* bisection 〔baɪ'sɛkʃən〕 n. 二斷；二等分

insect 〔'ɪnsɛkt〕 n. 昆蟲（如蚊、蠅）

in	sect
|	|
進入 (in)	+ 切 (cut)

切進(人皮膚等)之物 ⇨ n. **昆蟲(如蚊、蠅)**

The **insect** I hate most is the cockroach.
我最討厭的昆蟲是蟑螂。

　　* insecticide 〔ɪn'sɛktə,saɪd〕 n. 殺蟲劑

intersect 〔,ɪntɚ'sɛkt〕 v. 貫穿；相交

inter	+	sect
|		|
在～之間 (between)	+	切 (cut)

切到～之間 ⇨ v. **貫穿；相交**

The railroad **intersected** major cities and towns.
該條鐵路貫穿主要的城鎮。

　　* intersection 〔,ɪntɚ'sɛkʃən〕 n. 交叉點；交叉

《字源 33》

scribe；**script** = write（寫；劃）

ascribe 〔əˈskraɪb〕 *v.* 歸因於～

```
    a  +  scribe
    |        |
  到(to) + 寫(write)
```
寫到～ ⇨ *v.* **歸因於～**

He *ascribed* his success to his mother. 他將他的成功歸功於母親。

> * ascription 〔əsˈkrɪpʃən〕 *n.* 歸屬；歸因
>   ascribable 〔əsˈkraɪbəbl〕 *adj.* 可歸屬於～的；起因於～的

circumscribe 〔ˌsɚkəmˈskraɪb〕 *v.* 畫界限

```
   circum  +  scribe
     |           |
 周圍(around) + 畫(write)
```
在周圍畫～ ⇨ *v.* **畫界限**

The symbol is a triangle *circumscribed* with a circle.
該符號是一個三角形外接圓形。

> * circumscription 〔ˌsɚkəmˈskrɪpʃən〕 *n.* 限制；界限

describe 〔dɪˈskraɪb〕 *v.* 記述；描寫

```
    de   +  scribe
    |          |
 下來(down) + 寫(write)
```
寫下來 ⇨ *v.* **記述；描寫**

It was hard for her to *describe* her experience.
要她描述她的經歷是很困難的。

> * description 〔dɪˈskrɪpʃən〕 *n.* 描寫；說明
>   descriptive 〔dɪˈskrɪptɪv〕 *adj.* 敘述的；說明的

inscribe 〔ɪnˈskraɪb〕 *v.* 題記；刻銘

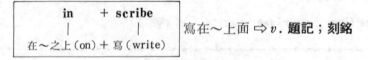

```
    in    +  scribe
    |          |
 在～之上(on) + 寫(write)
```
寫在～上面 ⇨ *v.* **題記；刻銘**

The lovers ***inscribed*** their names on the tree for eternity.

戀人將名字刻於樹上以誌永恆 。

* inscription〔ɪn'skrɪpʃən〕*n*. 題字；碑銘

prescribe〔prɪ'skraɪb〕*v*. 指示；命令

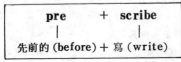

事先就寫好的 ⇨ *v*. **指示；命令**

The doctor ***prescribed*** good rest and plenty of fresh fruit.

醫生指示（要有）充份的休息和大量的新鮮水果 。

* prescription〔prɪ'skrɪpʃən〕*n*. 規定；命令

subscribe〔 səb'skraɪb〕*v*. 簽名；訂閱

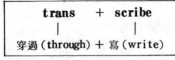

寫在～下面 ⇨ *v*. **簽名；訂閱**

I ***subscribe*** to Time and Newsweek. 我訂閱了時代雜誌和新聞週刊。

* subscription〔səb'skrɪpʃən〕*n*. 署名；簽諾
    subscriber〔səb'skraɪbə〕*n*. 簽名者；捐獻者

transcribe〔træn'skraɪb〕*v*. 謄寫；抄寫

trans	+	**scribe**
|		|
穿過（through）	+	寫（write）

⇨ *v*. **謄寫；抄寫**

The reporter ***transcribed*** the whole conversation for reference.

記者抄下整個談話做爲參考 。

* transcript〔'træn,skrɪpt〕*n*. 副本；抄本
    transcription〔'træn'skrɪpʃən〕*n*. 謄寫；抄寫

conscribe 〔kən'skraɪb〕 *v.* 徵服兵役

> **con + scribe**
> |　　　|
> 一起 (together) + 寫 (write)
>
> 一起寫下(姓名)⇨ *v.* **徵服兵役**

The able-bodied men of the village were all ***conscribed*** to the army. 村裏的壯丁全都徵召入伍了。

> ＊ conscription 〔kən'skrɪpʃən〕 *n.* 徵集；徵兵
> conscript 〔'kɑnskrɪpt〕 *n.* 徵集入伍的兵士

manuscript 〔'mænjə,skrɪpt〕 *n.* 手稿；原稿

> **manu + script**
> |　　　|
> 手 (hand) + 寫 (write)
>
> 手寫的東西 ⇨ *n.* **手稿；原稿**

I sent a copy of my ***manuscript*** to the editor.
我送一份手稿的影印本去給一位編輯。

postscript 〔'pos·skrɪpt,'post-〕 *n.* (信件中)附筆；再啓(= *p.s.*)

> **post + script**
> |　　　|
> 之後 (after) + 寫 (write)
>
> 加寫在後面的 ⇨ *n.* **附筆；再啓**

A ***postscript*** was added before the mail was sent.
信寄出之前，增加了一項附筆。

Scripture 〔'skrɪptʃɚ〕 *n.* 聖經

> **script + ure**
> |　　　|
> 寫 (write) + 名詞字尾
>
> 寫下來的(經典)⇨ *n.* 聖經

The ***Scripture*** was followed to the letter on those days.
在那時候，聖經上的每一個細節都爲人所遵從。

Exercise Eleven

❖ 請在空白處填入適當的字源並完成該單字：

1.　　**a**　　＋　------------------------　＝　------------------------------------
　　去（to）　　　　爬（climb）　　　　　　　　　上升；登（rise）

2.　　**de**　＋　------------------------　＝　------------------------------------
　　下來（down）　　　爬（climb）　　　　　　　　下降（fall）

3.　**tran(s)**　＋　------------------------　＝　------------------------------------
　超越過（beyond）　　登（climb）　　　　　　　　勝過（go beyond）

4.　　**bi**　＋　------------------------　＝　------------------------------------
　　二（two）　　　　切割（cut）　　　　　　　　分切為二
　　　　　　　　　　　　　　　　　　　　　　　（cut into two parts）

5.　　**inter**　＋　------------------------　＝　------------------------------------
　　在～之間　　　　　切（cut）　　　　　　　　　貫穿；相交
　　（between）　　　　　　　　　　　　　　　（cut or cross each other）

6.　　**de**　＋　------------------------　＝　------------------------------------
　　下來（down）　　　寫（write）　　　　　　　　敍述（define）

7.　　**post**　＋　------------------------　＝　------------------------------------
　　之後（after）　　　寫（write）　　　　　　　　附筆
　　　　　　　　　　　　　　　　　　　　（sentences added after the signature）

※ 答案請參考《字源 31》到《字源 33》。

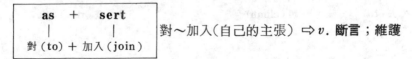

《 字源 34 》

sert = join ; put （加入，結合；放置）

assert 〔ə'sɜt〕 *v.* 斷言；維護

```
    as   +   sert
    |        |          對～加入（自己的主張）⇨ v. 斷言；維護
  對 (to) + 加入 (join)
```

When the workers went on strike, they were merely *asserting* their rights.

　　當工人實行罷工時，他們只是在維護自己的權利而已。

　　* assertion 〔ə'sɜʃən〕 *n.* 確說；斷言
　　　assertive 〔ə'sɜtɪv〕 *adj.* 斷定的；確信的

insert 〔ɪn'sɜt〕 *v.* 插入

```
    in   +   sert
    |        |          結合進入～ ⇨ v. 插入
  進入 (into) + 結合 (join)
```

The newspaper *inserted* an apology to its readers on the editorial page. 該報紙在社論版插入一段對讀者的道歉啓示。

　　* insertion 〔ɪn'sɜʃən〕 *n.* 插入；插入物

desert 〔'dɛzət〕 *n.* 沙漠　〔dɪ'zɜt〕 *v.* 放棄

```
    de   +   sert
    |        |          脫離相結合 ⇨  n. 沙漠
  脫離 (off) + 結合 (join)              v. 放棄
```

The *desert* oasis supported a community of two hundred people. 那個沙漠綠洲維持了一個兩百人組成的社區。

The soldier *deserted* the army for lack of courage.

該士兵因缺乏勇氣而放棄軍隊。

* desertion〔dɪ'zɝʃən〕 *n.* 放棄；遺棄
  deserted〔dɪ'zɝtɪd〕 *adj.* 荒蕪的；被遺棄的

exert〔ɪg'zɝt〕 *v.* 運用；行使

ex + (s)ert
| |
出去(out) + 放置(put)

放置～出去 ⇨ *v.* **運用；行使**

As the deadline approached, the factory worker *exerted* more effort to finish the job.

因爲最後期限將近，工廠工人盡更大的努力在完成工作。

* exertion〔ɪg'zɝʃən〕 *n.* 努力；用力

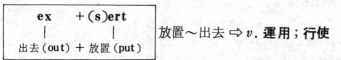

《 字源 35 》

serv；**serve** = keep；heed；serve
                 （保持；注意；服務）

conserve〔kən'sɝv〕 *v.* 保存；保全

con + serve
| |
一起(together) + 保持(keep)

一起保持著～ ⇨ *v.* **保存；保全**

The reason why he sleeps too much he says is because he wants to *conserve* his energy.

他說他睡太多的原因是，他想要保存精力。

* conservation〔,kɑnsə'veʃən〕 *n.* 保存；保藏
  conservatism〔kən'sɝvətɪzəm〕 *n.* 保守主義
  conservative〔kən'sɝvətɪv〕 *adj.* 保守的；守舊的

deserve 〔dɪ'zɝv〕 *v.* 值得;該受

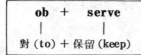

de	+	**serve**
│		│
加強語氣 (intensive)	+	服務 (serve)

(值得)受服務 ⇨ *v.* **值得;該受**

The question *deserves* your attention.
該問題值得你注意。

> * desert 〔dɪ'zɝt〕 *n.* 應得的賞罰 (常用 *pl.*)
> deserved 〔dɪ'zɝvd〕 *adj.* 應得的;當然的
> deserving 〔dɪ'zɝvɪŋ〕 *adj.* 相當的;值得的

observe 〔əb'zɝv〕 *v.* 觀察;遵守

ob	+	**serve**
│		│
對 (to)	+	保留 (keep)

對~持保留(意見) ⇨ *v.* **觀察;遵守**

You are to *observe* the rules and regulations of this school.
你們要遵守這個學校的規則。

> * observation 〔,ɑbzə'veʃən〕 *n.* 觀察;注意
> observance 〔əb'zɝvəns〕 *n.* 遵守;奉行
> observant 〔əb'zɝvənt〕 *adj.* 善於觀察的;留心的
> observatory 〔əb'zɝvə,torɪ〕 *n.* 天文臺;氣象臺

preserve 〔prɪ'zɝv〕 *v.* 保藏;保管

pre	+	**serve**
│		│
事先 (beforehand)	+	保存 (keep)

事先保存 ⇨ *v.* **保藏;保管**

Although under much stress, he was able to *preserve* decorum.
雖然受到很多壓力,他還是能夠保有禮節。

> * preservation 〔,prɛzə'veʃən〕 *n.* 保護;保存
> preserver 〔prɪ'zɝvə〕 *n.* 保護者;保管者

reserve 〔rɪ'zɜv〕 *n., v.* 保留；貯備；隱藏

re + serve
| |
回來(back) + 保存(keep)

把～保存回來 ⇨ *n., v.* **保留；貯備；隱藏**

I have this stockpile as a *reserve* for any eventualities.
我先預留這份，為任何可能發生的情事作貯備。

The teacher *reserved* some books for the students to read in the library. 老師在圖書館裏貯備了一些書，好讓學生閱讀。

* reservation 〔,rɛzə'veʃən〕 *n.* 隱藏；隱諱
  reserved 〔rɪ'zɜvd〕 *adj.* 預定的；儲備的
  reservoir 〔'rɛzə,vɔr,-,vwɔr,-,vwɑr〕 *n.* 貯水池；水庫

serve 〔sɜv〕 *v.* 服務；服役

He was *served* graciously by the waitress of the restaurant.
他受到餐廳服務小姐親切地服務。

* service 〔'sɜvɪs〕 *n.* 服務；幫助
  servant 〔'sɜvənt〕 *n.* 僕人；服務者

servile 〔'sɜvɪl〕 *adj.* 奴隸的；卑屈的

serv + ile
| |
僕人；奴隸(servant；slave) + 形容詞字尾

奴隸的 ⇨ *adj.* **奴隸的；卑屈的**

His *servile* attitude ingratiated him to his boss.
他卑屈的態度討好了他的老闆。

* servility 〔sə'vɪlətɪ〕 *n.* 卑躬屈節；奴隸性
  servitude 〔'sɜvə,tjud〕 *n.* 奴役；苦役

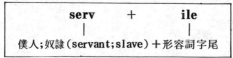

《字源 36》

sign = sign；mark（簽名；作記號，劃）

sign 〔saɪn〕 *n.* 記號；跡象　*v.* 簽字；做手勢

Their inability to raise production is a ***sign*** of incompetence.
他們無法提高生產即是一種無能的跡象。

The two parties ***signed*** the contract in simple ceremonies.
雙方在簡單的儀式下簽定合約。

　　＊ signboard 〔'saɪn,bord,-,bɔrd〕 *n.* 廣告牌；告示牌
　　signature 〔'sɪgnətʃə〕 *n.* 簽字
　　signal 〔'sɪgnḷ〕 *v.* 發信號　*n.*, *adj.* 信號（的）

signify 〔'sɪgnə,faɪ〕 *v.* 表示～之義

The manager ***signified*** his displeasure with the employee by
moving him to an unpopular post.
該經理藉著把他調到一個不受歡迎的職位來表示他對此員工的不滿。

　　＊ significance 〔sɪg'nɪfəkəns〕 *n.* 重要；重大
　　signification 〔sɪg,nɪfə'keʃən〕 *n.* 正確的意義；意味
　　significant 〔sɪg'nɪfəkənt〕 *adj.* 有意義的；含有意味的

assign 〔ə'saɪn〕 *v.* 分配；指派

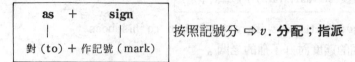

We are usually ***assigned*** our work during the morning.
我們通常在早晨接受指派工作。

　　＊ assignment 〔ə'saɪnmənt〕 *n.* 派定的工作
　　assignation 〔,æsɪg'neʃən〕 *n.* 分配；讓渡

design 〔dɪ'zaɪn〕 *n.* 設計；圖案 *v.* 設計；作圖案

de	+	sign
出來 (out)	+	畫 (mark)

畫出來 ⇨ *n.* **設計；圖案**
v. **設計；作圖案**

The *design* on this cloth is really attractive.
這塊布的圖案實在吸引人。

The decorator specially *designed* the room for his own use.
裝潢師特別設計這間房間供自己使用。

 * designer 〔dɪ'zaɪnə〕 *n.* 設計家；設計者

designate 〔'dɛzɪg,net〕 *v.* 標明；任命

de	+	sign	+	ate
下來 (down)	+	作記號 (mark)	+	動詞字尾

作記號下來 ⇨ *v.* **標明；任命**

The king personally *designates* his prime ministers.
那國王私下任命了他的首相。

 * designation 〔,dɛzɪg'neʃən, ,dɛs-〕 *n.* 指示；指定

resign 〔rɪ'zaɪn〕 *v.* 辭職；順從

re	+	sign
再 (again)	+	簽名 (sign)

再度簽署 ⇨ *v.* **辭職；順從**

He *resigned* because he was asked to do things against his beliefs.
他辭職了，因為他被要求做與他信仰相違背的事。

 * resignation 〔,rɛzɪg'neʃən, ,rɛs-〕 *n.* 辭職；辭呈

Exercise Twelve

❖ 請試以字源分析法解析下列各字：

1. **assert**
   (*n*. assertion)
   (*adj*. assertive)

$$\begin{array}{ccc} \text{as} & + & \text{sert} \\ | & & | \\ \text{to} & & \text{join} \end{array} \rightarrow v. \text{斷言；維護}$$

   ----

2. **insert**
   (*n*. insertion)

   ----

3. **conserve**
   (*n*. conservation)
   (*adj*. conservative)

   ----

4. **observe**
   (*n*. observation)
   (*adj*. observant)

   ----

5. **preserve**
   (*n*. preservation)

   ----

6. **assign**
   (*n*. assignment)

   ----

7. **design**
   (*n*. designer)

   ----

8. **resign**
   (*n*. resignation)

※ 答案請參考《字源 34 》到《字源 36 》。

《 字源 37 》

sist = stand (站 , 立)

assist 〔ə'sɪst〕 *v.* 幫助;參加

as	**+**	**sist**
朝向 (to)	+	站 (stand)

朝誰而站 ⇨ *v.* **帮助;参加**

He was ***assisted*** by two servants due to his disability.
他因沒有行為能力而受到兩個僕人幫忙。

* assistance 〔ə'sɪstəns〕 *n.* 幫助
  assistant 〔ə'sɪstənt〕 *n.* 助手;助教   *adj.* 輔助的;副的

consist 〔kən'sɪst〕 *v.* 組成;存在

con	**+**	**sist**
一起 (together)	+	站立 (stand)

站在一起 ⇨ *v.* **組成;存在**

The dish ***consisted*** of various vegetables and meats.
那道菜由各種蔬菜和肉類所製成。

* consistence 〔kən'sɪstəns〕 *n.* 一致;堅固(= *consistency*)
  consistent 〔kən'sɪstənt〕 *adj.* 前後一貫的;一致的

desist 〔dɪ'zɪst〕 *v.* 停止;斷念

de	**+**	**sist**
離開 (away)	+	站 (stand)

站離開 ⇨ *v.* **停止;斷念**

The girl ***desisted*** the amorous advances of her boss.
那女孩斷絕了她老闆進一步示愛的念頭。

exist 〔ɪgˈzɪst〕 *v*. 存在；生存

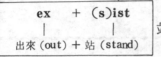

站出來 ⇨ *v*. 存在；生存

Some men can **exist** without water for at most seven days.
有些人沒有水最多只能活七天。

> * existence 〔ɪgˈzɪstəns〕 *n*. 存在；實在
> existent 〔ɪgˈzɪstənt, ɛg-〕 *adj*. 存在的；生存的
> existing 〔ɪgˈzɪstɪŋ〕 *adj*. 現存的；目前的

insist 〔ɪnˈsɪst〕 *v*. 堅持；強調

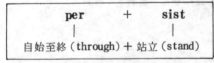

If you *insist* on being stubborn, your standing with the group
is bound to fall.
如果你堅持固執下去，你在團體中的地位一定會下降。

> * insistence 〔ɪnˈsɪstəns〕 *n*. 堅持；強調
> insistent 〔ɪnˈsɪstənt〕 *adj*. 堅持的；緊急的

persist 〔pəˈzɪst, -ˈsɪst〕 *v*. 固執；堅持

```
      per     +    sist
       |            |           始終站立 ⇨ v. 固執；堅持
  自始至終（through）＋ 站立（stand）
```

The runner *persisted* in the race until he finished.
該跑者一直堅持到比賽結束。

> * persistence 〔pəˈsɪstəns, -ˈzɪst-〕 *n*. 堅忍；固執
> persistent 〔pəˈzɪstənt, -ˈsɪst-〕 *adj*. 固執的；繼續的

resist 〔rɪ′zɪst〕 v. 抵抗；對抗

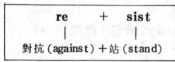

| re   +   sist |
| 對抗 (against) ＋ 站 (stand) |

站著對抗 ⇨ v. **抵抗；對抗**

He was not able to ***resist*** the temptation of the chocolate cake. 他無法抵抗巧克力蛋糕的誘惑。

* resistance 〔rɪ′zɪstəns〕 n. 抵抗；抵抗力
  resistant 〔rɪ′zɪstənt〕 adj. 抵抗的 n. 反對者 (= resistor)

subsist 〔səb′sɪst〕 v. 賴～爲生；生存

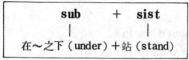

| sub   +   sist |
| 在～之下 (under) ＋ 站 (stand) |

站在～之下 ⇨ v. **賴～爲生；生存**

When they were trapped in the mountains, they ***subsisted*** on eating wild berries and plants.

當他們陷在山裏時，他們靠吃野生漿果和植物爲生。

* subsistence 〔səb′sɪstəns〕 n. 生活；生存

~~~《 字源 38 》~~~

solve；**solut** = loosen (放鬆)

solve 〔sɑlv〕 v. 解決；溶解

The gifted boy was able to ***solve*** the mathematical problem in a matter of seconds.

該天才兒童大約幾秒鐘就能解出數學難題。

* solution 〔sə′luʃən, -′lju-〕 n. 解答；溶解
  soluble 〔′sɑljəbl〕 adj. 可溶解的；可解決的

absolve 〔æb'sɑlv,əb-,-zɑlv〕 v. 赦免;免除

ab + **solve**	
| |	從~放鬆 ⇨ v. **赦免;免除**
從 (from) + 放鬆 (loosen)	

The court *absolved* him of all misdoings.
法庭赦免他的一切過錯。

absolute 〔'æbsə,lut〕 adj. 完全的;專制的

ab + **solut(e)**	
| |	解放不受拘束的 ⇨ adj. **完全的;專制的**
從 (from) + 放鬆 (loosen)	

An *absolute* ruler is one whose word is law.
一個專制的統治者是他的話就是法律的人。

　　＊ absolutely 〔'æbsə,lutlɪ, ,æbsə'lutlɪ〕 adv. 完全地;絕對地

dissolve 〔dɪ'zɑlv〕 v. 溶解;解散

dis + **solve**	
| |	放鬆開來 ⇨ v. **溶解;解散**
分開 (apart) + 放鬆 (loosen)	

The powder can be *dissolved* in water. 該粉末可在水中溶解。

　　＊ dissolution 〔,dɪsə'luʃən,-sl'ju-〕 n. 分解;分裂

resolve 〔rɪ'zɑlv〕 v. 下決心;解決

re + **solve**	
| |	放鬆~使回復 ⇨ v. **下決心;解決**
回來 (back) + 放鬆 (loosen)	

They were able to *resolve* the conflict through peaceful
negotiations. 他們可以透過和平談判解決爭執。

　　＊ resolution 〔,rɛzə'luʃən,-zl'juʃən〕 n. 已決定的事;決心
　　　 resolute 〔'rɛzə,lut,'rɛzl,jut〕 adj. 堅決的;斷然的

《字源 39》

speet；spic；scope = look；see
（觀看；看見）

circumspect〔'sɜkəm,spɛkt〕*adj.* 愼重的

```
    circum ＋   spect
       |         |
  周圍（around）＋ 看（look）
```
四處看 ⇨ *adj.* **愼重的**

He was *circumspect* on the closing of the deal.
他對完成此項交易非常愼重。

* circumspection〔,sɜkəm'spɛkʃən〕*n.* 小心；愼重
circumspective〔,sɜkəm'spɛktɪv〕*adj.* 留神的；周到的

expect〔ɪk'spɛkt〕*v.* 期待；預期

```
    ex  ＋（s）pect
     |         |
  向外（out）＋觀看（look）
```
向外觀看 ⇨ *v.* **期待；預期**

We can *expect* probably a twenty percent return on our invest-
ment. 我們可以預期我們的投資可能有百分之二十的利潤。

* expectation〔,ɛkspɛk'teʃən〕*n.* 期望；預料
expectancy〔ɪk'spɛktənsɪ, ɛk-〕*n.* 期待；預期
expectant〔ɪk'spɛktənt, ɛk-〕*adj.* 期待的；希冀的

inspect〔ɪn'spɛkt〕*v.* 檢查；查閱

```
    in  ＋  spect
     |         |
  進入（into）＋ 看（look）
```
看進入～之內 ⇨ *v.* **檢查；查閱**

The principal *inspected* the lockers for hidden drugs.

首長檢查櫃子是否藏藥 。

> * inspection 〔ɪnˈspɛkʃən〕 *n.* 調查;檢閱
> inspector 〔ɪnˈspɛktɚ〕 *n.* 檢查員;視察員

introspect 〔ˌɪntrəˈspɛkt〕 *v.* 內省;反省

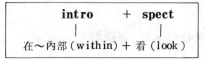

When he fell silent everybody thought he was *introspecting*.

當他靜下來的時候,每個人都以為他在反省 。

> * introspection 〔ˌɪntrəˈspɛkʃən 〕 *n.* 內省;自省
> introspective 〔ˌɪntrəˈspɛktɪv〕 *adj.* 內省的;好內省的

prospect 〔ˈprɑspɛkt〕 *n.* 希望;展望

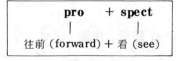

The *prospect* of finding oil in these islands is quite promising.

在這些島嶼發現石油的前景相當可觀 。

> * prospective 〔prəˈspɛktɪv〕 *adj.* 預期的;未來的

respect 〔rɪˈspɛkt〕 *n., v.* 尊敬;敬重

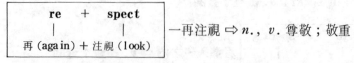

You've got to show a little bit more *respect* to your elders.

你們得對長輩表現多一點尊敬 。

I shall **respect** any decision you should make on this matter.
我會尊重你對這件事所應做的任何決定。

* respectable〔rɪ'spɛktəbl〕 *adj.* 有聲望的；受尊敬的
  respectful〔rɪ'spɛktfəl〕 *adj.* 表示尊敬的；有禮貌的
  respective〔rɪ'spɛktɪv〕 *adj.* 個別的；各個的

retrospect〔'rɛtrə,spɛkt〕 *v.,n.* 回顧

retro + **spect**
|　　|
往後 (back) + 看 (look)

向後看 ⇨ *v.,* *n.* 回顧

The administration **retrospected** on its achievements and
failures during its anniversary.
行政部門於一週年時回顧其成敗。

In **retrospect** of the past events, I think it's time to take
a harder line on our policies.
對過去的事件作回顧，我認為正是我們在政策上採取較強硬措施的
時刻。

* retrospection〔,rɛtrə'spɛkʃən〕 *n.* 回顧
  retrospective〔,rɛtrə'spɛktɪv〕 *adj.* 回顧的；追想的

suspect〔sə'spɛkt〕 *v.* 懷疑
　　　〔'sʌspɛkt〕 *n.* 嫌疑犯　 *adj.* 令人懷疑的

sus + **(s)pect**
|　　|
在～之下 (under) + 看 (look)

想看出(外表)之下的東西

⇨ *v.* 懷疑　 *n.* 嫌疑犯　 *adj.* 令人懷疑的

We **suspected** a mouse eating our food.
我們懷疑老鼠吃了我們的食物。

He was the prime **suspect** for the downing of the plane.

他是擊落飛機的最大嫌疑犯。

His lack of an alibi made him **suspect** to the crime.

他的缺乏不在場證明使他涉嫌此案。

　　　* suspicion〔sə'sprʃən〕*n*. 懷疑；嫌疑
　　　　suspicious〔sə'sprʃəs〕*adj*. 懷疑的；可疑的

aspect〔'æspɛkt〕*n*. 觀點；外觀

```
    a  +  spect
    |        |          看到之事 ⇨ n. 觀點；外觀
  到(to) + 看(look)
```

He always consider a question in all its **aspects**.

他總是從各個觀點來考慮一個問題。

spectacle〔'spɛktəkl〕*n*. 景象；壯觀；眼鏡（*pl*.）

```
  spect + a +  cle
    |          |       看到的東西 ⇨ n. 壯觀；眼鏡(pl.)
  看(look) +  + 名詞字尾
```

The cityscape from atop the mountain was a **spectacle** to see.

從山頂觀看市景，甚是壯觀。

I use my **spectacles** very rarely. 我很少戴眼鏡。

　　　* spectacular〔spɛk'tækjələ〕*adj*. 壯觀的；奇觀的
　　　　spectator〔'spɛktetə, spɛk'tetə〕*n*. 旁觀者

speculate〔'spɛkjə‚let〕*v*. 思索；投機

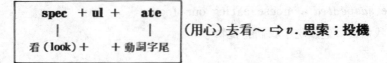

```
  spec + ul +  ate
    |          |       (用心)去看～ ⇨ v. 思索；投機
  看(look) +  + 動詞字尾
```

Only those who have extra money can *speculate* in the stock
market.

只有那些有餘錢的人，才有辦法在股票市場做投機生意。

> * speculation〔,spɛkjə'leʃən〕 *n.* 思索；投機
> speculative〔'spɛkjə,letɪv〕 *adj.* 思索的；投機的

conspicuous〔kən'spɪkjʊəs〕 *adj.* 顯著的

con	+	spic	+ u +	ous
│		│		│
完全 (wholly)	+	看 (look) +	+	形容詞字尾

看得很完全的
⇨ *adj.* 顯著的

The place where she hid was too *conspicuous*.
她躲藏的地方太顯著了。

despise〔dɪ'spaɪz〕 *v.* 輕視；蔑視

de	+	spise
│		│
往下 (down)	+	看 (look)

往下看 ⇨ *v.* 輕視；蔑視

Liars are *despised* by honest people. 說謊者為誠實的人所輕視。

specimen〔'spɛsəmən〕 *n.* 樣品；標本

speci	+	men
│		│
看 (look)	+	名詞字尾

供來看的東西 ⇨ *n.* 樣品；標本

We went on a field trip to collect some *specimens*.
我們舉行實地考察旅行以收集一些標本。

scope〔skop〕 *n.* 範圍；眼界

The *scope* of his knowledge is wide and deep.
他的知識範圍廣大而又精深。

telescope [ˈtɛləˌskop] *n.* 望遠鏡

> | tele + scope |
> | 遠 (far) + 看 (see) |

用來看遠的東西 ⇨ *n.* **望遠鏡**

We were able to see the moon for the first time close up
with a *telescope*. 我們第一次能夠以望遠鏡這麼近地看到月亮。

* telescopic [ˌtɛləˈskɑpɪk] *adj.* 望遠鏡的；用望遠鏡所看見的

microscope [ˈmaɪkrəˌskop] *n.* 顯微鏡

> | micro + scope |
> | 小 (small) + 看 (see) |

用來看小的東西 ⇨ *n.* **顯微鏡**

You need to have a *microscope* to see cells.
你必須有一架顯微鏡好觀看細胞。

periscope [ˈpɛrəˌskop] *n.* 潛望鏡

> | peri + scope |
> | 四周 (around) + 看 (see) |

用來看四周的東西 ⇨ *n.* **潛望鏡**

A *periscope* is used in submarines to view ships on the
surface.
潛望鏡是用來在潛水艇裏觀察水面上的船隻。

stethoscope [ˈstɛθəˌskop] *n.* 聽診器

> | stetho + scope |
> | 胸 (chest) + 觀看 (look) |

檢查胸腔的儀器 ⇨ *n.* **聽診器**

A doctor used a *stethoscope* to listen to my heart beat.
醫生用聽診器聽我的心跳。

⌇⌇⌇⌇⌇Exercise Thirteen⌇⌇⌇⌇⌇

❖ 請在空白處填入適當的字源並完成該單字：

1. **as**　　＋　_____　＝　_____
    　朝向（to）　　　　　　站（stand）　　　　　　　　　幫助（help）

2. **de**　　＋　_____　＝　_____
    　離開（away）　　　　　站（stand）　　　　　　　　　停止（stop）

3. **per**　　＋　_____　＝　_____
    　自始至終　　　　　　站立（stand）　　　　　　　堅持（continue firmly）
    　（through）

4. **ab**　　＋　_____　＝　_____
    　從（from）　　　　　　放鬆（loosen）　　　　　　　赦免（discharge）

5. **dis**　　＋　_____　＝　_____
    　分開（apart）　　　　　放鬆（loosen）　　　　　　　溶解（melt）

6. **ex**　　＋　_____　＝　_____
    　向外（out）　　　　　　觀看（look）　　　　　　　　預期（anticipate）

7. **retro**　＋　_____　＝　_____
    　往後（back）　　　　　看（look）　　　　　　　　　回顧（look back）

※ 答案請參考《字源 37 》到《字源 39 》。

《字源 40 》

spire；spira；spir＝ breathe（呼吸）

aspire〔ə'spaɪr〕*v.* 熱望；渴望

```
       a    +    spire
       |         |
   對著(to) + 呼吸(breathe)
```
對～吐氣 ⇨ *v.* **熱望；渴望**

He is *aspiring* to join the Olympics next year.
他渴望能參加明年的奧林匹克運動會。

　　＊ aspiration〔‚æspə'reʃən〕*n.* 呼吸；渴望
　　　aspiring〔əs'paɪrɪŋ〕*adj.* 抱大願望的；有大志的

conspire〔kən'spaɪr〕*v.* 共謀；圖謀

```
       con    +    spire
       |           |
   共同(together) + 呼吸(breathe)
```
共同呼吸 ⇨ *v.* **共謀；圖謀**

The two *conspired* to embezzle the company of millions of dollars. 這兩人共謀盜用公司的數百萬元。

　　＊ conspiracy〔kən'spɪrəsɪ〕*n.* 陰謀；共謀

inspire〔ɪn'spaɪr〕*v.* 鼓舞；激發

```
       in    +    spire
       |          |
   進入(into) + 呼吸(breathe)
```
吸進（活力）⇨ *v.* **鼓舞；激發**

His sacrifice *inspired* the men to strive harder.
他的犧牲鼓舞了這些人更艱苦奮鬥。

　　＊ inspiration〔‚ɪnspə'reʃən〕*n.* 靈感；啟示
　　　inspiring〔ɪn'spaɪrɪŋ〕*adj.* 鼓舞的；鼓勵的
　　　inspired〔ɪn'spaɪrd〕*adj.* 吸入的；受到靈感的

expire 〔ɪk'spaɪr〕 *v.* 呼氣；期滿

ex ＋ **(s)pire**	
| |	
出去（out）＋呼吸（breathe）	

呼出去 ⇨ *v.* **呼氣；期滿**

The deadline for submitting your entry has already *expired*.
交出你們的參加競賽者名單的期限已經到期了。

　　＊ expiration 〔,ɛkspə'reʃən〕 *n.* 呼出；期滿

perspire 〔pɚ'spaɪr〕 *v.* 流汗

per ＋ **spire**	
| |	
透過（through）＋呼吸（breathe）	

透過（皮膚）呼吸 ⇨ *v.* **流汗**

Walking under the midday sun, the fat man *perspired* profuse-
ly. 在正午的大太陽下走路，那個胖子汗流浹背。

　　＊ perspiration 〔,pɝspə'reʃən〕 *n.* 汗；流汗

respire 〔rɪ'spaɪr〕 *v.* 呼吸

re ＋ **spire**	
| |	
再（again）＋呼吸（breathe）	

一再地呼吸 ⇨ *v.* **呼吸**

This machine will help patients with lung problems to *respire*.
這機器會幫助肺出問題的病人呼吸。

　　＊ respiration 〔,rɛspə'reʃən〕 *n.* 呼吸
　　respiratory 〔rɪ'spaɪrə,torɪ, -,tɔrɪ, 'rɛspərə- 〕 *adj.* 呼吸用的

suspire 〔sə'spaɪr〕 *v.* 嘆息

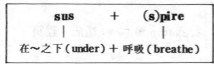

sus ＋ **(s)pire**	
| |	
在～之下（under）＋呼吸（breathe）	

往下吐氣 ⇨ *v.* **嘆息**

He *suspired* with satisfaction at the escape of the hero in the movie. 他因電影中的男主角脫逃而滿意地嘆息。

transpire 〔 træn'spaɪr 〕 v. 排出；洩露

The plants *transpired* carbon dioxide at night.
植物在夜間排出二氧化碳。

spirit 〔'spɪrɪt 〕 n. 精神；心情

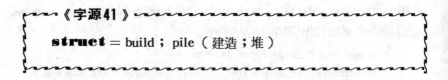

He went to the picnic in a gay *spirit*.
他以愉快的心情去野餐。

> ＊ spiritual 〔'spɪrɪtʃʊəl 〕 adj. 精神上的；靈魂的
> spirited 〔'spɪrɪtɪd 〕 adj. 精神飽滿的；活潑的
> spiritless 〔'spɪrɪtlɪs 〕 adj. 無精神的；垂頭喪氣的

《字源41》

struct ＝ build；pile（建造；堆）

construct 〔 kən'strʌkt 〕 v. 組成；建築

A new building was being ***constructed*** on what was once paddy fields. 一幢新建築正在昔日是稻田的土地上興建。

* construction〔kən'strʌkʃən〕*n.* 建築；構造
constructive〔kən'strʌktɪv〕*adj.* 構造上的；建設性的

instruct〔ɪn'strʌkt〕*v.* 敎授；命令

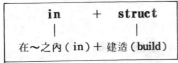

in   +   struct
| |
在～之內（in）＋ 建造（build）

在心中建造 ⇨ *v.* **敎授；命令**

They were ***instructed*** to not leave without permission.
他們受到命令，未經允許不准離開。

* instruction〔ɪn'strʌkʃən〕*n.* 敎授；敎導
instructive〔ɪn'strʌktɪv〕*adj.* 敎訓的；有益的
instructor〔ɪn'strʌktɚ〕*n.* 敎師；大學講師

obstruct〔əb'strʌkt〕*v.* 妨礙；阻斷

ob   +   struct
| |
反對（against）＋ 建造（build）

建造～以對抗 ⇨ *v.* **妨礙；阻斷**

The car accident ***obstructed*** the flow of traffic.
車禍阻礙了交通的順暢。

* obstruction〔əb'strʌkʃən〕*n.* 阻礙物；障礙
obstructive〔əb'strʌktɪv〕*adj.* 妨礙的

destroy〔dɪ'strɔɪ〕*v.* 毀壞

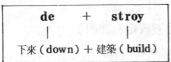

de   +   stroy
| |
下來（down）＋ 建築（build）

使建築倒下 ⇨ *v.* **毀壞**

The flood *destroyed* all the cars parked in the basement.

洪水毀壞了所有停在地下室的車子。

* destruction〔dɪ'strʌkʃən〕*n.* 毀壞；毀滅
  destructive〔dɪ'strʌktɪv〕*adj.* 破壞的；毀壞的
  destroyer〔dɪ'strɔɪɚ〕*n.* 破壞者；毀滅者

structure〔'strʌktʃɚ〕*n.* 構造；結構

struct + ure
| |
堆（pile）＋名詞字尾　　堆起的物品 ⇨ *n.* **構造；結構**

The *structure* of the company was reorganized to allow more decision making at the bottom.

該公司的架構受到重組以容許更多基層所做的決定。

* structural〔'strʌktʃərəl〕*adj.* 建築的；建築用的

《字源42》

sume ; sumpt = take（拿）

assume〔ə'sjum〕*v.* 假定；僭取

as + sume
| |
去（to）＋拿（take）　　拿～充當 ⇨ *v.* **假定；僭取**

In some countries you are *assumed* guilty until proven innocent.

在某些國家，在證明無罪之前，你是被假定有罪的。

* assumption〔ə'sʌmpʃən〕*n.* 假定的事物；擔任

consume 〔kən'sum, -'sjum〕*v.* 消耗；耗盡

```
        con      +   sume
         |            |
    完全 (completely) + 拿 (take)
```
全部拿走 ⇨ *v.* **消耗；耗盡**

The office *consumed* vast amounts of paper every year.
辦公室每年耗費大量的紙張。

* consumption 〔kən'sʌmpʃən〕*n.* 消耗；用盡
  consumptive 〔kən'sʌmptɪv〕*adj.* 消費的；消耗的
  consumer 〔kən'sumɚ, -'sjumɚ〕*n.* 消費者；消耗者

presume 〔prɪ'zum〕*v.* 假定；推測

```
        pre      +   sume
         |            |
    之前 (before)   + 拿 (take)
```
比別人先拿 ⇨ *v.* **假定；推測**

He was *presumed* dead when his heartbeat stopped.
當他的心跳停止時，他被推測是死亡了。

* presumption 〔prɪ'zʌmpʃən〕*n.* 推定；僭越
  presumable 〔prɪ'zuməbl̩, -'zɪum-〕*adj.* 可假定的；可能的
  presuming 〔prɪ'zumɪŋ〕*adj.* 假定的；推測的

resume 〔rɪ'zum〕*v.* 重新開始；繼續

```
        re       +   sume
         |            |
    再 (again)     + 拿 (take)
```
再拿回來 ⇨ *v.* **重新開始；繼續**

We *resume* work after an hour's rest at twelve o'clock.
我們在十二點休息一小時後，重新開始工作。

* resumption 〔rɪ'zʌmpʃən〕*n.* 重獲；重新開始
  resumptive 〔rɪ'zʌmptɪv〕*adj.* 收回的；恢復的

Exercise Fourteen

❖ 請試以字源分析法解析下列各字：

1. **conspire**
   (*n*. conspiracy)

   $$con + spire$$
   | | → *v*. 共謀；圖謀
   together breathe
   -

2. **inspire**
   (*n*. inspiration)
   (*adj*. inspiring)

   -

3. **suspire**

   -

4. **construct**
   (*n*. construction)
   (*adj*. constructive)

   -

5. **obstruct**
   (*n*. obstruction)
   (*adj*. obstructive)

   -

6. **destroy**
   (*n*. destruction)
   (*adj*. destructive)

   -

7. **assume**
   (*n*. assumption)

   -

8. **resume**
   (*n*. resumption)
   (*adj*. resumptive)

   -

《 字源 43 》

tain ; **tin** ; **ten** = hold (保持，拿)

abstain 〔əb'sten, æb-〕 *v.* 戒絕

abs	+	tain
遠離 (away from)	+	保持 (hold)

離開保持的狀態 ⇨ *v.* **戒絕**

Christians ***abstain*** from eating red meat during Holy Week.
基督教徒在復活節前一週戒吃紅肉。

　　＊ abstinence 〔'æbstənəns〕 *n.* 禁戒

contain 〔kən'ten〕 *v.* 包含；容納

con	+	tain
一起 (together)	+	保持 (hold)

保持在一起⇨ *v.* **包含；容納**

The box ***contained*** precious jewels and coins of the Spanish
conquerors. 箱內含有珍貴的珠寶及西班牙殖民期的錢幣。

　　＊ content 〔'tɑntɛnt,kən'tɛnt〕 *n.* 所容之物；內容
　　cont_ainer 〔kən'tenɚ〕 *n.* 容器

detain 〔dɪ'ten〕 *v.* 阻止；留住；拘留

de	+	tain
下來 (down)	+	保持 (hold)

把～保持下來 ⇨ *v.* **阻止；留住；拘留**

The police ***detained*** him for his connection to the murder.
警方因他與謀殺案有關連而拘留他。

　　＊ detention 〔dɪ'tɛnʃən〕 *n.* 阻止；延遲

entertain 〔,ɛntɚˈten〕 *v.* 使娛樂；款待

enter + tain
| |
在～之間 (between) + 保持 (hold)

保持在(愉快)之中 ⇨ *v.* **使娛樂；款待**

He used to ***entertain*** the jet-set in his apartment.
他習慣在寓所款待上流社交界伙伴。

> * entertainment 〔,ɛntɚˈtenmənt〕 *n.* 娛樂；招待
> entertaining 〔,ɛntɚˈtenɪŋ〕 *adj.* 娛樂的；有趣的

maintain 〔menˈten〕 *v.* 保持；維持

main + tain
| |
手 (hand) + 拿 (hold)

手拿著～ ⇨ *v.* 保持；維持

Friendly relations still can be ***maintained*** between them.
他們之間的友誼仍可維持下去。

> * maintenance 〔ˈmentənəns, -tɪn-〕 *n.* 保持；保有

obtain 〔əbˈten〕 *v.* 獲得

ob + tain
| |
接近 (near) + 拿 (hold)

拿近 (自己) ⇨ *v.* **獲得**

I was able to ***obtain*** my master's degree in the University
of Chicago. 我可以獲得芝加哥大學的碩士學位。

> * obtainable 〔əbˈtenəbl̩〕 *adj.* 可獲得的

pertain 〔pɚˈten〕 *v.* 屬於；有關於

per + tain
| |
完全 (thoroughly) + 保持 (hold)

完全保持著 ⇨ *v.* **屬於；有關於**

The letter does not ***pertain*** to politics. 這封信與政治無關。

　　＊ pertaining〔pə'tenɪŋ〕*adj.* 有關的

retain〔rɪ'ten〕*v.* 保有；記得

re ＋ tain
| 　　 |
後面 (back) ＋ 保持 (hold)

保留在後面 ⇨ *v.* **保有；記得**

She still ***retains*** a graceful figure. 她仍保有優美的身材。

sustain〔sə'sten〕*v.* 支撐；維持

sus ＋ tain
| 　　 |
在～之下 (under) ＋ 保持 (hold)

保持在～之下 ⇨ *v.* **支撐；維持**

My income could barely ***sustain*** the expenses of my family.
　我的收入僅夠維持家庭開支。

　　＊ sustenance〔'sʌstənəns〕*n.* 支持；營養物

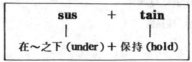

《字源 44》

tent ； tens ； tend ＝ stretch（伸展）

intent〔ɪn'tɛnt〕*n.* 意旨；目的　　*adj.* 專心的；決心的

in ＋ tent
| 　　 |
向內 (in) ＋ 伸展 (stretch)

向內伸展 ⇨ *n.* **意旨；目的**
　　　　　　adj. **專心的；決心的**

It was his ***intent*** to maim and not to kill the victim.
　他的目的是使受害者殘廢，而不是殺死他們。

He was ***intent*** of making her his at all costs.

他不計一切代價，決心要使她成爲他的人。

    * intently 〔ɪn'tɛntlɪ〕 *adv.* 專心地

tensile 〔'tɛnsḷ, -sɪl〕 *adj.* 張力的；緊張的

      tens   +   **ile**
       | |
  伸展 (stretch) + 形容詞字尾   伸展的 ⇨ *adj.* **張力的；緊張的**

The ***tensile*** strength of a single strand of the spider's web is stronger than the single strand of steel.

一縷蜘蛛網絲的張力比一根鋼絲的張力還強。

    * tensibility 〔,tɛnsə'bɪlətɪ〕 *n.* 伸長性

attend 〔ə'tɛnd〕 *v.* 參加；出席

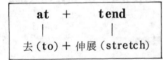

    at   +   **tend**
     | |
  去 (to) + 伸展 (stretch)   伸展出去 ⇨ *v.* **參加；出席**

A hundred people ***attended*** the royal wedding last year.

去年有一百人參加皇室婚禮。

    * attendance 〔ə'tɛndəns〕 *n.* 出席   attendant 〔ə'tɛndənt〕 *n.* 侍者
      attention 〔ə'tɛnʃən〕 *n.* 注意   attentive 〔ə'tɛntɪv〕 *adj.* 注意的

contend 〔kən'tɛnd〕 *v.* 爭鬥；堅信

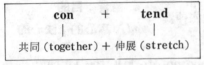

     con   +   **tend**
      | |
  共同 (together) + 伸展 (stretch)   共同伸展 ⇨ *v.* **爭鬥；堅信**

I have ***contended*** his decision on the case.

我堅信他對此案的判決是對的。

    * contentious 〔kən'tɛnʃəs〕 *adj.* 好辯的

distend 〔dɪ'stɛnd〕 *v.* 擴張；膨脹

dis	+	**tend**
|		|
離開 (away)	+	伸展 (stretch)

伸展開來 ⇨ *v.* **擴張；膨脹**

He *distended* the rubber band until it snapped.
他伸展橡皮圈，直到它斷掉。

* distension 〔dɪ'stɛnʃən〕 *n.* 膨脹；延伸 (= *distention*)
  distensible 〔dɪ'stɛnsəbḷ〕 *adj.* 膨脹的
  distensibility 〔dɪs,tɛnsə'bɪlətɪ〕 *n.* 膨脹性；擴大性

extend 〔ɪk'stɛnd〕 *v.* 伸延；伸展

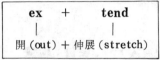

ex	+	**tend**
|		|
開 (out)	+	伸展 (stretch)

伸展開來 ⇨ *v.* **伸延；伸展**

I have had my visa *extended* for another two months.
我已把簽證再延長兩個月。

* extended 〔ɪk'stɛndɪd〕 *adj.* 很長的；伸出的
  extension 〔ɪk'stɛnʃən〕 *n.* 延長；伸展
  extensible 〔ɪk'stɛnsəbḷ, ɛk-〕 *adj.* 伸展的
  extender 〔ɛk'stɛndə〕 *n.* 延伸者

intend 〔ɪn'tɛnd〕 *v.* 意圖；打算

in	+	**tend**
|		|
入 (in; into)	+	伸展 (stretch)

伸展心志進入～ ⇨ *v.* **意圖；打算**

I *intend* to follow this through until I find the truth.
我打算完全遵循這個，直到我發現真理為止。

* intention 〔ɪn'tɛnʃən〕 *n.* 目的；意圖
  intent 〔ɪn'tɛnt〕 *n.* 意旨；意向　　intended 〔ɪn'tɛndɪd〕 *adj.* 故意的
  intentional 〔ɪn'tɛnʃənḷ〕 *adj.* 有意的；故意的

pretend 〔prɪˈtɛnd〕 *v.* 假裝

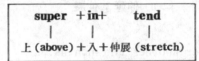

```
        pre    +    tend
         |            |
      向前 (before) + 伸展 (stretch)
```

向前伸展開來 ⇨ *v.* **假裝**

When we were young we used to ***pretend*** that we were adults.
　當我們年輕時，我們常常假裝自己是大人。

> * pretentious 〔prɪˈtɛnʃəs〕 *adj.* 虛飾的
> pretended 〔prɪˈtɛndɪd〕 *adj.* 偽的；假的
> pretending 〔prɪˈtɛndɪŋ〕 *adj.* 假裝的
> pretension 〔prɪˈtɛnʃən〕 *n.* 權利；虛飾

superintend 〔ˌsuprɪnˈtɛnd〕 *v.* 監督；指揮

```
     super  +in+    tend
       |      |       |
     上 (above) + 入 + 伸展 (stretch)
```

向上伸展入 ⇨ *v.* **監督；指揮**

He ***superintended*** the project until the very end.
　他監督這個計劃直到最終。

> * superintendence 〔ˌsuprɪnˈtɛndəns〕 *n.* 監督；指揮
> superintendency 〔ˌsuprɪnˈtɛndənsɪ〕 *n.* 主管；監督
> superintendent 〔ˌsuprɪnˈtɛndənt〕 *n.* 監督者；指揮者

tend 〔tɛnd〕 *v.* 照顧；通向

He loves to ***tend*** his garden on the weekends.
　他喜愛在週末照料花園。

> * tendance 〔ˈtɛndəns〕 *n.* 照顧
> tendence 〔ˈtɛndəns〕 *n.* 傾向 (= *tendency*)

tender 〔ˈtɛndɚ〕 *adj.* 柔軟的；感人的

There was a ***tender*** moment between the father and son that
made everyone cry. 這對父子有一段感人的時刻,使得每個人都哭泣了。

> * tenderly 〔ˈtɛndəlɪ〕 *adv.* 溫柔地

《字源 45 》

test ＝ witness （ 證明 , 證據 ）

attest 〔ə'tɛst〕 *v.* 證實；證明

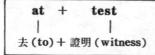

去證明 ⇨ *v.* **證實；證明**

Will you *attest* to the veracity of her statement ?
你願意證明她的供述是真實的嗎 ?

* attestation 〔,ætɛs'teʃən〕 *n.* 證明；證據
  attester 〔ə'tɛstə〕 *n.* 證人 (＝ *attestor*)

contest 〔kən'tɛst〕 *v.* 競爭；爭論

一起證明 ⇨ *v.* **競爭；爭論**

A lot of losing candidates *contested* the returns of the ballot.

很多落選的候選人爭辯票選的結果。

* contestant 〔kən'tɛstənt〕 *n.* 競爭者
  contestation 〔,kɑntɛs'teʃən〕 *n.* 爭論；論戰

protest 〔prə'tɛst〕 *v.* 抗議；反對

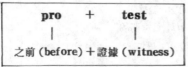

在眾人之前提出證據 ⇨ *v.* **抗議；反對**

We will *protest* the ruling of the court tomorrow.

明天我們將抗議法院的判決 。

> * protestant 〔'protɪstənt, prə'tɛst-〕 *n.* 抗議者
> protestation 〔,protəs'teʃən〕 *n.* 抗議；異議
> protester 〔prə'tɛstə〕 *n.* 反對者；抗議者 (= *protestor*)
> protestatory 〔prə'tɛstə,torɪ〕 *adj.* 表示抗議的

detest 〔dɪ'tɛst〕 *v.* 憎惡

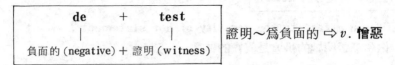

de   +   test
| |
負面的 (negative) + 證明 (witness)

證明～為負面的 ⇨ *v.* **憎惡**

I simply *detest* being in a bind like this.

我只是討厭像這樣左右為難 。

> * detestable 〔dɪ'tɛstəbl〕 *adj.* 極可厭的
> detestation 〔,ditɛs'teʃən〕 *n.* 厭惡

testify 〔'tɛstə,faɪ〕 *v.* 作證；證明

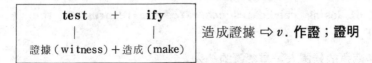

test   +   ify
| |
證據 (witness) + 造成 (make)

造成證據 ⇨ *v.* **作證；證明**

The witness *testified* against the defendant in a detached manner.

目擊者以超然的態度作了不利於被告的證明 。

> * testifier 〔'tɛstə,faɪə〕 *n.* 作證者
> testification 〔,tɛstəfɪ'keʃən〕 *n.* 證據
> testifiable 〔'tɛstɪ,faɪəbl〕 *adj.* 可證明的
> testimony 〔'tɛstə,monɪ〕 *n.* 證言；口供

~~~~~Exercise Fifteen~~~~~

❖ 請在空白處填入適當的字源並完成該單字：

1.　　**con**　　＋　_ _ _ _ _ _ _ _ _ _　＝　_ _ _ _ _ _ _ _ _ _ _ _ _ _ _ _ _ _
　　一起（together）　　　保持（hold）　　　　包含；容納（include）

2.　　**de**　　＋　_ _ _ _ _ _ _ _ _ _　＝　_ _ _ _ _ _ _ _ _ _ _ _ _ _ _ _ _ _
　　下來（down）　　　保持（hold）　　　　阻止（retard）

3.　**main**　　＋　_ _ _ _ _ _ _ _ _ _　＝　_ _ _ _ _ _ _ _ _ _ _ _ _ _ _ _ _ _
　　手（hand）　　　　拿（hold）　　　　保持（keep）

4.　　**at**　　＋　_ _ _ _ _ _ _ _ _ _　＝　_ _ _ _ _ _ _ _ _ _ _ _ _ _ _ _ _ _
　　去（to）　　　　伸展（stretch）　　　參加；出席（be present）

5.　　**in**　　＋　_ _ _ _ _ _ _ _ _ _　＝　_ _ _ _ _ _ _ _ _ _ _ _ _ _ _ _ _ _
　　入（in）　　　　伸展（stretch）　　　意圖；打算（mean）

6.　　**pro**　　＋　_ _ _ _ _ _ _ _ _ _　＝　_ _ _ _ _ _ _ _ _ _ _ _ _ _ _ _ _ _
　　之前（before）　　證據（witness）　　　抗議；反對（disapprove）

7.　　**de**　　＋　_ _ _ _ _ _ _ _ _ _　＝　_ _ _ _ _ _ _ _ _ _ _ _ _ _ _ _ _ _
　　負面的（negative）　證明（witness）　　　憎惡（hate）

※ 答案請參考《字源 43 》到《字源 45 》。

《字源46》

tort ; **tor** = twist（扭曲）

torture〔'tɔrtʃɚ〕*n.*, *v.* 拷問；折磨

tort	+	**ure**
｜		｜
扭曲（twist）	+	名詞字尾

扭打身體 ⇨ *n.*, *v.* **拷問；折磨**

Cases of **torture** have been reported in the labor camps.

據報勞工營裏有拷問的情形。

My teacher likes to **torture** her students by giving surprise quizzes.

我的老師喜歡以出其不意的小考來折磨她的學生。

* torturing〔'tɔrtʃərɪŋ〕*adj.* 拷問的
  torturous〔'tɔrtʃərəs〕*adj.* 使充滿痛苦的
  tortuous〔'tɔrtʃʊəs〕*adj.* 扭曲的

torment〔tɔr'mɛnt〕*v.* 使痛苦　〔'tɔrmɛnt〕*n.* 痛苦

tor	+	**ment**
｜		｜
扭曲（twist）	+	狀態（state）

扭曲的狀態 ⇨ *v.*, *n.* （使）痛苦

Her conscience **tormented** her day and night.

她的良心使她日夜痛苦。

The **torments** of nightmares pushed her to insanity.

夢魘的痛苦迫使她精神錯亂。

* tormenting〔tɔr'mɛntɪŋ〕*adj.* 使痛苦的
  tormentor〔tɔr'mɛntɚ〕*n.* 折磨人的人或物（= *tormenter*）

torch〔tɔrtʃ〕*n.* 火炬

tor	+ ch
|	
扭曲（twist）	

扭轉撚繩浸泡在瀝青中 ⇨ *n.* **火炬**

Before entering the cave the explorers lighted a ***torch*** to illuminate the pathway.

進入洞穴前，探險者點亮一隻火把以照亮通道。

distort〔dɪsˈtɔrt〕*v.* 扭歪；曲解

dis	+	tort
|		|
分開（apart）	+	扭曲（twist）

扭曲開來 ⇨ *v.* **扭歪；曲解**

The story got somehow ***distorted*** as it passed hands.

這個故事在流傳時有點被扭曲了。

* ＊ distorted〔dɪsˈtɔrtɪd〕*adj.* 扭曲的
  distortedly〔dɪsˈtɔrtɪdlɪ〕*adv.* 曲解地
  distortion〔dɪsˈtɔrʃən〕*n.* 扭曲；變形
  distortive〔dɪsˈtɔrtɪv〕*adj.* 歪曲事實的

contort〔kənˈtɔrt〕*v.* 扭曲；使成彎曲

con	+	tort
|		|
一起（together）	+	扭曲（twist）

扭曲在一起 ⇨ *v.* **扭曲；使成彎曲**

The religious fanatic ***contorted*** his body into an unbelievable position.

這位宗教狂熱者將他的身體扭曲成令人難以置信的姿勢。

* ＊ contorted〔kənˈtɔrtɪd〕*adj.* 扭歪的
  contortion〔kənˈtɔrʃən〕*n.* 彎曲
  contortive〔kənˈtɔrtɪv〕*adj.* 彎曲的

extort 〔 ɪk'stɔrt , ɛk- 〕 *v.* 勒索；敲詐

擰出來 ⇨ *v.* **勒索；敲詐**

After ***extorting*** the company, he left the country.

敲詐那家公司之後，他便離開該國了。

> * extortion 〔 ɪk'stɔrʃən , ɛk- 〕 *n.* 強取；勒索
> extortionate 〔 ɪk'stɔrʃənɪt , ɛk- 〕 *adj.* 勒索的 (= *extortionary*)
> extortioner 〔 ɪk'stɔrʃənɚ , ɛk- 〕 *n.* 強取者；勒索者

retort 〔 rɪ'tɔrt 〕 *v.* 反駁

扭轉回來 ⇨ *v.* **反駁**

He quickly ***retorted*** that it was due to unforeseeable circumstances.

他很快地反駁那是起因於預料不到的環境因素。

> * retortion 〔 rɪ'tɔrʃən 〕 *n.* 返回；折回

《字源 47 》

tract ; treat = draw（拉，吸引，抽）

abstract 〔 æb'strækt 〕 *v.* 抽出；提煉 〔'æbstrækt 〕 *adj.* 抽象的

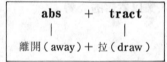

拉出～ ⇨ *v.* **抽出；提煉**
adj. **抽象的**

After a laborious process, gold was ***abstracted*** from the mineral ore. 經過費力的程序之後，黃金從礦沙中被提煉出來。

I find ***abstract*** paintings more appealing.

我發覺抽象畫較吸引人。

 * abstracted〔æb'stræktɪd〕*adj.* 抽出的
   abstraction〔æb'strækʃən〕*n.* 抽出；抽象概念

attract〔ə'trækt〕*v.* 吸引

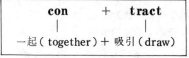

at	+	**tract**
去(to)	+	吸引(draw)

去吸引 ⇨ *v.* **吸引**

We need a product that will ***attract*** the consumer instantaneously. 我們需要一項會立刻吸引消費者的產品。

 * attraction〔ə'trækʃən〕*n.* 吸引力；誘惑物
   attractive〔ə'træktɪv〕*adj.* 動人的；有引誘力的
   attractor〔ə'træktə〕*n.* 引人注意的人或物 (= *attracter*)
   attractable〔ə'træktəbl̩〕*adj.* 具有吸引力的

contract〔kən'trækt〕*v.* 收縮；締結　〔'kɑntrækt〕*n.* 合同；契約

con	+	**tract**
一起(together)	+	吸引(draw)

吸引在一起 ⇨ *v.* **收縮；締結**
n. **合同；契約**

He has ***contracted*** his service for one year.

他已簽定了一年的服務契約。

A ***contract*** is but a mere piece of paper.

契約只不過是一張紙罷了。

 * contraction〔kən'trækʃən〕*n.* 收縮
   contractive〔kən'træktɪv〕*adj.* 有收縮性的
   contracted〔kən'træktɪd〕*adj.* 收縮的
   contractible〔kən'træktəbl̩〕*adj.* 收縮的
   contractibility〔kən,træktə'bɪlətɪ〕*n.* 收縮性

detract 〔dɪ'trækt〕 *v.* 減損（價值、信用等）；降低

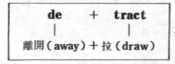

de	+	tract
離開（away）	+	拉（draw）

拉離開 ⇨ *v.* **減損（價值、信用等）；降低**

The bad ventilation **detracted** from the pleasure of the exhibition. 通風不良減損了展覽會的樂趣。

* detraction 〔dɪ'trækʃən〕 *n.* 減除；誹謗
  detractive 〔dɪ'træktɪv〕 *adj.* 誹謗的
  detractor 〔dɪ'træktə〕 *n.* 毀謗者

distract 〔dɪ'strækt〕 *v.* 分心；轉移

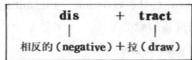

dis	+	tract
相反的（negative）	+	拉（draw）

往相反方向拉 ⇨ *v.* **分心；轉移**

The break-in was done by **distracting** the attention of the guards. 該闖入是藉轉移警衛的注意力而達成的。

* distracted 〔dɪ'stræktɪd〕 *adj.* 精神或注意力分散的
  distractedly 〔dɪ'stræktɪdlɪ〕 *adv.* 心情紛亂地
  distractible 〔dɪ'stræktəbl〕 *adj.* 不專心的
  distractive 〔dɪ'stræktɪv〕 *adj.* 分散注意力的
  distraction 〔dɪ'strækʃən〕 *n.* 分心；分心的事物

extract 〔ɪk'strækt〕 *v.* 抽出；摘錄

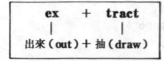

ex	+	tract
出來（out）	+	抽（draw）

抽出來 ⇨ *v.* **抽出；摘錄**

The machine **extracts** juice by pressing the fruit.
該機器藉壓擠水果而榨出果汁。

* extraction 〔ɪk'strækʃən〕 *n.* 拔出；摘出
  extractive 〔ɪk'stræktɪv〕 *adj.* 可選取的

protract 〔pro'trækt〕 *v.* 延長；伸張

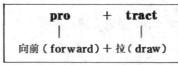

向前拉 ⇨ *v.* **延長；伸張**

The *protracted* contest became a test of endurance.
延長賽變成了一項對耐力的考驗。

* protracted 〔pro'træktɪd〕 *adj.* 延長的
  protraction 〔pro'trækʃən〕 *n.* 延長；製圖
  protractive 〔pro'træktɪv〕 *adj.* 延長的
  protractor 〔pro'træktə〕 *n.* 量角器

subtract 〔səb'trækt〕 *v.* 減去；扣除

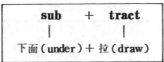

往下拉 ⇨ *v.* **減去；扣除**

We *subtracted* five percent from the price.
我們從價格中扣除了百分之五。

* subtraction 〔səb'trækʃən〕 *n.* 減去；減法
  subtractive 〔səb'træktɪv〕 *adj.* 減的

entreat 〔ɪn'trit〕 *v.* 懇求；乞求

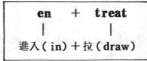

拉入 ⇨ *v.* **懇求；乞求**

The mother *entreated* the ruler to show leniency towards her
son. 這位母親懇求法官對她兒子寬大為懷。

* entreaty 〔ɪn'tritɪ〕 *n.* 懇求；乞求
  entreatingly 〔ɪn'tritɪŋlɪ〕 *adv.* 懇求地；乞求地

retreat 〔 rɪˊtrit 〕 *v.,n.* 撤退（處）

re + treat
向後（back）+ 拉（draw）

向後拉 ⇨ *v.,n.* 撤退（處）

The enemy **retreated** in haste at our hands.

　敵人被我們打敗，匆忙撤退。

This house is our summer **retreat**.

　這幢房子是我們夏天的避暑處。

《字源 48 》

　tribute = grant；pay；bestow；assign

　　　　（給予；付；贈與；分發）

tribute 〔ˊtrɪbjut 〕 *n.* 貢物；貢獻

The famous actress received numerous floral **tributes**.

　那位有名的女星接受許多獻花。

attribute 〔 əˊtrɪbjut 〕 *v.* 歸於；屬於

at + tribute
去（to）+ 給予（grant）

給予～ ⇨ *v.* **歸於；屬於**

The army **attributed** their losses to inefficent use of man-
power. 軍隊將其失敗歸因於人力調度失調。

　　* attribution〔,ætrəˊbjuʃən〕 *n.* 歸因；屬性
　　 attributive〔əˊtrɪbjətɪv〕 *adj.* 歸屬的；屬性的
　　 attributable〔əˊtrɪbjutəbḷ〕 *adj.* 可歸因的

distribute 〔dɪˈstrɪbjʊt〕 *v.* 分配;分散

dis	+	tribute
分開(apart)	+	分發(assign)

分發開來 ⇨ *v.* **分配;分散**

The boy ***distributed*** pamphlets at the end of the mass.
該男孩在彌撒結束時分發小冊子。

* distribution〔ˌdɪstrəˈbjuʃən〕 *n.* 分配;散布
  distributive〔dɪˈstrɪbjətɪv〕 *adj.* 分配的;普及的
  distributor〔dɪˈstrɪbjətɚ〕 *n.* 分配者
  distributable〔dɪˈstrɪbjʊtəb!〕 *adj.* 可分配的

contribute 〔kənˈtrɪbjʊt〕 *v.* 捐助;奉獻

con	+	tribute
一起(together)	+	給予(grant)

一起給予 ⇨ *v.* **捐助;奉獻**

The immigrants had ***contributed*** immensely to the country's
welfare. 移民對這國家的福祉貢獻很大。

* contribution〔ˌkɑntrəˈbjuʃən〕 *n.* 捐助;投稿
  contributive〔kənˈtrɪbjʊtɪv〕 *adj.* 貢獻的;捐助的
  contributory〔kənˈtrɪbjəˌtorɪ, -ˌtɔrɪ〕 *adj.* 有貢獻的;有助於～的

retribution 〔ˌrɛtrəˈbjuʃən〕 *n.* 報應;報償

re	+	tribut	+	ion
回來(back)	+	給予(grant)	+	狀態(state)

反回來給予 ⇨ *n.* **報償**

China did not ask for any ***retribution*** after the Sino-Japanese
War. 中日戰後,中國並沒有要求任何賠償。

* retributive〔rɪˈtrɪbjətɪv〕 *adj.* 報應的;報償的(= *retributory*)
  retributor〔rɪˈtrɪbjətɚ〕 *n.* 報償者

～～～～～Exercise Sixteen～～～～～

❖ 請試以字源分析法解析下列各字：

1. **torment**
   (*adj.* tormenting)
   (*n.* tormentor)

   $$\begin{array}{cc} \text{tor} + \text{ment} \\ | \qquad | \\ \text{twist} \quad \text{state} \end{array} \rightarrow \begin{array}{l} v. \text{使痛苦} \\ n. \text{痛苦} \end{array}$$
   ----

2. **distort**
   (*adj.* distortive)
   (*n.* distortion)
   ----

3. **retort**
   (*n.* retortion)
   ----

4. **contract**
   (*adj.* contractive)
   (*n.* contraction)
   ----

5. **extract**
   (*adj.* extractive)
   (*n.* extraction)
   ----

6. **retreat**
   ----

7. **contribute**
   (*adj.* contributive)
   (*n.* contribution)
   ----

8. **retribution**
   (*adj.* retributive)

※ 答案請參考《字源 46 》到《字源 48 》。

《字源 49》

trude ; **trus** = thrust ; push (插入 ; 推)

extrude 〔 ɪk'strud, ɛk- 〕 v. 逼出 ; 逐出

ex	+	trude
出來(out)	+	推(push)

推出來 ⇨ v. **逼出 ; 逐出**

The volcanic eruption *extruded* streams of blinding light and balls of fire.

火山爆發迸出了目眩的光線及火球。

* extrusion 〔 ɪk'struʒən 〕 n. 擠出 ; 被擠出或壓出之物
   extrusive 〔 ɪk'strusɪv 〕 adj. 由地中流出的

intrude 〔 ɪn'trud 〕 v. 闖入 ; 插入

in	+	trude
進入(in)	+	插入(thrust)

插入 ⇨ v. **闖入 ; 侵擾**

The Laotian army *intruded* into Thai national territory.

寮國的軍隊侵擾泰國國土。

* intrusion 〔 ɪn'truʒən 〕 n. 闖入 ; 侵擾
   intrusive 〔 ɪn'trusɪv 〕 adj. 闖入的 ; 打擾的

protrude 〔 pro'trud 〕 v. 伸出 ; 突出

pro	+	trude
向前(forward)	+	推(push)

向前推出 ⇨ v. **伸出 ; 突出**

A small bump was ***protruding*** from where I was hit.

我被打到的地方隆起一個小包 。

> * protrusion〔pro'truʒən〕 *n.* 推出;突起
> protrusive〔pro'trusɪv〕 *adj.* 伸出的;突出的
> protrusible〔pro'trusəbḷ〕 *adj.* 可伸出的
> protrudent〔pro'trudənt〕 *adj.* 突出的

abstruse〔æb'strus , əb-〕 *adj.* 深奧的;難解的

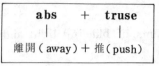

推離開 ⇨ *adj.* **深奧的;難解的**

The ***abstruse*** jargon of the experts was unintelligible to the newcomers.

專家們深奧的術語是新來的人所無法了解的 。

> * abstrusity〔æb'strusətɪ〕 *n.* 深奧(之處);難解(之事物)

obtrude〔əb'trud〕 *v.* 強使接受;強使插入

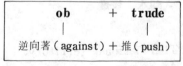

逆向推入 ⇨ *v.* **強使接受;強使插入**

The young boy ***obtruded*** the conversation with his petty needs.

小男孩因自己小小的需要而強行插入談話 。

> * obtrusion〔əb'truʒən〕 *n.* 強迫接受的意見或事物
> obtrusive〔əb'trusɪv〕 *adj.* 強行提出的;闖入的

《字源 50 》

vert;vers = turn(轉向,移轉,改變)

controvert〔ˈkɑntrəˌvɝt〕*v.* 反駁；爭論

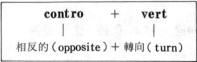

contro ＋ vert
｜　　　　｜
相反的（opposite）＋ 轉向（turn）　轉向相反的 ⇨ *v.* **反駁；爭論**

I *controverted* their allegations fiercely to their amazement.
我強烈地反駁他們的辯論，令他們大驚。

* controvertible〔ˌkɑntrəˈvɝtəbl̩〕*adj.* 可爭論的

convert〔kənˈvɝt〕*v.* 轉變；兌換

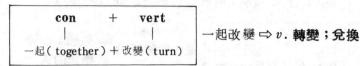

con ＋ vert
｜　　　　｜
一起（together）＋ 改變（turn）　一起改變 ⇨ *v.* **轉變；兌換**

You can *convert* your old things for cash with a garage sale.
你可以探清倉大拍賣，將舊東西兌換成現金。

* converted〔kənˈvɝtɪd〕*adj.* 改換的
  convertible〔kənˈvɝtəbl̩〕*adj.* 可改變的
  convertibility〔kənˌvɝtəˈbɪlətɪ〕*n.* 可變性；可轉換
  converter〔kənˈvɝtɚ〕*n.* 轉換者；改變者
  convertibly〔kənˈvɝtəblɪ〕*adv.* 可改變地

divert〔dəˈvɝt , daɪ-〕*v.* 使轉向；轉入

di ＋ vert
｜　　　　｜
離開（away）＋ 轉向（turn）　轉向離開～ ⇨ *v.* **使轉向；轉入**

There is a plan to *divert* the flow of the river towards the
desert. 有一個計劃要將這條河的流向轉向沙漠。

* diverting〔dəˈvɝtɪŋ, daɪ-〕*adj.* 有趣的；娛樂的
  divertive〔daɪˈvɝtɪv, də-〕*adj.* 有趣的；消遣的

invert〔ɪn'vɜt〕*v.* 倒轉;上下顚倒

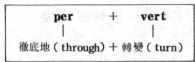

in + **vert**
|　　　 |
向上(up)+轉(turn)

將下部轉向上 ⇨ *v.* **倒轉;上下顚倒**

He *inverted* the bottle to let the fluid flow more rapidly.
他倒轉瓶子,好讓液體流得更快。

* inverted〔ɪn'vɜtɪd〕*adj.* 顚倒的
  inverter〔ɪn'vɜtɚ〕*n.* 顚倒者;反用換流器(= *invertor*)

pervert〔pɚ'vɜt〕*v.* 敗壞;曲解　〔'pɜvɜt〕*n.* 墮落的人

per + **vert**
|　　　 |
徹底地(through)+轉變(turn)

徹底地轉變 ⇨
v. **敗壞;曲解**
n. **墮落的人**

The poor environment *perverted* his way of thinking.
惡劣的環境使他思考方式曲解了。

The *pervert* spent the afternoon in a peep show.
那個墮落的人花整個下午在西洋鏡上。

* perverted〔pɚ'vɜtɪd〕*adj.* 誤入歧途的;被曲解的
  pervertible〔pɚ'vɜtəbḷ〕*adj.* 易被誤解的;可導入邪惡的
  perversity〔pɚ'vɜsətɪ〕*n.* 邪惡(的行爲或性格)

revert〔rɪ'vɜt〕*v.* 回到;回想

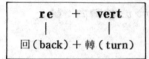

re + **vert**
|　　 |
回(back)+轉(turn)

轉回到～ ⇨ *v.* **回到;回想**

The ownership of the land *reverted* to its original owners.
那塊地的所有權回到原物主身上。

* reverter〔rɪ'vɜtɚ〕*n.* 反回者
  revertible〔rɪ'vɜtəbḷ〕*adj.* 可恢復原狀的

avert 〔 ə′vɜt 〕 v. 避免；產生

```
      a    +    vert
      |         |
  離開（away）＋ 移轉（turn）
```
移轉開來 ⇨ v. **避免；移轉**

The townfolk **averted** disaster by evacuating in time.
市民及時撤離，避免了災禍。

* avertible 〔 ə′vɜtəbḷ 〕 adj. 可避免的

advert 〔 əd′vɜt , æd- 〕 v. 談及

```
     ad   +   vert
     |         |
  向（to）＋  轉（turn）
```
（談話）轉向～ ⇨ v. **談及**

The judge was **adverting** to the law when he explained the
verdict. 那法官在解釋判決時，談到了法律。

* advertence 〔 əd′vɜtn̥s , æd- 〕 n. 談及；留心 (= **advertency**)
  advertent 〔 əd′vɜtn̥t , æd- 〕 adj. 留心的；注意的

advertise 〔′ædvɚ͵taɪz 〕 v. 登廣告；通知

```
     ad    +    vert  +   ise
     |          |         |
  向（toward）＋ 轉（turn）＋ 使（make）
```
使轉向～ ⇨ v. **登廣告；通知**

You have to **advertise** a house for rent.
你們必須登廣告來出租房子。

One does not need to **advertise** the squirrels where the nut
trees are. 松鼠用不著別人告訴牠們堅果樹在哪裏。

* advertisement 〔 ͵ædvɚ′taɪzmənt 〕 n. 廣告；宣傳
  advertiser 〔′ædvɚ͵taɪzɚ 〕 n. 廣告客戶 (= **advertizer**)
  advertising 〔′ædvɚ͵taɪzɪŋ 〕 n. 廣告；廣告業

adverse 〔əd'vɝs , 'ædvɝs 〕*adj.* 逆的；不利的

ad + verse
| |
向（to）+ 轉身（turn）

轉身向～ ⇨ *adj.* **逆的；不利的**

We made it under *adverse* conditions.

我們在不利的情況下達成了目標。

> * adversity 〔əd'vɝsətɪ〕*n.* 逆境；不幸
> adversary 〔'ædvə,sɛrɪ〕*n.* 仇敵；對手
> adversative 〔əd'vɝsətɪv, æd-〕*adj.* 反意的

anniversary 〔,ænə'vɝsərɪ〕*n.* 周年紀念

anni + vers + ary
| | |
年（year）+ 轉（turn）+ 形容詞字尾

與每年轉動有關的 ⇨ *n.* **周年紀念**

The wedding *anniversary* of the couple was spent quietly.

那對夫婦寧靜地渡過結婚周年慶。

> * anniversarian 〔,ænəvɝ'sɛrɪən〕*n.* 爲慶祝周年紀念而演說、作頌文的人

converse 〔kən'vɝs〕*v.* 談話   *adj.* 倒轉的；相反的

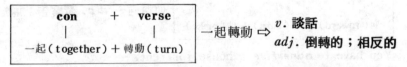

con + verse
| |
一起（together）+ 轉動（turn）

一起轉動 ⇨ *v.* **談話**
adj. **倒轉的；相反的**

I can *converse* in five languages. 我可以用五種語言交談。

His strategy was in *converse* to mine. 他的策略與我的相反。

> * conversion 〔kən'vɝʃən, -ʒən〕*n.* 轉變
> conversation 〔,kɑnvə'seʃən〕*n.* 會話
> conversable 〔kən'vɝsəbl̩〕*adj.* 易與交談的
> conversational 〔,kɑnvɚ'seʃən̩l〕*adj.* 會話的

traverse 〔'trævəs〕 *v.* 橫過；橫亙

| tra + verse |
| 橫過（across）+ 轉（turn） |

橫過 ⇨ *v.* **橫過；橫亙**

In our journey, we ***traversed*** mountains and rivers of magnificent beauty.

　在我們旅途中，我們越過壯麗的山川。

> * traversable 〔'trævəsəbḷ〕 *adj.* 可橫貫的；可橫過的
> traverser 〔'trævəsə〕 *n.* 橫貫者

versatile 〔'vɜsətɪl〕 *adj.* 易變的；多才多藝的

| versa + tile |
| 轉變（turn）+ 形容詞字尾 |

易轉變的 ⇨ *adj.* **易變的；多才多藝的**

The ***versatile*** performer was given recognition for her contributions to the nation's arts.

　那位多才多藝的演出者，因她對國家藝術的貢獻，而受到讚譽。

> * versatility 〔,vɜsə'tɪlətɪ〕 *n.* 多才多藝；轉變

《字源 51 》

voke ; voc = call ; voice（喊叫；聲音）

convoke 〔kən'vok〕 *v.* 召集（會議）

| con + voke |
| 一起（together）+ 喊叫（call） |

喊叫使聚在一起 ⇨ *v.* **召集（會議）**

The chairman *convoked* a special meeting on the crisis.
主席在緊要關頭召開特別會議。

* convocation 〔‚kɑnvə'keʃən〕 *n*. 召開會議
  convocator 〔'kɑnvə‚ketɚ〕 *n*. 召集會議的人；與會者

invoke 〔ɪn'vok〕 *v*. 祈求；引用

> | in | + | voke |
> |----|---|------|
> | 入~(in) + 喊(call) | | |

大聲呼喊 ⇨ *v*. **祈求；引用**

The leader *invoked* the powers given to him by the constitution. 領導者引用憲法所賦予他的權力。

* invocation 〔‚ɪnvə'keʃən〕 *n*. 祈禱；引用
  invocatory 〔ɪn'vɑkə‚torɪ〕 *adj*. 求神救助的 (= *invocative*)

evoke 〔ɪ'vok〕 *v*. 喚起；引起

> | e | + | voke |
> |----|---|------|
> | 向外(out) + 喊(call) | | |

向外叫喊 ⇨ *v*. **喚起；引起**

The cinema *evoked* painful memories of her past.
這部電影喚起她過去痛苦的回憶。

* evocation 〔‚ɛvo'keʃən〕 *n*. 喚起；召喚
  evocative 〔ɪ'vɑkətɪv，-'vok-〕 *adj*. 喚起的
  evocable 〔'ɛvəkəbḷ〕 *adj*. 可喚起的
  evocator 〔'ɛvə‚ketɚ〕 *n*. 喚起人；招鬼魂的人

provoke 〔prə'vok〕 *v*. 引起；激怒

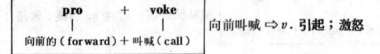

> | pro | + | voke |
> |-----|---|------|
> | 向前的(forward) + 叫喊(call) | | |

向前叫喊 ⇨ *v*. **引起；激怒**

The gentleman was ***provoked*** into a duel he couldn't refuse.

這位紳士被激怒而加入了他無法拒絕的決鬥。

* provocation〔,prɑvə'keʃən〕*n.* 引起；激怒的原因
  provocative〔prə'vɑkətɪv〕*adj.* 激起的；刺激的
  provoking〔prə'vokɪŋ〕*adj.* 刺激的

revoke〔rɪ'vok〕*v.* 喚回；廢除

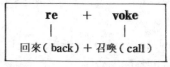

召喚回來 ⇨ *v.* 喚回；廢除

The government ***revoked*** his license for doing business for the violations. 政府因他做違法生意，而吊銷他的執照。

* revocation〔,rɛvə'keʃən〕*n.* 失效；廢棄
  revocatory〔'rɛvəkə,torɪ , -tɔrɪ〕*adj.* 廢止的；取消的
  revocable〔'rɛvəkəbḷ〕*adj.* 可廢止的；可撤銷的(= ***revokable***)

vocal〔'vokḷ〕*adj.* 有聲的；自由發言的

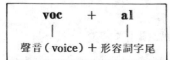

有聲音的 ⇨ *adj.* 有聲的；自由發言的

A democracy needs a ***vocal*** citizenry.

民主國家需要肯自由發言的公民。

* vocalic〔vo'kælɪk〕*adj.* 母音的
  vocalist〔'vokḷɪst〕*n.* 聲樂家

vocable〔'vokəbḷ〕*adj.* 可說的

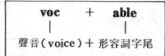

可發出聲音的 ⇨ *adj.* 可說的

The native tongue was not a very *vocable* language.
當地話並不是一種非常容易講的語言。

　　* vocably〔'vokəblɪ〕*adv.* 可說地

vocabulary〔 və'kæbjə, lɛrɪ , vo- 〕*n.* 字彙；語彙

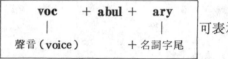

可表示聲音的整體 ⇨ *n.* **字彙;語彙**

Expanding your *vocabulary* is the key to easier reading com-
prehension. 擴充字彙是使你較容易理解閱讀的關鍵。

《 字源 52 》

volve；**volut** = roll（滾，捲，轉）

devolve〔 dɪ'vɑlv 〕*v.* 傳下；移交

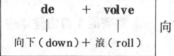

向下傳遞 ⇨ *v.* **傳下；移交**

The president *devolved* works on the vice-president.
總經理把工作移交給副總經理。

　　* devolution〔,dɛvə'luʃən〕*n.* 相傳；落下

evolve〔 ɪ'vɑlv 〕*v.* 發展；進化

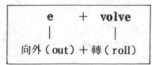

向外轉 ⇨ *v.* **發展；進化**

It is widely believed that man and apes *evolved* from the same source.

人和猿乃由同樣的根源進化而來這件事廣受相信。

* evolution〔,ɛvə'luʃən, -'lju-〕*n.* 發展；進化
  evolutionary〔,ɛvə'luʃən,ɛrɪ, -'lju-〕*adj.* 進化的；開展的
  evolutive〔'ɛvə,ljutɪv, -,lutɪv〕*adj.* 進化的；發展的

involve〔ɪn'vɑlv〕*v.* 捲入；需要

```
  in  +  volve
  |        |
入(in)＋捲(roll)
```
捲入 ⇨ *v.* **捲入；需要**

Miss Lee was *involved* in the scandal.

李小姐被捲入那醜聞事件。

This business venture *involved* large sums of money.

這項投機生意需要大筆的錢。

* involvement〔ɪn'vɑlvmənt〕*n.* 捲入；連累
  involution〔,ɪnvə'luʃən〕*n.* 捲入；包括(之物)
  involved〔ɪn'vɑlvd〕*adj.* 複雜的；牽涉在內的

revolve〔rɪ'vɑlv〕*v.* 周轉；循環

```
  re  +  volve
  |        |
回(back)＋捲(roll)
```
捲回 ⇨ *v.* **周轉；循環**

The moon *revolves* around the earth as the earth revolves around the sun.

月亮繞地球運轉，如同地球繞太陽運轉。

* revolving〔rɪ'vɑlvɪŋ〕*adj.* 迴轉的
  revolver〔rɪ'vɑlvɚ〕*n.* 連發手鎗；周轉者
  revolvable〔rɪ'vɑlvəbl̩〕*adj.* 能旋轉的

revolution 〔,rɛvə'luʃən〕 *n.* 革命；周轉

```
    re   + volut +  ion
    |        |       |
  再(again)＋捲(roll)＋名詞字尾
```
再捲起～ ⇨ *n.* **革命；周轉**

The green *revolution* was responsible for making the country self-sufficient in grains.

綠色革命負起使這個國家在穀物上自給自足的責任。

* revolutionary〔,rɛvə'luʃən,ɛrɪ〕 *adj.* 革命的；改革性的
  revolutionize〔,rɛvə'luʃən,aɪz〕 *v.* 鼓吹革命思想；推翻

revolt 〔rɪ'volt〕 *n.* 叛亂；背叛

```
    re    +  volt
    |         |
  背向地(back)＋捲(roll)
```
捲為背對著 ⇨ *n.* **叛亂；背叛**

The excesses of the autocracy soon turned the masses into a *revolt.*

過份的獨裁政治不久便促使民衆叛亂。

* revolting〔rɪ'voltɪŋ〕 *adj.* 參加叛亂的；造反的

involute 〔'ɪnvə,ljut〕 *adj.* 內捲的；螺旋狀的

```
   in  + volute
   |       |
  入(in)＋捲(roll)
```
捲入 ⇨ *adj.* **內捲的；螺旋狀的**

The *involute* sculpture that you see is supposed to be a helix.

你看到的螺旋狀雕刻應當是渦卷。

* involuted〔'ɪnvə,lutɪd, -,ljutɪd〕 *adj.* 退縮的；內轉的

Exercise Seventeen

✤ 請在空白處填入適當的字源並完成該單字：

1.　**in**　　　+　---------------　=　---------------------------------
　　進入（in）　　　　插（thrust）　　　　闖入；侵擾（interfere）

2.　**ob**　　　+　---------------　=　---------------------------------
　　逆向（against）　推（push）　　　　強入（thrust forward）

3.　**con**　　+　---------------　=　---------------------------------
　　一起（together）改變（turn）　　　轉變（change）

4.　**re**　　　+　---------------　=　---------------------------------
　　回（back）　　轉（turn）　　　　回到（return）

5.　**con**　　+　---------------　=　---------------------------------
　　一起（together）喊叫（call）　　　召集（call together）

6.　**de**　　　+　---------------　=　---------------------------------
　　向下（down）　滾（roll）　　　　傳下；移交（transfer）

7.　**re**　　　+　-----------　+　**ion**　=　---------------------------
　　再（again）　　捲（roll）　　名詞字尾　　革命（rebellion）；
　　　　　　　　　　　　　　　　　　　　　　　周轉（circle）

※答案請參考《字源 49 》到《字源 52 》。

Exercise Eighteen

❖ 請試以字源分析法解析下列各字：

1. **except**
   (*n.* exception)

$$ex + cept$$
$$\mid \qquad \mid \quad \rightarrow prep. \text{ 除～之外}$$
$$out \quad take$$

----

2. **conduce**
   (*adj.* conducive)

----

3. **confine**
   (*n.* confinement)

----

4. **dismiss**
   (*n.* dismissal)
   (*adj.* dismissible)

----

5. **impose**
   (*n.* imposition)
   (*adj.* imposing)

----

6. **signify**
   (*n.* signification)
   (*adj.* significant)

----

7. **transpire**

----

8. **vocal**
   (*adj.* vocalic)
   (*n.* vocalist)

※ 答案請參考前面各字源部份。

2

PREFIX

字首篇

表「否定」(negative)意義的字首

dis-	disloyal 〔dɪs'lɔɪəl〕 *adj.* 不忠的；無信的
	disappear 〔͵dɪsə'pɪr〕 *v.* 消失
	discover 〔dɪ'skʌvɚ〕 *v.* 發現
de-	decamp 〔dɪ'kæmp〕 *v.* 離營
in-	informal 〔ɪn'fɔrml̩〕 *adj.* 不正式的
im-	impractical 〔ɪm'præktɪkl̩〕 *adj.* 不實用的
il-	illimitable 〔ɪ'lɪmɪtəbl̩, ɪl'lɪm-〕 *adj.* 無限的
ir-	irrational 〔ɪ'ræʃənl̩, ɪr'-〕 *adj.* 無理性的
un-	unclear 〔ʌn'klɪr〕 *adj.* 不清楚的
	undress 〔ʌn'drɛs〕 *v.* 脫衣
non-	nonprofit 〔nɑn'prɑfɪt〕 *adj.* 非營利的
n-	neither 〔'niðɚ, 'naɪðɚ〕 *adj.* 皆不

1 **dis**- 　接在形容詞、名詞之前，表「不～」,「非～」和「無～」(not)。

dishonest 〔dɪs'ɑnɪst〕	dis 不 (not)	honest 誠實的	不誠實的 ⇨ *adj.* 不誠實的

dissimilar 〔dɪ'sɪmələ〕	dis 不 (not)	similar 相似的	不相似的 ⇨ *adj.* 不同的

discontent 〔͵dɪskən'tɛnt〕	dis 不 (not)	content 滿意的	不滿意的 ⇨ *adj.* 不滿意的

dishonor 〔dɪs'ɑnɚ〕	dis 不 (not)	honor 名譽	不名譽 ⇨ *n.* 不名譽；(銀行)退票

disorder 〔dɪs'ɔrdɚ〕	dis 無 (not)	order 秩序	無秩序 ⇨ *n.* 無秩序；騷亂

◑《比較一》 dis- 接在動詞之前，表與該動詞完全相反的意思。

disappear
〔͵dɪsə'pɪr〕

dis	appear
不(not)	出現

不出現 ⇨ v. **消失；不存在**

disclose
〔dɪs'kloz〕

dis	close
不(not)	封閉

不封閉 ⇨ v. **揭發；透露**

dishearten
〔dɪs'hɑrtn̩〕

dis	hearten
不(not)	振奮

不振奮 ⇨ v. **使沮喪；使氣餒**

dislike
〔dɪs'laɪk〕

dis	like
不(not)	喜歡

不喜歡 ⇨ v. **討厭；嫌惡**

disobey
〔͵dɪsə'be〕

dis	obey
不(not)	服從

不服從 ⇨ v. **違抗；不服從**

◑《比較二》 dis- 接在名詞之前，常表為「除去」、「剝奪」意義的動詞。

discover
〔dɪ'skʌvɚ〕

dis	cover
除去(away)	掩蓋

除去掩蓋 ⇨ v. **發現；洩露**

disarm
〔dɪs'ɑrm〕

dis	arm
除去 (away)	武器

除去武器 ⇨ v. **解除武裝**

dishorn
〔dɪs'hɔrn〕

dis	horn
除去 (away)	角

除去角 ⇨ v. **去（動物之）角**

◑《比較三》 de- 屬 dis- （比較二）的變體。

decamp
〔dɪ'kæmp〕

de	camp
離開 (apart)	營帳

離開營帳 ⇨ v. **離營；逃亡**

dethrone	de	throne	
〔dɪ'θron〕	除去（away）	王位	除去王位 ⇨ *v*. 廢立（帝王）

2. in- 接在形容詞、名詞之前。

incorrect	in	correct	
〔͵ɪnkə'rɛkt〕	不（not）	正確的	不正確的 ⇨ *adj*. **不正確的**

indirect	in	direct	
〔͵ɪndə'rɛkt〕	不（not）	直接的	不直接的 ⇨ *adj*. **間接的；次要的**

infinite	in	finite	
〔'ɪnfənɪt〕	非（not）	有限的	非有限的 ⇨ *adj*. **無限的；極大的**

injustice	in	justice	
〔ɪn'dʒʌstɪs〕	不（not）	公正	不公正 ⇨ *n*. **不公正；不義的行為**

invisible	in	visible	
〔ɪn'vɪzəbḷ〕	不（not）	可見的	不可見的 ⇨ *adj*. **不可見的**

3. im- in- 的變體，接在 b, m, p 之前變為 im-。

imbalance	im	balance	
〔ɪm'bæləns〕	不（not）	平衡	不平衡 ⇨ *n*. **不平衡狀態**

immoral	im	moral	
〔ɪm'mɔrəl〕	不（not）	道德的	不道德的 ⇨ *adj*. **不道德的**

imperfect	im	perfect	
〔ɪm'pɝfɪkt〕	不（not）	完善的	不完善的 ⇨ *adj*. **不完善的**

impossible	im	possible	
〔ɪm'pɑsəbḷ〕	不（not）	可能的	不可能的 ⇨ *adj*. **不可能的**

improper
〔ɪm'prɑpɚ〕

im	proper
不 (not)	合適的

不合適的 ⇨ *adj*. **不合適的**

4. | il- |　im- 的變體，接在 l 之前變為 il- 。

illegal
〔ɪ'ligl̩〕

il	legal
不 (not)	合法的

不合法的 ⇨ *adj*. **不合法的**

illegible
〔ɪ'lɛdʒəbl̩〕

il	legible
不 (not)	易讀的

不易讀的 ⇨ *adj*. **難讀的**

illicit
〔ɪ'lɪsɪt〕

il	licit
不 (not)	適宜的

不適宜的 ⇨ *adj*. **不適宜的**

illiterate
〔ɪ'lɪtərɪt〕

il	literate
不 (not)	能讀寫的

不能讀寫的 ⇨ *adj*. **不能讀寫的**

illogical
〔ɪ'lɑdʒɪkl̩〕

il	logical
不 (not)	合邏輯的

不合邏輯的 ⇨ *adj*. **不合邏輯的**

5. | ir- |　im- 的變體，接在 r 之前變為 ir 。

irrecoverable
〔ˌɪrɪ'kʌvərəbl̩〕

ir	recoverable
不 (not)	可挽回的

不可挽回的 ⇨ *adj*. **不可挽回的**

irregular
〔ɪ'rɛgjəlɚ〕

ir	regular
不 (not)	規則的

不規則的 ⇨ *adj*. **不規則的**

irresistible
〔ˌɪrɪ'zɪstəbl̩〕

ir	resistible
不 (not)	可抵抗的

不可抵抗的 ⇨ *adj*. **不可抵抗的**

irresolute
〔ɪ'rɛzəˌlut〕

ir	resolute
無 (not)	決斷的

無決斷的 ⇨ *adj*. **無決斷的**

irresponsible	ir	responsible	
〔͵ɪrɪˈspɑnsəbḷ〕	不（not）	負責的	不負責的 ⇨ *adj.* **不負責的**

6. | un- |　　接在形容詞、副詞、名詞和動詞之前。

unable	un	able	
〔ʌnˈebḷ〕	不（not）	能的	不能的 ⇨ *adj.* **不能的**

uncertain	un	certain	
〔ʌnˈsɝtṇ〕	不（not）	確定的	不確定的 ⇨ *adj.* **不確定的**

unhappily	un	happily	
〔ʌnˈhæpɪlɪ〕	不（not）	快樂地	不快樂地 ⇨ *adv.* **不快樂地**

unknown	un	known	
〔ʌnˈnon〕	非（not）	已知的	非已知的 ⇨ *adj.* **未知的**

untruth	un	truth	
〔ʌnˈtruθ〕	不（not）	眞實	不眞實 ⇨ *n.* **虛偽；不眞實**

◑《**比較**》 un- 表「相反」（reversal）的意思。

undress	un	dress	
〔ʌnˈdrɛs〕	相反（reversal）	穿衣	穿衣的相反 ⇨ *v.* **脫衣**

unfasten	un	fasten	
〔ʌnˈfæsṇ〕	相反（reversal）	牢固	牢固的相反 ⇨ *v.* **解開**

unlearn	un	learn	
〔ʌnˈlɝn〕	相反（reversal）	學習	學習的相反 ⇨ *v.* **忘卻所學**

unlock	un	lock	
〔ʌnˈlɑk〕	相反（reversal）	鎖上	鎖上的相反 ⇨ *v.* **開啓**

| untie
〔ʌnˈtaɪ〕 | **un**
相反（reversal） | **tie**
綁緊 | 綁緊的相反 ⇨ *v.* **解開** |

---

7. **non-**   接在形容詞、名詞之前。

nonage 〔ˈnɑnɪdʒ〕	**non** 未（not）	**age** 成年	未成年 ⇨ *n.* **未成年**
non-combatant 〔nɑnˈkɑmbətənt〕	**non** 非（not）	**combatant** 戰鬥人員	非戰鬥人員 ⇨ *n.* **非戰鬥人員**
noneffective 〔͵nɑnəˈfɛktɪv〕	**non** 不（not）	**effective** 有效的	不有效的 ⇨ *adj.* **無效的**
nonsense 〔ˈnɑnsɛns〕	**non** 非（not）	**sense** 有意義	非有意義 ⇨ *n.* **無意義**
nonstop 〔ˈnɑnˈstɑp〕	**non** 不（not）	**stop** 停止	不停止 ⇨ *adj.* **不停的；直達的**

8. **n-**   n＝ne＝not

neither 〔ˈniðɚ〕	**n** 不（not）	**either** 兩者皆	兩者皆不 ⇨ *adj.* **兩者皆不的**
never 〔ˈnɛvɚ〕	**n** 不（not）	**ever** 曾經地	不曾地 ⇨ *adv.* **未曾；決不**
none 〔nʌn〕	**n** 沒有（not）	**one** 一個	一個都沒有 ⇨ *pron.* **毫無**
nor 〔nɔr〕	**n** 不（not）	**or** 或者	或者不 ⇨ *conj.* **也不**

2 表「分離」(away, from, apart)意義的字首

ab-	abnormal〔æbˈnɔrml̩〕 *adj.* 畸形的	
abs-	abstract〔æbˈstrækt〕 *v.* 抽出；提煉	
a-	avert〔əˈvɝt〕 *v.* 避開；移轉	
off-	offspring〔ˈɔfˌsprɪŋ, ˈɑf-〕 *n.* 子孫；後代	
dis-	dispel〔dɪˈspɛl〕 *v.* 却除；驅散	
dif-	differ〔ˈdɪfɚ〕 *v.* 相異；不同	
di-	divert〔dəˈvɝt, daɪ-〕 *v.* 使轉向；轉入	
de-	depart〔dɪˈpart〕 *v.* 離開；出發	
se-	secure〔sɪˈkjʊr〕 *adj.* 安全的	

1. ab-

abhor
〔əbˈhɔr, æb-〕

ab	hor
離開(off)	恐怖、嫌惡(horror)

嫌惡地離開 ⇨ *v.* **憎惡**

abnormal
〔æbˈnɔrml̩〕

ab	normal
離開(away from)	正常

離開正常的情況 ⇨ *adj.* **畸形的**

absent
〔ˈæbsn̩t〕

ab	s	ent
離開(away)		形容詞字尾

離開不在的 ⇨ *adj.* **缺席的**

abuse
〔əˈbjuz〕

ab	use
離開(away from)	使用

不合乎正確用法 ⇨ *v., n.* **濫用**

2. abs-　　ab- 的變體，接在 c, t 之前變為 abs-。

abscess
〔ˈæbˌsɛs〕

abs	cess
離開(away)	去(go)

離開(身體)而去 ⇨ *n.* **膿瘡**

abstain
[əb'sten,æb-]

abs	tain
遠離（away from）	保持（hold）

保持遠離～ ⇨ *v.* **戒絕**

abstract
[æb'strækt]

abs	tract
離開（away from）	抽（draw）

抽～離開 ⇨ *v.* **抽出；提煉**

---

3. a-   ab- 的變體，接在 m, p, v 之前變為 a-。

amend
[ə'mɛnd]

a	mend
出來（out of）	錯誤（fault）

從錯誤中走出來 ⇨ *v.* **改正；改善**

apart
[ə'part]

a	part
分開（away）	部分

分開成小部分 ⇨ *adv.* **拆開；分開**

avert
[ə'vɜt]

a	vert
離開（away from）	轉（turn）

轉開來 ⇨ *v.* **避開；移轉**

---

4. off-

offhand
['ɔf'hænd]

off	hand
離開（away）	手

未經手（準備）⇨ *adj.* **即席的；無準備的**

offshoot
['ɔf,ʃut,'af-]

off	shoot
從（from）	嫩枝

嫩枝從（主幹）分出 ⇨ *n.* **旁枝；旁系**

offspring
['ɔf,sprɪŋ,'af-]

off	spring
向外（away）	長出；萌芽

向外長出 ⇨ *n.* **子孫；後裔**

---

5. dis-

discard
[dɪs'kard]

dis	card
離開（away）	牌

離開紙牌 ⇨ *v.* **拋棄；摒除**

discord
['dɪskɔrd]

dis	cord
分開（apart）	心（heart）

心意分開 ⇨ *n.* **不一致；意見不合**

dismiss	**dis**	**miss**	
〔dɪsˈmɪs〕	離開(away)	送(send)	送~離開 ⇨ *v.* **解散；開除**

dispel	**dis**	**pel**	
〔dɪˈspɛl〕	分開(away)	驅使(drive)	驅使~分開 ⇨ *v.* **却除；驅散**

distract	**dis**	**tract**	
〔dɪˈstrækt〕	分開(apart)	拉(draw)	把(心)拉開 ⇨ *v.* **分心；迷惑**

6. dif-   dis- 的變體

differ	**dif**	**fer**	
〔ˈdɪfɚ〕	分開(apart)	運載(carry)	分開搬運 ⇨ *v.* **相異；不同**

diffuse	**dif**	**fuse**	
〔dɪˈfjuz〕	分開(apart)	傾(pour)	把~傾散各地 ⇨ *v.* **流布；傳播**

7. di-   dis- 的變體

diminish	**di**	**mini**	**(i)sh**	
〔dəˈmɪnɪʃ〕	分開(apart)	少(little)	動詞字尾	把~分成小部分 ⇨ *v.* **減少**

divert	**di**	**vert**	
〔dəˈvɝt, daɪ-〕	在旁(aside)	轉(turn)	轉向一旁 ⇨ *v.* **使轉向；轉入**

8. de-

depart	**de**	**part**	
〔dɪˈpɑrt〕	從(from)	部分	從(全部)到部分 ⇨ *v.* **離開；出發**

derail	**de**	**rail**	
〔diˈrel〕	離開(away)	軌道	離開軌道 ⇨ *v.* **出軌**

9. se-

secure 〔sɪ'kjʊr〕	se	cure	沒有顧慮 ⇨ *adj.* **安全的**
	與～分開（apart from）	顧慮（care）	

seclude 〔sɪ'klud〕	se	clude	關閉(自己)使脫離 ⇨ *v.* **隔離；隱居**
	脫離（off）	關（shut）	

separate 〔'sɛpə,ret〕	se	par	ate	分開準備 ⇨ *v.* **分離；隔開**
	分開 （apart）	準備 （prepare）	動詞字尾	

3 表「之前」(before)、「向前」(forward)意義的字首

ante-	antecedent 〔,æntə'sidn̩t〕 *adj.* 在前的　*n.* 祖先
anti-	anticipate 〔æn'tɪsə,pet〕 *v.* 預期；預先做
ex-	ex-premier 〔'ɛks'primɪə〕 *n.* 前任首相
fore-	foretell 〔for'tɛl, fɔr-〕 *v.* 預言；預測
pre-	prehistoric 〔,priɪs'tɔrɪk, prihɪs-〕 *adj.* 史前的
pro-	proceed 〔prə'sid〕 *v.* 繼續進行

1. ante-

antecedent 〔,æntə'sidn̩t〕	ante	cede	(e)nt	先走的 ⇨ *adj.* **在前的** *n.* **祖先**
	之前（before）	走（go）	形容詞字尾	

ante meridiem 〔'æntɪmə'rɪdɪ- ,ɛm〕	ante	meridiem	中午之前 ⇨ *adv.* **上午** （＝*a.m.*）
	之前（before）	中午（noon）	

anteroom 〔'æntɪ,rum, -,rʊm〕	ante	room	先到的房間 ⇨ *n.* **接待室**
	之前（before）	房間	

2. anti-   ante- 的變體

anticipate
〔æn'tɪsə,pet〕

anti	cip	ate
預先(beforehand)	拿(take)	動詞字尾

預先拿 ⇨ *v.* **預期**

antique
〔æn'tik〕

anti	(i)que
以前舊的(before, old)	形容詞字尾

先前老舊的 ⇨ *adj.* **過時的**

3. ex-

ex-convict
〔,ɛks'kɑnvɪkt〕

ex	convict
以前(before)	罪犯

以前的罪犯 ⇨ **曾被判刑者**

ex-premier
〔'ɛks'primɪə〕

ex	premier
以前(before)	首相

以前的首相 ⇨ **前任首相**

ex-president
〔'ɛks'prɛzədnt〕

ex	president
以前(before)	總統

以前的總統 ⇨ **前任總統**

4. fore-

forecast
〔for'kæst〕

fore	cast
事先(beforehand)	投射

事先投射～ ⇨ *v.* **預測(天氣)**

forefather
〔'for,faðə,
'fɔr-〕

fore	father
以前的(before)	父親

以前的父親 ⇨ *n.* **祖先;祖宗**

foresee
〔for'si,fɔr-〕

fore	see
事先(beforehand)	看見

事先看見 ⇨ *v.* **預見;預知**

foresight
〔'for,saɪt,
'fɔr-〕

fore	sight
向前的(forward)	眼界

眼界往前 ⇨ *n.* **先見之明**

foretell	fore	tell	
〔for'tɛl,fɔr〕	事先（beforehand）	告知	事先告知 ⇨ *v.* **預言；預測**

5. pre-

precaution	pre	caution	
〔prɪ'kɔʃən〕	事先（beforehand）	小心謹慎	事前小心 ⇨ *n.* **預防**

precede	pre	cede	
〔pri'sid,prɪ-〕	之前（before）	走（go）	在～之前走 ⇨ *v.* **先行；在前**

prefix	pre	fix	
〔'pri,fɪks〕	在前的（previous）	固定	固定在前的 ⇨ *n.* **字首**

prehistoric	pre	historic	
〔,priɪs'tɔrɪk, ,prihɪs-〕	之前（before）	歷史的	在歷史之前 ⇨ *adj.* **史前的**

preoccupy	pre	occupy	
〔pri'ɑkjə,paɪ〕	之前（before）	佔據	在～之前佔據 ⇨ *v.* **預佔；先占**

presuppose	pre	suppose	
〔,prisə'poz〕	以前（before）	認爲	以前認爲 ⇨ *v.* **預想；假定**

6. pro-

proceed	pro	ceed	
〔prə'sid〕	同前（forward）	走（go）	向前走 ⇨ *v.* **繼續進行**

progress	pro	gress	
〔prə'grɛs〕	向前（forward）	行進（step）	向前進 ⇨ *v.* **進步**

promote	pro	mote	
〔prə'mot〕	向前（forward）	移動（move）	向前移動 ⇨ *v.* **升遷**

表「之後」(after)、「向後」(backward)意義的字首

after-	afternoon〔,æftɚ'nun,,ɑf-〕 *n.* 午後;下午
post-	postpone〔post'pon〕 *v.* 延期;延緩
retro-	retrospect〔'rɛtrə,spɛkt〕 *v.* 回顧;回想
re-	recall〔'ri,kɔl,rɪ'kɔl〕 *v.* 喚回;憶起

1 after-

aftercare 〔'æftɚ,kɛr, 'ɑf-〕	after 之後	care 照顧	在~之後的照顧 ⇨ *n.* **病後調養**
aftergrowth 〔'æftɚ,groθ, 'ɑf-〕	after 之後	growth 生長	在~之後的生長 ⇨ *n.* **再生**
afternoon 〔,æftɚ'nun, ,ɑf-〕	after 之後	noon 中午	中午之後 ⇨ *n.* **午後;下午**

2 post-

posterity 〔pɑs'tɛrətɪ〕	post 以後(after)	er 人(one who)	ity 名詞字尾	以後的人 ⇨ *n.* **後裔**
post meridiem 〔,postmɪ'rɪdɪ-,ɛm〕	post 之後(after)	meridiem 中午(noon)		中午之後 ⇨ **午後**(= *p.m.*)
postpone 〔post'pon〕	post 之後(after)	pone 放(put)		把~往後放 ⇨ *v.* **延期;延緩**

postscript
['pos·skrɪpt,
 'post-]

post	script
之後（after）	寫（written）

在～之後寫 ⇨ *n.* **附筆**

3. retro-

retrograde
['rɛtrə,gred]

retro	grade
往後（backward）	走（go）

往後走 ⇨ *v.* **倒退；退步**

retrogress
['rɛtrə,grɛs,
 ,rɛtrə'grɛs]

retro	gress
向後（backward）	行進（step）

向後行進 ⇨ *v.* **後退**

retrospect
['rɛtrə,spɛkt]

retro	spect
向後（backward）	看（look）

向後看 ⇨ *v.* **回顧；回想**

4. re-

recall
[rɪ'kɔl]

re	call
回來（back）	叫喚

叫喚～回來 ⇨ *v.* **喚回；憶起**

recapture
[ri'kæptʃɚ]

re	capture
之後再（back,again）	捕獲

（之後）再捕獲 ⇨ *v.* **再獲得**

reject
[rɪ'dʒɛkt]

re	ject
回來（back）	丟（throw）

把（好意）丟回 ⇨ *v.* **拒絕**

reopen
[ri'opən,-pn̩]

re	open
之後再（back,again）	打開

（之後）再打開 ⇨ *v.* **再開**

reproduce
[,riprə'dius]

re	produce
之後再 （back,again）	生產

（之後）再生產 ⇨ *v.* **再生**

表「超過」(over)、「超出」(beyond)意義的字首

extra-	extraordinary〔ɪk'strɔrdn̩,ɛrɪ〕*adj.* 特別的
out-	outnumber〔aʊt'nʌmbɚ〕*v.* 比～多；數目勝過
over-	overhead〔'ovɚ'hɛd〕*adv.* 在空中；在上
super-	supernatural〔,supɚ'nætʃrəl〕*adj.* 超自然的
sur-	surmount〔sɚ'maʊnt〕*v.* 凌駕；越過
ultra-	ultramodern〔,ʌltrə'madɚn〕*adj.* 極端現代的
up-	uphill〔'ʌp'hɪl〕*adj.* 上坡的　*adv.* 上坡地

1. extra-

extrajudicial
〔,ɛkstrədʒu-dɪʃəl〕

extra	judicial	
之外(beyond)	法院的	在法院之外 ⇨ *adj.* **法院以外的**

extraordinary
〔,ɛkstrə'ɔrdn̩,ɛrɪ〕

extra	ordinary	
超出(beyond)	平凡的	超出平凡的 ⇨ *adj.* **特別的**

extravagant
〔ɪk'strævəgənt〕

extra	vag	ant	
之外(beyond)	漫遊(wander)	形容詞字尾	漫遊在(界限)之外的 ⇨ *adj.* **浪費的**

2. out-

outgrow
〔aʊt'gro〕

out	grow	
超過(over)	生長	長得超過 ⇨ *v.* **長得過大而不適於～**

outlive
〔aʊt'lɪv〕

out	live	
超過(over)	活	活得超過 ⇨ *v.* **活得比～久**

outnumber
〔aʊt'nʌmbɚ〕

out	number
超過（over）	數目

數目超過 ➪ *v.* **比～多**

outrun
〔aʊt'rʌn〕

out	run
超過（over）	跑

跑超過～ ➪ *v.* **跑比～快；追過**

3. over-

overdo
〔'ovɚ'du〕

over	do
太多（too much）	做

做太多 ➪ *v.* **過份；誇張**

overcoat
〔'ovɚ,kot〕

over	coat
超過	外套

比外套大的衣服 ➪ *n.* **大衣**

overhead
〔'ovɚ'hɛd〕

over	head
超過	頭

超過頭的 ➪ *adv.* **在空中；在上**

overeat
〔'ovɚ'it〕

over	eat
太多（too much）	吃

吃太多 ➪ *v.* **吃得過量**

oversea
〔'ovɚ'si〕

over	sea
之外（beyond）	海

在海之外 ➪ *adj.* **海外的**

overwork
〔,ovɚ'wɝk〕

over	work
太多（too much）	工作

工作太多 ➪ *v.* **工作過度**

4. super-

superficial
〔,supɚ'fɪʃəl,
,sju-〕

super	fici	al
之上（above）	表面（face）	形容詞字尾

表面上的 ➪ *adj.* **表面的**

superintend
〔,suprɪn'tɛnd〕

super	intend
之上（over）	意圖（mean）

在意圖之上的 ➪ *v.* **監督**

supernatural	super	natural	
〔͵supə'nætʃrəl〕	在～之上(above)	自然的	在自然之上的 ⇨ *adj.* **超自然的**

5. sur-

surface	sur	face	
〔'sɝfɪs〕	上面的(upper)	面	上面的那一面 ⇨ *n.* **表面**

surmount	sur	mount	
〔sə'maunt〕	超越(over)	爬	爬超越～ ⇨ *v.* **凌駕；越過**

surpass	sur	pass	
〔sə'pæs, -'pɑs〕	超越(beyond)	經過	越過～ ⇨ *v.* **超越；勝過**

survey	sur	vey	
〔sə've〕	之上(over)	看(look)	往上看 ⇨ *v.* **眺望；縱覽**

survive	sur	vive	
〔sə'vaɪv〕	超越(over)	活着(live)	超越活着 ⇨ *v.* **活得比～久**

6. ultra-

ultramodern	ultra	modern	
〔͵ʌltrə'mɑdən〕	超過(beyond)	現代的	超過現代的 ⇨ *adj.* **極端現代的**

ultraviolet	ultra	violet	
〔͵ʌltrə'vaɪəlɪt〕	超越(beyond)	藍紫色	超越藍紫色的 ⇨ *adj.* **紫外線的**

7. up-

uphill	up	hill	
〔'ʌp'hɪl〕	往上	山坡	往山坡上 ⇨ *adj.* **上坡的** *adv.* **上坡地**

upside	**up**	**side**	
〔ˈʌpˈsaɪd, ˈʌpˌsaɪd〕	上面的（upper）	邊	在上面的邊 ⇨ *n.* **上側；上邊**

uphold	**up**	**hold**	
〔ʌpˈhold〕	向上	支持	向上支持 ⇨ *v.* **支持；舉起；鼓勵**

uprise	**up**	**rise**	
〔ʌpˈraɪz〕	向上	起	向上起來 ⇨ *v.* **升起；上升；行動起來**

uproot	**up**	**root**	
〔ʌpˈrut〕	往上	根	把根拉向上 ⇨ *v.* **連根拔除；徹底消滅**

⑥ 表「之下」（down, under）意義的字首

de-	depress 〔dɪˈprɛs〕 *v.* 壓下；降低
down-	downfall 〔ˈdaʊnˌfɔl〕 *n.* 落下；毀滅
sub-	subway 〔ˈsʌbˌwe〕 *n.* 地下鐵路；地下道
suc-	succeed 〔səkˈsid〕 *v.* 繼承；繼續
suf-	suffix 〔ˈsʌfɪks〕 *n.* 字尾　*v.* 加字尾
sup-	suppress 〔səˈprɛs〕 *v.* 鎮壓；平定
sus-	suspend 〔səˈspɛnd〕 *v.* 懸掛；停止
under-	underground 〔ˈʌndɚˈgraʊnd〕 *adj.* 地下的

1 de-

decline	**de**	**cline**	
〔dɪˈklaɪn〕	往下（down）	彎曲（bend）	往下彎 ⇨ *v.* **拒絕；婉謝**

degrade	**de**	**grade**	
〔dɪˈgred〕	往下（down）	一級（a step）	往下一級 ⇨ *v.* **降級；免職**

depreciate
〔dɪ'priʃɪ,et〕

de	preci	ate
往下(down)	價格(price)	動詞字尾

價格往下 ⇨ *v.* **跌價**

depress
〔dɪ'prɛs〕

de	press
向下 (down)	壓

向下壓 ⇨ *v.* **壓下；降低**

despise
〔dɪ'spaɪz〕

de	spise
向下 (down)	看 (look)

向下看 ⇨ *v.* **輕視；蔑視**

2. down-

downcast
〔'daʊn,kæst〕

down	cast
往下	投射

往下投射 (視線) 的 ⇨ *adj.* **向下的**

downfall
〔'daʊn,fɔl〕

down	fall
往下	掉

往下掉 ⇨ *n.* **落下；毀滅**

downhearted
〔'daʊn'hɑrtɪd〕

down	hearted
往下	心情〜的

心情往下 ⇨ *adj.* **沮喪的**

downhill
〔'daʊn,hɪl,
daʊn'hɪl〕

down	hill
往下	山坡

往山坡下 ⇨ *adj.* **下坡的**　　*adv.* **下坡地**

downpour
〔'daʊn,por,
-,pɔr,-,pʊr〕

down	pour
往下	倒

(雨)往下倒 ⇨ *n.* **大雨；豪雨**

3. sub-

subdivide
〔,sʌbdə'vaɪd〕

sub	divide
之下 (under)	分類

在分類之下 ⇨ *v.* **再分；細分**

subeditor
〔sʌbˈɛdɪtə〕

sub	editor
之下（under）	編輯

在編輯之下 ⇨ *n.* **副主筆**

subject
n.〔ˈsʌbdʒɪkt〕
v.〔səbˈdʒɛkt〕

sub	ject
之下（under）	推；拋（throw）

拋至～之下 ⇨ *n.* **學科**
　　　　　　 v. **使隸屬**

submarine
n.v.〔ˈsʌbməˌrin〕
adj.〔ˌsʌbməˈrin〕

sub	marine
在～之下	海的

在海下 ⇨ *n.* **潛水艇**
　　　　 v. **以潛水艇攻擊**
　　　　 adj. **海底的；海生的**

subway
〔ˈsʌbˌwe〕

sub	way
之下（under）	道路

在～之下的道路 ⇨ *n.* **地下鐵路**

4. suc-　屬於 sub- 的變體

succeed
〔səkˈsib〕

suc	ceed
在～之下	前進（go）

在（帶領）之下前進 ⇨ *v.* **繼承**

succumb
〔səˈkʌm〕

suc	cumb
在～之下	躺（lie）

躺在～之下 ⇨ *v.* **屈服；死**

5. suf-　屬於 sub- 的變體

suffer
〔ˈsʌfə〕

suf	fer
在～之下	忍受（bear）

忍受～情況 ⇨ *v.* **忍耐；蒙受**

suffix
n.〔ˈsʌfɪks〕
v.〔sʌˈfɪks,
　　ˈsʌfɪks〕

suf	fix
之後（after）	定方位

在既定的字之後 ⇨ *n.* **字尾**
　　　　　　　　 v. **加字尾**

6. sup-　屬於 sub- 的變體

suppose	**sup**	**pose**	
〔sə′poz〕	之下（under）	放置（put）	放置在～之下 ⇨ *v.* **假定**

suppress	**sup**	**press**	
〔sə′prɛs〕	下面（down）	壓	壓到下面 ⇨ *v.* **鎮壓；平定**

7. **sus-** 屬於 sub- 的變體

suspend	**sus**	**pend**	
〔sə′spɛnd〕	在下（beneath）	掛；吊（hang）	掛在～之下 ⇨ *v.* **懸掛**

sustain	**sus**	**tain**	
〔sə′sten〕	之下（under）	支撐（hold）	在～支撐之下 ⇨ *v.* **支持**

8. **under-**

undergo	**under**	**go**	
〔͵ʌndɚ′go〕	之下	走	在～情況下前進 ⇨ *v.* **遭受；經歷**

underground	**under**	**ground**	
〔′ʌndɚ′graʊnd〕	之下	地面	在地面之下 ⇨ *adj.* **地下的**

undergrown	**under**	**grown**	
〔′ʌndɚ͵gron〕	之下	發育	在正常發育之下 ⇨ *adj.* **發育不全的**

underlie	**under**	**lie**	
〔͵ʌndɚ′laɪ〕	之下	位於～	位於～之下 ⇨ *v.* **位於～之下**

undershirt	**under**	**shirt**	
〔′ʌndɚ͵ʃɝt〕	之下	襯衫	穿在襯衫之下的 ⇨ *n.* **汗衫；貼身內衣**

7 表「之內、之上、之間」（in，within，on，between）意義的字首

in-	include〔ɪn'klud〕v. 包含；連～算在內
im-	import〔ɪm'port, -'pɔrt〕v. 輸入；意含
il-	illuminate〔ɪ'lumə,net, ɪ'lju-〕v.照明；啓蒙
inter-	international〔,ɪntə'næʃənl〕adj. 國際的
intro-	introduce〔,ɪntrə'djus〕v. 引入；介紹

1. in-

inclose
〔ɪn'kloz〕

in	close
之內	關閉

關入～內 ⇨ v. **圍繞；封入**

include
〔ɪn'klud〕

in	clude
之內	關（shut）

關入～內 ⇨ v.**包括；連～算在內**

income
〔'ɪn,kʌm,
'ɪŋ,kʌm〕

in	come
之內	進來

進入（錢包）內 ⇨ n.**收入；所得**

indebted
〔ɪn'dɛtɪd〕

in	debted
在內	債（debt）

連債算在（自己）之內 ⇨ adj.**負債的**

induce
〔ɪn'djus〕

in	duce
在內	領導（lead）

領導～入內 ⇨ v. **誘導；說服**

2. im- 屬於 in- 的變體

impend
〔ɪm'pɛnd〕

im	pend
之上（on）	掛（hang）

掛在～之上 ⇨ v. **懸空；逼近**

implant
〔ɪm'plænt,
-'plɑnt〕

im	plant
入～	種植；注入

植入；注入 ⇨ v. **移植；灌輸**

import
v.〔ɪm'port,
　-'pɔrt〕

im	port
入～	負載（carry）

負載入～內 ⇨ v. **輸入；意含**

impose
〔ɪm'poz〕

im	pose
入～	放置（place）

放置入～內 ⇨ v. **負起（義務）**

impress
v.〔ɪm'prɛs〕
n.〔'ɪmprɛs〕

im	press
之上（on）	壓

壓入（心）上 ⇨ v. **使印象深刻**
　　　　　　n. **印象**

3. | il- |　屬於 in- 的變體

illuminate
〔ɪ'lumə,net,
　ɪ'lju-〕

il	lumin	ate
之上（on）	燈火（light）	動詞字尾

燈光照於～上 ⇨ v. **照明**

illustrate
〔'ɪləstret,
　ɪ'lʌstret〕

il	lustrate
之上（on）	使清楚（illuminate）

使清楚於～上 ⇨ v. **舉例說明**

illustrious
〔ɪ'lʌstrɪəs〕

il	lustrious
之上（on）	明亮的（lustrous）

於～上明亮的 ⇨ adj. **著名的**

4. | inter- |

interchange
〔,ɪntə'tʃendʒ〕

inter	change
使成為（into）	改變

使改變 ⇨ v. **交換；互換**

intercourse
〔'ɪntə,kors,
　-,kɔrs〕

inter	course
之內	運行

運行於～之內 ⇨ n. **交往；交際**

interdependence
〔,ɪntɚdɪ'pɛndəns〕

inter	dependence
之內	依賴

依賴～之內 ⇨ v. **相倚；互賴**

international
〔,ɪntɚ'næʃən!〕

inter	national
之內	國際的

在國際之內 ⇨ adj. **國際的**

interpose
〔,ɪntɚ'poz〕

inter	pose
之間（between）	放置（place）

置於～之間 ⇨ v. **置於～之間**

interrupt
〔,ɪntə'rʌpt〕

inter	rupt
之間（between）	破壞（break）

在～之間破壞 ⇨ **打斷**

interschool
〔,ɪntɚ'skul〕

inter	school
之間（between）	學校

學校與學校之間 ⇨ adj. **校際的**

intervene
〔,ɪntɚ'vin〕

inter	vene
之間（between）	來（come）

來到兩者之間 ⇨ v. **介於其中**

5. intro-

introduce
〔,ɪntrə'djus〕

intro	duce
進入（in）	引導（lead）

引導～進入 ⇨ v. **引入；介紹**

introspect
〔,ɪntrə'spɛkt〕

intro	spect
入（within）	看（see）

看入心中 ⇨ v. **反省；內省**

introvert
〔,ɪntrə'vɝt〕

intro	vert
內在（inwards）	轉（turn）

轉向內在（個性）⇨ v. **使內向**

⑧ 表「之外、向外、向前」（out, out of, forth）意義的字首

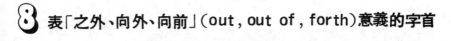

ex-　　express〔ɪk'sprɛs〕v. 表達；擠出

e-   emit〔ɪˈmɪt〕v. 發出(聲音);吐露(意見、思想等)

ec-   eccentric〔ɪkˈsɛntrɪk, ɛk-〕adj. 反常的;古怪的

out-   outcast〔ˈaʊt͵kæst, -͵kɑst〕adj. 被(家庭、社會等)逐出的

         outbuilding〔ˈaʊt͵bɪldɪŋ〕n. (農場的)附屬建築物(穀倉、畜舍等)

1 ex-

exclude〔ɪkˈsklud〕

ex	clude
之外(out)	關(shut)

把～關在外面 ⇨ v. **拒絕;除外**

export〔ˈɛksport〕

ex	port
出去(out)	載(carry)

負載出去～ ⇨ v. n. **輸出(品)**

expose〔ɪkˈspoz〕

ex	pose
外面(out)	放置(place)

放置在外 ⇨ v. **展覽;暴露**

express〔ɪkˈsprɛs〕

ex	press
出來(out)	壓

把(話)壓出來 ⇨ v. **表達;擠出**

extend〔ɪkˈstɛnd〕

ex	tend
出去(out)	延伸(stretch)

延伸出去 ⇨ v. **伸出;延長**

2 e- 屬於 ex- 的變體

eliminate〔ɪˈlɪmə͵net〕

e	liminate
外面(out)	排除

排除在外 ⇨ v. **除去;淘汰**

emit〔ɪˈmɪt〕

e	mit
出去(out)	送(send)

送～出去 ⇨ v. **發出;吐露**

enormous〔ɪˈnɔrməs〕

e	normous
之外(out)	正常的

在正常之外 ⇨ adj. **極大的;巨大的**

evaporate
〔ɪ'væpə,ret〕

e	vapor	ate
出去（out）	蒸氣	動詞字尾

使蒸氣出去 ⇨ *v.* **蒸發**

---

3. **ec-**　屬於 ex- 的變體

eccentric
〔ɪk'sɛntrɪk,ɛk-〕

ec	centric
離開（away）	中心（centre）

離開（人群）
中心的 ⇨ *adj.* **反常的**

eclipse
〔ɪ'klɪps〕

ec	lipse
出去（out）	滑（slip）

（月圓）滑出去 ⇨ *n.,v.* **(日,月)蝕**

ecstasy
〔'ɛkstəsɪ〕

ec	sta	sy
出去(out)	站立(stand)	名詞字尾

喜得站出來 ⇨ *n.* **狂喜**

---

4. **out-**

outcast
〔'aʊt,kæst,
　-,kɑst〕

out	cast
出去	擲；抛

擲出去～ ⇨ *adj.* **被逐出的**

outlying
〔'aʊt,laɪɪŋ〕

out	lying
離開（away）	位置

離開（中心）位置 ⇨ *adj.* **邊遠的**

outspoken
〔'aʊt'spokən〕

out	spoken
出來	說話

沒有顧忌地說出來 ⇨ *adj.* **直言無隱的**

outstanding
〔aʊt'stændɪŋ〕

out	standing
出來	站立

站出來使人注意 ⇨ *adj.* **顯著的**

outbreak
n.〔'aʊt,brek〕
v.〔aʊt'brek〕

out	break
出來	破壞

破壞出來 ⇨ *n.,v.* **爆發；暴亂**

outcome
〔'aʊt,kʌm〕

out	come
出來	來

發表出來 ⇨ *n.* **結果；洩出口**

| outcry
〔'aut,kraɪ〕 | out
出來 | cry
哭 | 哭出聲來 ⇨ *n.v.* **高聲尖叫；大聲反對** |

| outgo
〔'aut,go〕 | out
出去 | go
走 | ～走出去 ⇨ *n.* **支出** *v.* **勝過** |

| outlet
〔'aut,lɛt〕 | out
出去 | let
讓 | 讓～出去之處 ⇨ *n.* **出口；市場** |

| outbuilding
〔'aut,bɪldɪŋ〕 | out
之外 | building
建築物 | 在主要建築物之外 ⇨ *n.* **附屬建築物** |

| outline
〔'aut,laɪn〕 | out
之外 | line
邊界 | 在邊界之外的線 ⇨ *n.* **外形；輪廓** |

| outside
〔'aut'saɪd,
aut'saɪd〕 | out
之外 | side
邊 | 在邊之外 ⇨ *n., adj.* **外部（的）** |

9 表「贊成」(for)、「反對」(against)意義的字首

pro-	pro-Japanese〔,prodʒæpə'niz〕親日
anti-	antichrist〔'æntɪ,kraɪst〕*n.* 反對基督者
ant-	antarctic〔ænt'ɑrktɪk〕*adj.* 近南極的
with-	withstand〔wɪθ'stænd,wɪð-〕*v.* 對抗；抵抗
contra-	contradict〔,kɑntrə'dɪkt〕*v.* 反駁；否認
counter-	counteract〔,kauntə'ækt〕*v.* 抵消；解除
ob-	object〔əb'dʒɛkt〕*v.* 不贊成；反對
op-	oppress〔ə'prɛs〕*v.* 壓迫；壓制

1. pro-

pro-Japanese
〔,prodʒæpə'niz〕

pro	Japanese
贊成（for）	日本

贊成日本 ⇨ **親日**

pro-slavery
〔pro'slevrɪ〕

pro	slavery
贊成	奴隸制度

贊成奴隸制度 ⇨ **贊成奴隸制度（的）**

2. anti-

antichrist
〔'æntɪ,kraɪst〕

anti	christ
反對（against）	基督

反對基督的人 ⇨ *n.* **反對基督者**

antiforeign
〔,æntɪ'farɪn〕

anti	foreign
反對（against）	外國

排斥外國的人 ⇨ *n.* **排外者**

antipathy
〔æn'tɪpəθɪ〕

anti	pathy
反對（against）	感覺（feeling）

有反對的感覺 ⇨ *n.* **反感**

3. ant-   屬於 anti- 的變體

antagonist
〔æn'tægənɪst〕

ant	agonist
反對（against）	爭鬥（contend）的人

爭鬥的反方 ⇨ *n.* **敵手**

antarctic
〔ænt'arktɪk〕

ant	arctic
反方（against）	北極的（地區）

在北極的反方 ⇨ *adj.* **近南極的**

antonym
〔'æntə,nɪm〕

ant	onym
反（against）	名字，字 (name,word)

與某字意思相反 ⇨ *n.* **反意語**

4. with-

withdraw
〔wɪð'drɔ,wɪθ-〕

with	draw
反（against）	拉

反拉 ⇨ *v.* **撤回；收回**

withhold
〔wɪð'hold, wɪθ-〕

with	hold
反(against)	握

反握 ⇨ v. **不肯給予；制止**

withstand
〔wɪθ'stænd, wɪð-〕

with	stand
對抗(against)	忍耐

忍耐著與～對抗 ⇨ v. **對抗**

5. contra-

contradict
〔,kɑntrə'dɪkt〕

contra	dict
反對(against)	說(say)

對～說反對的話 ⇨ v. **反駁**

contrary
〔'kɑntrɛrɪ,
kən'trɛrɪ〕

contra	ry
反對(against)	形容詞字尾

反對的 ⇨ adj., adv. **相反的(地)**

contrast
n.〔'kɑntræst〕
v.〔kən'træst〕

contra	st
相反(opposite)	站立(stand)

相反站立 ⇨ n., v. **對比**

6. counter-

counteract
〔,kaʊntə'ækt〕

counter	act
相反(opposite)	作用

產生相反作用的行為 ⇨ v. **抵消**

counterfeit
〔'kaʊntəfɪt〕

counter	feit
逆(opposite)	製造(make)

不正當地製造 ⇨ v., n. **膺造**

countermeasure
〔'kaʊntə,mɛʒə〕

counter	measure
反向的(opposite)	手段；方法

反向應付的方法 ⇨ n. **對付措施**

7. ob-

object
n.〔'ɑbdʒɪkt〕
v.〔əb'dʒɛkt〕

ob	ject
反向(opposite)	擲；拋(throw)

反向拋～ ⇨ n., v. **不贊成**

obstacle	ob	sta	cle	
〔ˈɑbstəkl̩〕	反對 (against)	站立 (stand)	名詞字尾	站立以反對～⇨ *n*. **阻礙**

obstruct	ob	struct	
〔əbˈstrʌkt〕	反對(against)	建造(build)	爲反對～而建造～⇨ *v*. **阻隔**

8. | op- | 屬於 ob- 的變體

oppose	op	pose	
〔əˈpoz〕	反對(against)	位置(place)	處於反對的位置⇨ *n*. **反抗**

oppress	op	press	
〔əˈprɛs〕	逆向	壓	逆向的壓 ⇨ *v*. **壓迫；壓制**

10 表「完善、美好」(well,good)意義的字首

bene-	benefactor 〔ˈbɛnəˈfæktɚ, ‚bɛnəˈfæktɚ〕*n*. 施主；恩人
eu-	eulogy 〔ˈjulədʒɪ〕*n*. 頌詞
well-	well-being 〔ˈwɛlˈbiɪŋ〕安寧；幸福
	welfare 〔ˈwɛlˌfɛr,-ˌfær〕*n*. 幸福；福利

1 bene-

benefactor	bene	fac	t	or	
〔ˈbɛnəˌfæktɚ〕	善的 (good)	做 (make)		指人的名詞字尾	從善者⇨ *n*. **施主**

benefit	bene	fit	
〔ˈbɛnəfɪt〕	好的(well)	做(make)	做好的(事)⇨ *n*. **利益；善舉** *v*. **有益於**

benevolent	bene	vol	ent	
〔bəˈnɛvələnt〕	美好的 (good)	期望 (wish)	形容詞字尾	美好的期望 ⇨ *adj*. **慈善的**

2. | eu- |

eulogy
〔'julədʒɪ〕

eu	logy
美好的（good）	說詞（speaking）

美好的說詞 ⇨ *n.* **頌詞**

euphony
〔'jufənɪ〕

eu	phony
美好的（good）	聲音（sound）

美好的聲音 ⇨ *n.* **悅耳的聲音**

3. | well- |

well-being
〔'wɛl'biɪŋ〕

well	being
好的	處於～

處於好的狀態 ⇨ **安寧；幸福**

well-doer
〔'wɛl'duɚ〕

well	do	er
善的	做	指人的名詞字尾

從善者 ⇨ **善人**

well-known
〔'wɛl'non〕

well	known
好的	已知的

好的～爲人所知 ⇨ **著名的**

welfare
〔'wɛl,fɛr,
-,fær〕

wel(l)	fare
順利（well）	進行（go）

（凡事）順利進行 ⇨ *n.* **幸福；福利**

表「困難的、壞的、錯誤的」（difficult, bad, wrong）意義的字首

dys- dyspepsia〔,dɪ'spɛpʃə,-sɪə〕*n.* 消化不良症（＝
dyspepsy）

mal(e)- malefactor〔'mælə,fæktɚ〕*n.* 罪犯；作惡者

maltreat〔mæl'trit〕*v.* 虐待

mis- misuse〔mɪs'juz〕*v.* 誤用

1 dys-

dysentery
〔ˈdɪsn̩ˌtɛrɪ〕

dys	entery
困難的（difficult）	腸（entrails）

功能不正常的腸子 ➪ *n.* **痢疾**

dyspepsia
〔ˌdɪˈspɛpʃə, -sɪə〕

dys	pepsia
困難的（difficult）	消化（digestion）

消化困難 ➪ *n.* **消化不良症**

2 mal(e)-

malaria
〔məˈlɛrɪə〕

mal	aria
壞的（bad）	空氣（air）

壞的空氣 ➪ *n.* **瘴氣；瘧疾**

malefactor
〔ˈmæləˌfæktə〕

male	factor
邪惡的（evil）	做爲者（doer）

做壞事的人 ➪ *n.* **罪犯**

malevolence
〔məˈlɛvələns〕

male	volence
壞的（ill）	慾望（wish）

壞的念頭 ➪ *n.* **惡意；敵意**

malnutrition
〔ˌmælnjuˈtrɪʃən〕

mal	nutrition
壞的（bad）	營養

營養不好 ➪ *n.* **營養不足**

maltreat
〔mælˈtrit〕

mal	treat
不良的（ill）	對待

不善待 ➪ *v.* **虐待；酷使**

3 mis-

misconduct
〔mɪsˈkɑndʌkt〕

mis	conduct
壞的（bad）	行爲

壞的行爲 ➪ *n.* **行爲不檢**

misdeed
〔mɪsˈdid〕

mis	deed
壞的（bad）	行爲

壞的行爲 ➪ *n.* **罪行**

misfortune	mis	fortune	
〔mɪsˈfɔrtʃən〕	不好的（ill）	命運	不好的命運 ⇨ *n.* **不幸**

mislead	mis	lead	
〔mɪsˈlid〕	錯誤地（wrongly）	導引	錯誤地導引 ⇨ *v.* **導入歧途**

misprint	mis	print	
〔mɪsˈprɪnt〕	錯誤地（wrongly）	印刷	印刷錯誤 ⇨ *v.* **印錯**

mistake	mis	take	
〔məˈstek〕	錯誤地（wrongly）	取	取錯 ⇨ *v.* **錯誤；誤會**

misunderstand	mis	understand	
〔,mɪsʌndəˈstænd〕	錯誤地（wrongly）	了解	錯誤地了解 ⇨ *v.* **誤解**

misuse	mis	use	
〔mɪsˈjuz〕	錯誤地（wrongly）	使用	錯誤地使用 ⇨ *v.* **誤用**

12 表「全部」（all）意義的字首

al- almighty 〔ɔlˈmaɪtɪ〕 *adj.* 全能的
omni- omnipotent 〔ɑmˈnɪpətənt〕 *adj.* 全能的
pan- pan-American 〔ˈpænəˈmɛrəkən〕 泛美洲的

1. al-

almighty	al	might	y	
〔ɔlˈmaɪtɪ〕	全部（all）	權力	形容詞字尾	有全部權力的 ⇨ *adj.* **全能的**

alone	al	one	
〔əˈlon〕	全部（all）	單一	全部單一的 ⇨ *adj.* **孤單的**

altogether
〔,ɔltə'gɛðɚ〕

al	together
全部（all）	一起

全在一起 ⇨ *adv.* **全部地**

2. omni-

omnibus
〔'ɑmnəbəs〕

omni	bus
全部（all）	汽車

全部（人）共用的汽車 ⇨ *n.* **公共汽車**

omnipotent
〔ɑm'nɪpətənt〕

omni	potent
全部（all）	有效能的

有極大效能的 ⇨ *adj.* **全能的**

3. pan-

pan-American
〔'pænə'mɛrəkən〕

pan	American
全（all）	美洲的

全美洲的 ⇨ **泛美洲的**

panorama
〔,pænə'ræmə, -'rɑmə〕

pan	orama
全部（all）	景色（view）

全部的景色 ⇨ *n.* **全景**

13 表「共同、與」（together, with）意義的字首

com-	compress〔kəm'prɛs〕 *v.* 壓縮；緊壓
co-	co-education〔,koɛdʒə'keʃən〕男女合校的教育
con-	conform〔kən'fɔrm〕 *v.* 使一致
col-	collect〔kə'lɛkt〕 *v.* 集合；收集
cor-	correspond〔,kɔrə'spɑnd〕 *v.* 符合
syn-	synonym〔'sɪnə,nɪm〕 *n.* 同義字
sym-	sympathy〔'sɪmpəθɪ〕 *n.* 同情；同感

1. com-

com- con- 的變體，接在 b, m, p 之前變為 com-。

companion 〔kəm'pænjən〕	com	pan	ion	一起吃麵 包的人 ⇨ *n.* **同伴**
	一起 (together)	麵包 (bread)	表人的 名詞字尾	

compose 〔kəm'poz〕	com	pose	放在一起 ⇨ *v.* **組成**
	一起(together)	放置(put)	

compress 〔kəm'prɛs〕	com	press	一起壓～ ⇨ *v.* **壓縮；緊壓**
	一起(together)	壓	

compromise 〔'kɑmprə,maɪz〕	com	promise	一同答應 ⇨ *v.* **和解**
	一同(together)	答應	

combat 〔'kɑmbæt〕	com	bat	彼此對打 ⇨ *v.* **戰鬥**
	一同(together)	打(beat)	

commotion 〔kə'moʃən〕	com	motion	一起行動 ⇨ *n.* **暴動**
	一起(together)	行動	

2. co-

co- con- 的變體

co-education 〔,koɛdʒə'keʃən〕	co	education	一同教育 ⇨ **男女合校的教育**
	一同(together)	教育	

co-exist 〔,ko·ɪg'zɪst〕	co	exist	一同存在 ⇨ **共存**
	一同(together)	存在	

co-operate 〔ko'ɑpə,ret〕	co	operate	一同操作 ⇨ **合作**
	一同(together)	操作	

3. con-

concentrate 〔'kɑnsn̩ˌtret, -sən-〕	con 匯集 (together)	centr 中心 (center)	ate 動詞字尾	匯集於中心 ⇨ v. 集中

concord 〔'kɑnkɔrd, 'kɑŋ-〕	con 一同 (together)	cord 心意 (mind)	一同的心意 ⇨ n. 同意

conform 〔kən'fɔrm〕	con 一同 (together)	form 形成	一同形成 ⇨ v. 使一致；遵從

confuse 〔kən'fjuz〕	con 一同 (together)	fuse 流出 (pour)	一同流出 ⇨ v. 混亂

4. **col-**　con- 的變體，接在 l 之前變為 col- 。

collapse 〔kə'læps〕	col 一同 (together)	lapse 倒下 (fall)	一同倒下 ⇨ n. 倒塌

collect 〔kə'lɛkt〕	col 一起 (together)	lect 聚集 (gather)	聚集一起 ⇨ v. 集合

collide 〔kə'laɪd〕	col 一同 (together)	lide 撞擊 (strike)	一同撞擊 ⇨ v. 互撞

5. **cor-**　con- 的變體，接在 r 之前變為 cor- 。

correct 〔kə'rɛkt〕	cor 共同 (together)	rect 正確的 (right)	共同使之正確 ⇨ v. 改正

correlative 〔kə'rɛlətɪv〕	cor 與 (with)	relative 有關係的	與～有關係的 ⇨ adj. 關連的

correspond 〔ˌkɔrə'spɑnd〕	cor 與 (with)	respond 回應	與～回應 ⇨ v. 符合；相稱

corrupt
〔kə'rʌpt〕

cor	rupt
一起（together）	毀壞（break）

一起毀壞 ⇨ *v*. **腐爛**

6. syn-

synonym
〔'sınə,nım〕

syn	onym
與（with）	字（word）

與～字（相同）⇨ *n*. **同義字**

syntax
〔'sıntæks〕

syn	tax
聚集（together）	秩序（order）

按秩序地
聚集在一起 ⇨ *n*. **有秩序的排列**

7. sym-

syn- 的變體，接在 b, m, p 前變為 sym-。

symmetry
〔'sımıtrı〕

sym	metry
一起（together）	測量（measure）

一起測量 ⇨ *n*. **相稱**

sympathy
〔'sımpəθı〕

sym	pathy
與（with）	感覺（feeling）

和～有（相同的）感覺 ⇨ *n*. **同情**

symbol
〔'sımbl̩〕

sym	bol
共同（together）	投（throw）

共同投擲 ⇨ *n*. **象徵**

14 表「一半」（half）意義的字首

> **semi-**　semicircle〔'sɛmə,sɝkl̩〕 *n*. 半圓形
> **hemi-**　hemisphere〔'hɛməs,fır〕 *n*. 半球體
> **demi-**　demigod〔'dɛmə,gɑd〕 *n*. 半神人

1. semi-

semicircle
〔'sɛmə,sɝkl̩〕

semi	circle
一半的（half）	圓

一半的圓 ⇨ *n*. **半圓形**

2. hemi -

hemisphere	hemi	sphere	
〔'hɛməs,fɪr 〕	一半的（ half ）	球體	一半的球體 ⇨ *n.* **半球體**

3. demi -

demigod	demi	god	
〔'dɛmə,gɑd 〕	一半的	神	一半的神 ⇨ *n.* **半神人**

15 表「單一」（one）意義的字首

mono-	monotone 〔'mɑnə,ton 〕 *n.*(聲調、文體、顏色等之)單調	
mon-	monarch 〔'mɑnək 〕 *n.* 帝主；統治者	
uni-	uniform 〔'junə,fɔrm 〕 *n.* 制服　 *adj.* 始終如一的	

1. mono-

monopoly	mono	poly	
〔mə'nɑplɪ 〕	唯一的（ one ）	賣（ sell ）	唯一的販賣 ⇨ *n.* **專賣權**

monosyllable	mono	syllable	
〔'mɑnə,sɪləbḷ 〕	單一（ one ）	音節	單一音節的～ ⇨ *n.* **單音節的字**

monotone	mono	tone	
〔'mɑnə,ton 〕	單一（ one ）	音調	單一的音調 ⇨ *n.* **單調**

2. mon-　mono- 的變體

monarch	mon	arch	
〔'mɑnək 〕	唯一（ one ）	領袖（ chief ）	唯一的領袖 ⇨ *n.* **帝王；統治者**

3. uni-

uniform
〔'junəˌfɔrm〕

uni	form
單一（one）	形式

單一的形式 ⇨ *n.* **制服**
adj. **始終如一的**

unify
〔'junəˌfaɪ〕

uni	fy
唯一（one）	使（make）

使成唯一的 ⇨ *v.* **統一**

unique
〔ju'nik〕

uni	(i)que
唯一（one）	形容詞字尾

唯一的 ⇨ *adj.* **僅有的**

16 表「很多」（many）意義的字首

multi-　multitude〔'mʌltəˌtjud〕 *n.* 眾多
poly-　polysyllable〔'pɑləˌsɪləbl̩〕 *n.* 多音節的字

1. multi-

multiply
〔'mʌltˌplaɪ〕

multi	ply
很多（many）	折疊（fold）

折疊很多次 ⇨ *v.* **繁殖**

multitude
〔'mʌltəˌtjud〕

multi	tude
很多（many）	名詞字尾

很多的～ ⇨ *n.* **眾多；羣眾**

2. poly-

polysyllable
〔'pɑləˌsɪləbl̩〕

poly	syllable
很多（many）	音節

很多音節的～ ⇨ *n.* **多音節的字**

17 表「相同」（same）、「同等」（equal）意義的字首

```
  equi -     equivalent〔ɪˈkwɪvələnt〕adj. 相等的
  homo -     homonym〔ˈhɑməˌnɪm〕n. 同音異義字
```

1 equi -

equinox 〔ˈikwəˌnɑks, ˈɛkwə- 〕	equi	nox	日夜等長 ⇨ n. **晝夜平分點**
	同等（equal）	夜（night）	

equivalent 〔ɪˈkwɪvələnt〕	equi	val	ent	同等價值的 ⇨ adj. **相等的**
	同等（equal）	價值（value）	形容詞字尾	

equivocal 〔ɪˈkwɪvək!〕	equi	voc	al	同等聲量的 ⇨ adj. **模稜兩可的**
	同等的（equal）	聲音（voice）	形容詞字尾	

2 homo-

homonym 〔ˈhɑməˌnɪm〕	homo	nym	相同的字 ⇨ n. **同音異義字**
	相同（same）	字（word）	

18 表「周圍、環繞、圓形、兩者」（round）意義的字首

```
  ambi -      ambition〔æmˈbɪʃən〕n. 野心；抱負
  amphi -     amphibious〔æmˈfɪbɪəs〕adj. 水陸兩棲的
  circum -    circumstance〔ˈsɝkəmˌstæns〕n. 環境；情況
  peri -      periscope〔ˈpɛrəˌskop〕n. （潛水艇的）潛望鏡
```

1. ambi -

ambiguity 〔,æmbɪ'gjuətɪ〕	ambi	(i)gu	ity	
	兩者 (both)	導向 (drive)	名詞字尾	導向兩邊的～⇨ *n.* **不分明**

ambition 〔æm'bɪʃən〕	ambi	tion	
	周圍 (round)	名詞字尾	向四周 (推進) 的～⇨ *n.* **野心**

2. amphi - ambi- 的變體

amphibious 〔æm'fɪbɪəs〕	amphi	bio	ous	
	兩者 (both)	生活 (life)	形容詞字尾	生活於兩者的～⇨ *adj.* **水陸兩棲的**

amphitheatre 〔'æmfə,θɪətɚ, -,θɪə-〕	amphi	theatre	
	圓形 (round)	劇院	圓形的劇院 ⇨ *n.* **圓形劇場**

3. circum -

circumference 〔sə'kʌmfərəns〕	circum	fer	ence	
	周圍 (round)	運送 (carry)	名詞字尾	運至周圍 ⇨ *n.* **周圍**

circumstance 〔'sɝkəm,stæns〕	circum	sta(n)	ce	
	周圍 (round)	站立 (stand)	名詞字尾	站在周圍 ⇨ *n.* **環境**

circumspect 〔'sɝkəm,spɛkt〕	circum	spect	
	周圍 (round)	看 (see)	四處觀看 ⇨ *adj.* **愼重的**

4. peri -

period	peri	od	
〔'pɪrɪəd, 'pɪr-, -rɪɪd〕	環繞（round）	路程（way）	環繞一周的路程 ⇨ *n.* **周期；時期**

periscope	peri	scope	
〔'pɛrə,skop〕	周圍（round）	觀看（look）	觀看四周 ⇨ *n.* **潛望鏡**

⒆ 表「數目」的字首

bi -	bicycle〔'baɪsɪkl̩〕 *n.* 脚踏車
twi -	twin〔twɪn〕 *n.* 孿生子
tri -	triangle〔'traɪ,æŋgl̩〕 *n.* 三角形
quadr（u） -	quadrangle〔'kwɑdræŋgl̩〕 *n.* 四邊形；庭院
pent（a） -	pentagon〔'pɛntə,gɑn, -gən〕 *n.* 五角形
hex（a） -	hexagon〔'hɛksə,gɑn,-gən〕 *n.* 六角形
sept -	septennate〔sɛp'tɛnet〕 *n.* 七年
oct（o） -	octopus〔'ɑktəpəs〕 *n.* 章魚
deca -	decametre〔'dɛkə,mitɚ〕 *n.* 十公尺
deci -	decigram〔'dɛsə,græm〕 *n.* 毫克（十分之一克）
hecto -	hectolitre〔'hɛktə,litɚ〕 *n.* 公石；百公升
centi -	centigrade〔'sɛntə,gred〕 *adj.* 百分度的
kilo -	kilowatt〔'kɪlə,wɑt〕 *n.* 瓩
milli -	millimetre〔'mɪlə,mitɚ〕 *n.* 公釐

1 **bi-** 　表「二」（ two ）之義

bicycle	bi	cycle	
〔'baɪsɪkl̩〕	二個（two）	輪子（wheel）	二個輪子的～ ⇨ *n.* **脚踏車**

bimonthly
〔baɪˈmʌnθlɪ〕

bi	month	ly
二個 (two)	月	副詞或形 容詞字尾

二個月一次 ⇨ *adj.,adv.* **二個月一次的（地）**

binocular
〔baɪˈnɑkjələ,
bɪ-〕

bi	n	ocul	ar
二個 (two)		眼睛 (eye)	形容詞字尾

雙眼的 ⇨ *adj.* **雙眼並用的**

2. twi- 表「二」(two)之義

twin
〔twɪn〕

twi	n
二個 (two)	

二個～ ⇨ *n.* **孿生子；兩個相似的人(物)**

twice
〔twaɪs〕

twi	ce
二次 (two)	

二次 ⇨ *adv.* **二次**

twine
〔twaɪn〕

twi	ne
二者 (two)	

（聚集）二者 ⇨ *n.,v.* **編織**

3. tri- 表「三」(three)之義

triangle
〔ˈtraɪ,æŋgḷ〕

tri	angle
三個 (three)	角

三個角 ⇨ *n.* **三角形**

tricolor
〔ˈtraɪ,kʌlə〕

tri	color
三個 (three)	顏色

三個顏色 ⇨ *adj.* **三色的**

triple
〔ˈtrɪpḷ〕

tri	ple
三次 (three)	折疊 (fold)

折疊三次 ⇨ *v.* **三倍**

4. quadr(u)- 表「四」(four)之義

quadrangle
〔ˈkwɑdræŋgḷ〕

quadr	angle
四 (four)	角

四角的～ ⇨ *n.* **四邊形；庭院**

quadruped 〔'kwɑdrə,pɛd〕	quadru 四（four）	ped 足（foot）	四足的～ ⇨ *n.* **四足獸**

5. **pent (a)-**　表「五」（five）之義（在母音前作 pent-）

pentagon 〔'pɛntə,gɑn, -gən〕	penta 五（five）	gon 角（angle）	五個角的～ ⇨ *n.* **五角形**

6. **hex (a)-**　表「六」（six）之義（母音前作 hex-）

hexagon 〔'hɛksə,gɑn, -gən〕	hexa 六（six）	gon 角（angle）	六個角的～ ⇨ *n.* **六角形**

7. **sept-**　表「七」（seven）之義（亦作septem-, septi-）

septennate 〔sɛp'tɛnet〕	sept 七個 (seven)	enn	ate 名詞字尾	七個～ ⇨ *n.* **七年**

September 〔sɛp'tɛmbɚ, səp-〕	Septem 第七（seventh）	ber	古羅馬曆一年從三月 數起的第七個月 ⇨ *n.* **九月**

8. **octo-**　表「八」（eight）之義（octa- 的變體）

October 〔ɑk'tobɚ〕	Octo 八（eight）	ber	古羅馬曆一年從三月數起 的第八個月 ⇨ *n.* **十月**

octopus 〔'ɑktəpəs〕	octo 八（eight）	pus 足（foot）	八隻腳的～ ⇨ *n.* **章魚**

9. **deca-**　表「十」（ten）之義

decametre
〔'dɛkə,mitə〕

deca	metre
+（ten）	米

＋米 ⇨ *n.* **十公尺**

---

10. **deci-** 表「十分之一」之義

decigram
〔'dɛsə,græm〕

deci	gram
十分之一	克

十分之一克 ⇨ *n.* **毫克**

---

11. **hecto-** 表「一百」（hundred）之義

hectolitre
〔'hɛktə,litə〕

hecto	litre
一百（hundred）	公升

一百公升 ⇨ *n.* **公石；百公升**

---

12. **centi-** 表「百分之一」之義

centigrade
〔'sɛntə,gred〕

centi	grade
百分之一	度

百分之一度 ⇨ *adj.* **百分度的**

centimetre
〔'sɛntə,mitə〕

centi	metre
百分之一	米

百分之一米 ⇨ *n.* **公分**

---

13. **kilo-** 表「千」（thousand）之義

kilowatt
〔'kɪlə,wɑt〕

kilo	watt
千（thousand）	瓦

千瓦 ⇨ *n.* **瓩**

---

14. **milli-** 表「千分之一」之義

millimetre
〔'mɪlə,mitə〕

milli	metre
千分之一	米

千分之一米 ⇨ *n.* **公釐**

---

20 表「朝向」（to）、「在」（of, on, in）意義的字首

ad-	adjoin 〔əˈdʒɔɪn〕 *v.* 臨近
ac-	accustom 〔əˈkʌstəm〕 *v.* 習慣於
af-	affix 〔əˈfɪks〕 *v.* 使固定；黏上
ag-	aggressive 〔əˈgrɛsɪv〕 *adj.* 侵略的
al-	allure 〔əˈlɪʊr, -ˈlʊr〕 *v.* 引誘
an-	annex 〔əˈnɛks〕 *v.* 附加
ap-	append 〔əˈpɛnd〕 *v.* 附加
ar-	arrange 〔əˈrendʒ〕 *v.* 排列
as-	assume 〔əˈsjum〕 *v.* 假定；擅用
at-	attest 〔əˈtɛst〕 *v.* 證明
a-	aside 〔əˈsaɪd〕 *adv.* 在一旁地
a-	asleep 〔əˈslip〕 *adj.* 睡的
a-	akin 〔əˈkɪn〕 *adj.* 同性質的；類似的

1. | ad-

adhere
〔ədˈhɪr, æd-〕

ad	here
朝向（to）	黏著（stick）

朝向～黏著 ⇨ *v.* **黏上；附上**

adjoin
〔əˈdʒɔɪn〕

ad	join
朝向（to）	接連

朝向～接連 ⇨ *v.* **臨近**

adjourn
〔əˈdʒɜn〕

ad	jour	n
朝向（to）	日子（day）	

移向～日子 ⇨ *v.* **延期**

adverb
〔ˈædvɜb〕

ad	verb
朝向（to）	動詞

朝向（修飾）動詞 ⇨ *n.* **副詞**

2. | ac-   ad- 之變體，在 c, q 前變為 ac-。

accede
[æk'sid]

ac	cede
朝向（to）	走（go）

朝向～走 ⇨ *v.* **同意；就職**

accompany
[ə'kʌmpənɪ]

ac	company
朝向（to）	伙伴

作爲伙伴 ⇨ *v.* **伴隨；伴奏**

accustom
[ə'kʌstəm]

ac	custom
朝向（to）	習慣

朝向～習慣 ⇨ *v.* **習慣於**

acknowledge
[ək'nɑlɪdʒ]

ac	knowledge
朝向（to）	了解

朝向～了解 ⇨ *v.* **承認；接受**

acquire
[ə'kwaɪr]

ac	quire
朝向（to）	尋求（seek）

朝向～需求 ⇨ *v.* **獲得；使蒙受**

3. **af-**　爲 ad- 之變體，在 f 前變爲 af-。

affirm
[ə'fɝm]

af	firm
朝向（to）	堅決的

朝向堅決的（態度）⇨ *v.* **斷言**

affix
[ə'fɪks]

af	fix
朝向（to）	固定

朝向固定（的狀態）⇨ *v.* **使固定；黏上**

afforest
[ə'fɔrɪst,
ə'fɑr-]

af	forest
朝向（to）	森林

朝向～森林（的建設）⇨ *v.* **造林於**

4. **ag-**　爲 ad- 之變體，在 g 前變爲 ag-。

aggressive
[ə'grɛsɪv]

ag	gress	ive
朝向（to）	前進（step）	形容詞字尾

朝向～前進的 ⇨ *adj.* **侵略的**

5. **al-**　爲 ad- 之變體；在 l 前變爲 al-。

allot
[ə'lɑt]

al	lot
朝向(to)	籤

朝向以籤(作分配)⇨ *v.* **分配**

allure
[ə'lɪʊr,-'lʊr]

al	lure
朝向(to)	引誘

引誘～朝向 ⇨ *v.* **引誘；勾引**

6. | **an-** | 為 ad- 之變體，在 n 前變為 an-。

annex
[ə'nɛks]

an	nex
朝向(to)	綁(bind)

朝向～而綁 ⇨ *v.* **附加**

annotate
['æno,tet]

an	not(e)	ate
對(to)	註釋	動詞字尾

對～作註釋 ⇨ *v.* **註解**

7. | **ap-** | 為 ad- 之變體，在 p 前變為 ap-。

appease
[ə'piz]

ap	pease
朝向(to)	平靜(peace)

朝向平靜 ⇨ *v.* **使平靜**

append
[ə'pɛnd]

ap	pend
朝向(to)	懸掛(hang)

朝向懸掛 ⇨ *v.* **附加**

8. | **ar-** | 為 ad- 之變體，在 r 前變為 ar-。

arrange
[ə'rendʒ]

ar	range
朝向(to)	排列(rank)

朝向～排列 ⇨ *v.* **排列**

arrest
[ə'rɛst]

ar	rest
去(to)	阻止(stop)

阻止～ ⇨ *v.* **逮捕；遏止**

arrive
[ə'raɪv]

ar	rive
靠向(to)	堤岸(bank)

靠岸 ⇨ *v.* **到達；得到**

9. **as-** 為 ad- 之變體，在 s 前變為 as-。

| assume
〔ə'sjum〕 | **as**
朝向（to） | **sume**
取（take） | 朝向～而取 ⇨ *v*. 假定；擅用 |

| assail
〔ə'sel〕 | **as**
朝向（to） | **sail**
跳（leap） | 朝向～而跳 ⇨ *v*. 攻擊；責罵 |

10. **at-** 為 ad- 之變體，在 t 前變為 at-。

| attest
〔ə'tɛst〕 | **at**
朝向（to） | **test**
見證（witness） | 朝向見證 ⇨ *v*. 證明；(使)宣誓 |

| attract
〔ə'trækt〕 | **at**
朝向（to） | **tract**
拉引（draw） | 朝向拉引 ⇨ *v*. 吸引；誘惑 |

11. **a-** 為 ad 之變體

| achieve
〔ə'tʃiv〕 | **a**
朝向（to） | **chieve**
巔峯（head） | 朝向巔峯 ⇨ *v*. 完成；實現 |

| apart
〔ə'part〕 | **a**
朝向（to） | **part**
部分 | 朝向部分 ⇨ *adv*. 拆開；分離地 |

| aside
〔ə'saɪd〕 | **a**
朝向（to） | **side**
一旁 | 朝向一旁 ⇨ *adv*. 在一旁地；獨白 |

12. **a-** 含有 on, at, in 等介詞意義的字首。

| ablaze
〔ə'blez〕 | **a**
之中（in） | **blaze**
火焰 | 在火焰中 ⇨ *adj*., *adv*. 著火的（地） |

| afloat
〔ə'flot〕 | **a**
在（in） | **float**
飄浮 | 在飄浮（狀態）⇨ *adj*., *adv*. 飄浮的（地） |

afoot	a	foot	
〔ə'fʊt〕	用(on)	腳	用腳的（地）⇨ *adj.,adv.* **徒步的（地）**

ashore	a	shore	
〔ə'ʃɔr〕	靠在(on)	岸	靠在岸上 ⇨ *adj.,adv.* **向岸的（地）**

asleep	a	sleep	
〔ə'slip〕	在(in)	睡眠	在睡眠狀態 ⇨ *adj.* **睡的**

13. | **a-** | 源自 on-，含有 of 之意。

afresh	a	fresh	
〔ə'frɛʃ〕	～的(of)	新	新的 ⇨ *adv.* **重新；再**

akin	a	kin	
〔ə'kɪn〕	～的(of)	親屬關係	有親屬關係的 ⇨ *adj.* **同性質的**

anew	a	new	
〔ə'nju, ə'nu〕	～的(of)	重新	重新的 ⇨ *adv.* **再；重新**

21 表「加強語氣」(intensive)的字首

a-	arise 〔ə'raɪz〕 *v.* 起來
be-	bestir 〔bɪ'stɝ〕 *v.* 鼓舞
dis-	dissever 〔dɪ'sɛvɚ〕 *v.* 分離

1 | **a-** |

abide	a	bide	
〔ə'baɪd〕	加強語氣(intensive)	留(stay)	使留下 ⇨ *v.* **居留**

arise	a	rise	
〔ə'raɪz〕	加強語氣(intensive)	升起	使升起 ⇨ *v.* **起來**

ashamed	a	shamed	
〔ə'ʃemd〕	加強語氣（intensive）	羞恥的	使羞恥的 ⇨ *adj.* 羞恥的

2. be -

befit	be	fit	
〔bɪ'fɪt〕	加強語氣（intensive）	適宜	相當適宜 ⇨ *v.* 合適；相宜

bereave	be	reave	
〔bə'riv〕	加強語氣（intensive）	刼奪	刼奪 ⇨ *v.* 剝奪

bestir	be	stir	
〔bɪ'stɝ〕	加強語氣（intensive）	鼓動	極為鼓動 ⇨ *v.* 鼓舞

bewail	be	wail	
〔bɪ'wel〕	加強語氣（intensive）	哀傷	非常哀傷 ⇨ *v.* 哀悼；悲慟

3. dis -

disannul	dis	an	nul	
〔,dɪsə'nʌl〕	加強語氣（intensive）	朝向（to）	無（nothing）	朝向～無 ⇨ *v.* 取消

dissever	dis	sever	
〔dɪ'sɛvɚ〕	加強語氣（intensive）	中止	使中止 ⇨ *v.* 分離

22 常用的動詞字首

be -	befall 〔bɪ'fɔl〕 *v.* 降臨於
out -	outlive 〔aut'lɪv〕 *v.* 比～經久
over -	overcome 〔,ovɚ'kʌm〕 *v.* 克服
be -	becalm 〔bɪ'kɑm〕 *v.* 使安靜

befool〔bɪ'ful〕v. 愚弄

en-　　encourage〔ɪn'kɝɪdʒ〕v. 鼓舞

　　　　　enlarge〔ɪn'lɑrdʒ〕v. 擴大

in-　　inflame〔ɪn'flem〕v. 著火；激動

im-　　imperil〔ɪm'pɛrəl, -ɪl〕v. 危及

---

1. **be-**　指「之上，之於」（upon）之義。

befall
〔bɪ'fɔl〕

be	fall
之上（upon）	落

落在～之上 ⇨ v. **降臨於**

bemoan
〔bɪ'mon〕

be	moan
之於（upon）	悲傷

悲傷於～ ⇨ v. **悲悼；悲歎**

2. **out-**　指「超過」（beyond）之義。

outlive
〔aʊt'lɪv〕

out	live
超過（beyond）	生存

超過生命(的期限) ⇨ v. **比～經久**

outrun
〔aʊt'rʌn〕

out	run
超過（beyond）	跑

跑超過～ ⇨ v. **勝過；追趕上**

3. **over-**　指「向外」（out），「超過」（beyond）之義。

overcome
〔͵ovɚ'kʌm〕

over	come
超過（beyond）	達成

達成超過～ ⇨ v. **克服；擊敗**

overflow
〔͵ovɚ'flo〕

over	flow
向外（out）	流

向外流 ⇨ v. **氾濫**

4. **be-**　指「使～」（to make ～）之義。（使形容詞，名詞動詞化）

becalm
〔bɪ'kɑm〕

be	calm
使（make）	安靜的

使～安靜 ⇨ *v.* **使安靜**

becloud
〔be'klaʊd〕

be	cloud
使（make）	雲

使～（有）雲 ⇨ *v.* **遮掩**

befool
〔bɪ'ful〕

be	fool
使（make）	愚人

使～（爲）愚人 ⇨ *v.* **愚弄**

befriend
〔bɪ'frɛnd〕

be	friend
使（make）	朋友

使～（爲）朋友 ⇨ *v.* **照顧**

benumb
〔bɪ'nʌmb〕

be	numb
使（make）	麻木的

使～麻木 ⇨ *v.* **使麻木**

---

5. **en-** 　指「使」（make），「入內,之中」（in）之義。（把形容詞,名詞動詞化）

encourage
〔ɪn'kɝɪdʒ〕

en	courage
入內（in）	勇氣

注入勇氣於～ ⇨ *v.* **鼓勵**

endanger
〔ɪn'dendʒɚ, ɛn-〕

en	danger
之中（in）	危險

處於危險之中 ⇨ *v.* **危及；使危險**

enforce
〔ɪn'fors〕

en	force
使（make）	強力

強施於～ ⇨ *v.* **強行；厲行**

enlist
〔ɪn'lɪst〕

en	list
使（make）	名單

使～列名於 ⇨ *v.* **使入伍；徵募**

enlarge
〔ɪn'lɑrdʒ〕

en	large
使（make）	大的

使～變大 ⇨ *v.* **擴大；增訂**

ennoble
〔ɪ'nobl̩, ɛn'no-〕

en	noble
使（make）	尊貴的

使～尊貴的 ⇨ *v.* **使尊貴**

enrich	en	rich	
[ɪnˈrɪtʃ]	使 (make)	富足的	致富的 ⇨ *v.* **使富足；使豐富**

ensure	en	sure	
[ɪnˈʃʊr]	使 (make)	確實的	使～確實的 ⇨ *v.* **保證；使確定**

6. in- 指「在～之中」(in)之義。

inflame	in	flame	
[ɪnˈflem]	之中	火焰	在火中 ⇨ *v.* **著火；激動**

incase	in	case	
[ɪnˈkes]	之中	箱	裝入箱中 ⇨ *v.* **包裹；裝進容器內**

inform	in	form	
[ɪnˈfɔrm]	之中	形狀	在心中成形 ⇨ *v.* **通知；告發**

7. im- 為 in 的變體，指「之中，入內」(in)之義。

imperil	im	peril	
[ɪmˈpɛrəl, -ɪl]	在～之中 (in)	危險	在～危險中 ⇨ *v.* **危及**

impede	im	pede	
[ɪmˈpid]	入內 (in)	足 (foot)	涉足於～之內 ⇨ *v.* **妨礙；阻止**

imprison	im	prison	
[ɪmˈprɪzn̩]	入內 (in)	監獄	入監獄內 ⇨ *v.* **下獄；拘留**

impart	im	part	
[ɪmˈpɑrt]	入內 (in)	分配 (share)	分配入內 ⇨ *v.* **傳授；告知**

23 其他的字首

aero-	aeroplane〔'ɛrə,plen〕*n*. 飛機
aeri-	aerial〔e'ɪrɪəl,'ɛrɪəl〕*adj*. 空中的
arch(i)-	archbishop〔'ɑrtʃ'bɪʃəp〕*n*.總主教
auto-	automobile〔ɔd,emetʃ,idəmə'bil,ɔtə'mobɪl,ɔtəmə'bil〕 *adj*. 自動的
bio-	biography〔baɪ'ɑgrəfɪ〕*n*.傳記
by-	by-work〔'baɪ,wɜk〕*n*. 副業
electro-	electromotor〔ɪ,lɛktrə'motɚ〕*n*. 發電機
geo-	geography〔dʒi'ɑgrəfɪ〕*n*. 地理；地理學
hetero-	heterodox〔'hɛtə,rədɑks,'hɛtrə-〕*adj*.非正統的
magni-	magnify〔'mægnə,faɪ〕*v*. 放大
micro-	microphone〔'maɪkrə,fon〕*n*. 擴音器
neo-	neo-Catholic〔nio'kæθəlɪk〕*n*.,*adj*.新天主教徒(的)
ortho-	orthodox〔'ɔrθə,dɑks〕*adj*. 正統的
para-	parallel〔'pærə,lɛl〕*adj*. 平行的
per-	perfuse〔pɚ'fjuz〕*v*. 撒滿；充滿
philo-	philosophy〔fə'lɑsəfɪ〕*n*. 哲學
phono-	phonograph〔'fonə,græf,-,grɑf〕*n*.留聲機
quasi-	quasi-judicial〔,kwesaɪdʒu'dɪʃəl〕準司法的
self-	self-control〔,sɛlfkən'trol〕克己；自制
tele-	telephone〔'tɛlə,fon〕*n*. 電話
trans-	transport〔træns'port,-'pɔrt〕*v*. 運送
vice-	vice-president〔'vaɪs'prɛzədənt〕副總統

1 | **aero-** | 表「空氣，空中，氣體，航空」(air)之義

| aerodrome〔'ɛrə,drom, 'ærə-〕 | aero 航空 (air) | drome 場 (course) | 航空場 ⇨ *n*. 飛機場 |

aeroplane
〔'ɛrə,plen〕

aero	plane
空中（air）	飛行器

空中飛行器 ⇨ *n.* **飛機**

---

2 | **aeri-** | 為 aero- 之變體。

aerial
〔e'ɪrɪəl,'ɛrɪə〕

aeri	al
空中（air）	形容詞字尾

空中的 ⇨ *adj.* **空中的**

aerify
〔e'ɪrə,faɪ,'ɛrə-〕

aeri	fy
氣體（air）	動詞字尾

使成氣體 ⇨ *v.* **使氣化**

---

3 | **arch (i)-** | 表「第一，主要，為首，大」（chief）之義。

archipelago
〔,arkə'pɛlə,go〕

archi	pelago
主要（chief）	海（sea）

主要海域 ⇨ *n.* **(多)群島 (之海)**

archbishop
〔'artʃ'bɪʃəp〕

arch	bishop
為首（chief）	主教

為首的主教 ⇨ *n.* **總主教**

---

4 | **auto-** | 表「自己，獨立，自身」（self）之義。

antobiography
〔,ɔtəbaɪ'agrəfɪ〕

auto	biography
自己的（self）	傳記

自己的傳記 ⇨ *n.* **自傳**

autograph
〔'ɔtə,græf〕

auto	graph
自己的（self）	著述（writing）

自己的著述 ⇨ *n.* **親筆 原稿**

automobile
〔'ɔtəmə,bil,
,ɔtə'mobɪl,
,ɔtəmə'bil〕

auto	mobile
自己（self）	動（moving）

自己（會）動的 ⇨ *adj.* **自動的**

---

5 | **bio-** | 表「生活」（life），「生物」（living）之義。

biography 〔baɪˈɑgrəfɪ〕	**bio** 生活 (life)	**graphy** 著述 (writing)	記述生活事 跡之著作 ⇨ *n.* **傳記**

biology 〔baɪˈɑlədʒɪ〕	**bio** 生物 (living)	**logy** 科學 (science)	生物科學 ⇨ *n.* **生物學**

6. **by-**　表「次要的，附帶的，一旁的」(beside) 之義。

by-election 〔ˈbaɪɪˌlɛkʃən〕	**by** 附帶的 (beside)	**election** 選舉	附帶的選舉 ⇨ **國會之補選**

by-product 〔ˈbaɪˌprɑdəkt〕	**by** 次要的 (beside)	**product** 產品	次要的產品 ⇨ **副產品**

bystander 〔ˈbaɪˌstændɚ〕	**by** 一旁的 (beside)	**stander** 站立者	一旁的站立者 ⇨ **旁觀者**

by-street 〔ˈbaɪˌstrit〕	**by** 次要的 (beside)	**street** 街道	次要的街道 ⇨ **僻街**

by-work 〔ˈbaɪˌwɝk〕	**by** 附帶的 (beside)	**work** 工作	附帶的工作 ⇨ **副業**

7. **electro-**　表「電的」(electric) 之義。

electromotor 〔ɪˌlɛktrəˈmotɚ〕	**electro** 電的 (electric)	**motor** 馬達	發電的馬達 ⇨ *n.* **發電機**

electron 〔ɪˈlɛktrɑn, ə-〕	**electro** 電的 (electric)	**n**	電的～ ⇨ *n.* **電子**

8. **geo-**　表「土地」(earth)，「土壤」(soil) 之義。

geography [dʒiˈɑgrəfɪ]	**geo** 土地(earth)	**graphy** 著述(writing)	有關土地的著述 ⇨ *n.* 地理學

geology [dʒiˈɑlədʒɪ]	**geo** 土壤(soil)	**logy** 科學(science)	土壤科學 ⇨ *n.* 地質學

geometry [dʒiˈɑmətrɪ]	**geo** 土地(earth)	**metry** 測量(measure)	土地測量(幾何學的先驅) ⇨ *n.* 幾何學

9. **hetero-**   表「其他」(other),「不同」(different)之義。

heterodox [ˈhɛtəˌrɑdɑks, ˈhɛtrə-]	**hetero** 不同的(different)	**dox** 看法(opinion)	不同看法的～ ⇨ *adj.* 非正統的

heterogeneous [ˌhɛtərəˈdʒɪnɪəs, -njəs]	**hetero** 不同的 (different)	**gene** 種類 (kind)	**ous** 形容詞字尾	不同種類的 ⇨ *adj.* 不同的

10. **magn(i)-**   表「大」(great, big)之義,母音前變為 magn-。

magnanimity [ˌmægnəˈnɪmətɪ]	**magn** 大的 (great)	**anim** 心胸 (mind)	**ity** 名詞字尾	心胸寬大 ⇨ *n.* 慷慨;大度

magnify [ˈmægnəˌfaɪ]	**magni** 大(great)	**fy** 動詞字尾	使變大 ⇨ *v.* 放大

magnitude [ˈmægnəˌtjud]	**magn** 大(great)	**itude** 名詞字尾	大的～ ⇨ *n.* 重大;大小;長度

11. **micro-**   表「微小」(small)之義。

microbe	**micro**	**be**	微小生物 ⇨ *n*. **微生物**
〔'maɪkrob〕	微小的(small)	生物(life)	

microphone	**micro**	**phone**	將聲音由 ⇨ *n*. **擴音器**
〔'maɪkrə,fon〕	微小的(small)	聲音(sound)	小變大

microscope	**micro**	**scope**	看微小生物的~ ⇨ *n*. **顯微鏡**
〔'maɪkrə,skop〕	微小的(small)	看(see)	

12. **neo-** 表「新」(new)之義。

Neo-Catholic	**neo**	**Catholic**	新天主教徒(的) ⇨ **新天主教徒（ 的）**
〔,nio'kæθəlɪk〕	新(new)	天主教徒(的)	

neology	**neo**	**logy**	新字 ⇨ *n*. **新語；新字**
〔ni'ɑlədʒɪ〕	新(new)	字(word)	

13. **ortho-** 表「直的」(straight),「正確」(right)之義。

orthodox	**ortho**	**dox**	正確的看法 ⇨ *adj*. **正統**
〔'ɔrθə,dɑks〕	正確(right)	看法(opinion)	

14. **para-** 表「相反的」(contrary),「一旁地, 側行」(beside)之義。

paradox	**para**	**dox**	相反的意見 ⇨ *n*. **互相矛盾的人或事物**
〔'pærə,dɑks 〕	相反的(contrary)	意見(opinion)	

parallel	**para**	**(a)llel**	在彼此旁邊 ⇨ *adj*. **平行的**
〔'pærə,lɛl〕	一旁地(beside)	彼此地(mutually)	

15. **per-** 表「完全, 非常」(thoroughly)之義。

perfect 〔'pɝfɪkt〕	**per** 完全（thoroughly）	**fect** 做（do）	做得極為完全 ⇨ *adj*. **無瑕的**

perform 〔pɚ'fɔrm〕	**per** 完全（thoroughly）	**form** 做（do）	徹底達成 ⇨ *v*. **執行；履行**

pervade 〔pɚ'ved〕	**per** 完全（thoroughly）	**vade** 散布（go）	完全地散布 ⇨ *v*. **遍布**

perfuse 〔pɚ'fjuz〕	**per** 完全〔thoroughly〕	**fuse** 流（pour）	完全地流出 ⇨ *v*. **撒滿；充滿**

16. ▢ **phil(o)-**　　表「愛好，偏好」（loving）之義。

philology 〔fɪ'lɑlədʒɪ〕	**philo** 偏好 （loving）	**log** 言語 （speak）	**y** 名詞字尾	偏好言語的～ ⇨ *n*. **語言學**

philosophy 〔fə'lɑsəfɪ〕	**philo** 愛好（loving）	**sophy** 智慧（wisdom）	愛好智慧 ⇨ *n*. **哲學**

philanthropy 〔fə'lænθrəpɪ〕	**phil** 愛好（loving）	**anthrop** 人類（man）	**y** 名詞字尾	愛好人類 ⇨ *n*. **慈善心**

17. ▢ **phono-**　　表「聲音」（sound, voice）之義。

phonograph 〔'fonə,græf, -,grɑf〕	**phono** 聲音（sound）	**graph** 書寫（write）	將聲音寫下（留下聲音）⇨ *n*. **留聲機**

phonology 〔fo'nɑlədʒɪ〕	**phono** 聲音（sound）	**logy** 科學（science）	研究聲音的科學 ⇨ *n*. **語音學**

18. ▢ **quasi-**　　表「準」（as if），「類似地」（seemingly）之義。

quasi-judicial [,kwesaɪ dʒu-'dɪʃəl]	quasi 準（as if）	judicial 司法的	準司法的 ⇨ **準司法的**

quasi-legislative [,kwesaɪ'lɛdʒɪs-letɪv]	quasi 準（as if）	legislative 立法的	準立法的 ⇨ **準立法的**

quasi-public [,kwesaɪ'pʌblɪk]	quasi 類似地（seemingly）	public 公共的	類似公共的 ⇨ **爲私有但屬公共性質**

19. self- 表「自我」（self）之義。

self-control [,sɛlfkən'trol]	self 自我	control 控制	自我控制 ⇨ **克己；自制**

self-defence [,sɛlfdɪ'fɛns]	self 自我	defence 防衞	自我防衞 ⇨ **自衞**

self-interest ['sɛlf'ɪntərɪst]	self 自我	interest 利益	自我利益 ⇨ **私利；利己**

20. tele- 表「遙遠，長距離」（far, distant）之義。

telegraphy [tə'lɛgrəfɪ]	tele 遙遠（far）	graphy 寫（writing）	從遙遠處寫來 ⇨ *n.* **電報法**

telephone ['tɛlə,fon]	tele 遙遠（far）	phone 聲音（sound）	從遙遠處傳來的聲音 ⇨ *n.* **電話**

telescope ['tɛlə,skop]	tele 長距離（distant）	scope 看（see）	看長距離之物 ⇨ *n.* **望遠鏡**

21. trans- 表「越過，超過」（across, beyond）之義。

transform 〔træns'fɔrm〕	trans	form	超過原有的形態 ⇨ *v*. **使變形**
	超過（across）	形態	

transmit 〔træns'mɪt〕	trans	mit	傳送過～ ⇨ *v*. **傳送**
	越過（across）	傳送（send）	

transpacific 〔,trænspə'sɪfɪk〕	trans	pacific	越過太平洋 ⇨ *adj*. **橫越太平洋的**
	越過（across）	太平洋	

transport 〔træns'pɔrt, -'pɔrt〕	trans	port	運送過 ⇨ *v*. **運送**
	越過（across）	運送（carry）	

22 | vice- | 表「副的」，「次的」之義。

vice-governor 〔'vaɪs'gʌvənɚ〕	vice	governor	副的州長 ⇨ **副州長**
	副的	州長	

vice-president 〔'vaɪs'prɛzədənt〕	vice	president	副的總統 ⇨ **副總統**
	副的	總統	

∼∼∼∼∼∼Exercise Nineteen∼∼∼∼∼∼

❖ 請在空白處填入適當的字首並完成該單字：

1. _____ + **appear** = _____
   不（not）　　　出現（appear）　　　　　消失（vanish）

2. _____ + **cast** = _____
   事先　　　　　投射（cast）　　　　　　預測（predict）
   （beforehand）

3. _____ + **produce** = _____
   之後再　　　　生產（produce）　　　　再生（grow anew）
   （back, again）

4. _____ + **pose** = _____
   一起　　　　　放置（put）　　　　　　組成（form）
   （together）

5. _____ + **live** = _____
   超過（beyond）　生存（live）　　　　　比～經久
   　　　　　　　　　　　　　　　　　　（live longer than）

6. _____ + **biography** = _____
   自己的（self）　傳記（biography）　　　自傳

7. _____ + **fect** = _____
   完全　　　　　做（do）　　　　　　　無瑕的（faultless）
   （thoroughly）

※ 答案請參考字首篇的解說 。

3

SUFFIX

字尾篇

▊ 表示「動詞」的字尾

- **-en**　deepen〔'dipən〕*v.* 使深；變深
- **-(i)fy**　beautify〔'bjutə,faɪ〕*v.* 美化；變美
- **-ize**　civilize〔'sɪvḷ,aɪz〕*v.* 使開化；教化
- **-ate**　captivate〔'kæptə,vet〕*v.* 使著迷
- **-ish**　publish〔'pʌblɪʃ〕*v.* 發表；出版（書籍、雜誌等）
- **-er**　waver〔'wevɚ〕*v.* 擺動；搖晃
- **-le**　dazzle〔'dæzl〕*v.* 使目眩；使迷惑

1 ▢ -en　形容詞或名詞＋ en ＝動詞，表（使～（化）；變成～（化）」之義，如：

deepen〔'dipən〕	**deep** 深處（的）	**en** 使（變成）	使（變成）深 ⇨ *v.* **使深；變深**

harden〔'hɑrdṇ〕	**hard** 堅硬的	**en** 使（變成）	使（變成）堅硬 ⇨ *v.* **使堅硬；變硬**

lessen〔'lɛsṇ〕	**less** 較少的	**en** 使（變成）	使（變成）較少 ⇨ *v.* **減少；變小**

redden〔'rɛdṇ〕	**red** 紅色（的）	**en** 使（變成）	使（變成）紅色的 ⇨ *v.* **使紅；變紅**

weaken〔'wikən〕	**weak** 弱的	**en** 使（變成）	使（變成）弱的 ⇨ *v.* **使弱；變弱**

frighten〔'fraɪtṇ〕	**fright** 驚駭	**en** 使（make）	使驚駭 ⇨ *v.* **使吃驚；吃驚**

hasten ['hesn̩]	hast(e) 匆忙	en 使 (make)	使匆忙 ⇨ v. 催促；趕快

heighten ['haɪtn̩]	height 高	en 使 (make)	使高 ⇨ v. 加高；升高

lengthen ['lɛŋkθən]	length 長	en 使 (變成)	使 (變成) 長 ⇨ v. 使變長；變長

strengthen ['strɛŋθən]	strength 強	en 使 (make)	使 (變成) 強 ⇨ v. 加強；變強

2 | **-(i)fy** | 形容詞或名詞＋(i)fy＝動詞；若接於子音後，則使用-ify，如：

beautify ['bjutə,faɪ]	beaut(y) 美	ify 使 (make)	使 (變) 美 ⇨ v. 美化；變美

classify ['klæsə,faɪ]	class 類別	ify 使 (make)	使有類別 ⇨ v. 分類

glorify ['glorə,faɪ]	glor(y) 光榮	ify 使 (make)	使光榮 ⇨ v. 使光榮；榮耀

personify [pɝ'sɑnə,faɪ]	person 個人	ify 使 (make)	使爲個人 ⇨ v. 擬爲人；使人格化

signify ['sɪgnə,faɪ]	sign 象徵	ify 使 (make)	使象徵～ ⇨ v. 表示；意味

justify ['dʒʌst,faɪ]	just 正當的	ify 使 (make)	使正當的 ⇨ v. 證明爲正當或應該

simplify ['sɪmpl̩ə,faɪ]	simpl(e) 簡單的	ify 使 (make)	使簡單的 ⇨ v. 使簡易

certify ['sɝtə,faɪ]	cert(i)	ify	使確定的 ⇨ *v*. **證明**
	確定的 (certain)	使（make）	

fortify ['fɔrtə,faɪ]	fort	ify	使強的 ⇨ *v*. **使堅强；强化**
	强的 (strong)	使（make）	

purify ['pjʊrə,faɪ]	pur(e)	ify	使純潔 ⇨ *v*. **使純正；淨化**
	純潔的	使（make）	

3. **-ize**　形容詞或名詞＋ize＝動詞，表「使～（化）；變成～（化）」之義，如：

civilize ['sɪvḷ,aɪz]	civil	ize	使開化的 ⇨ *v*. **使開化；教導**
	開化的	使（make）	

fertilize ['fɝtḷ,aɪz]	fertil(e)	ize	使肥沃的 ⇨ *v*. **使肥沃**
	肥沃的	使（make）	

generalize ['dʒɛnərəl,aɪz]	general	ize	變成總括的 ⇨ *v*. **綜合；歸納**
	總括的	變成（become）	

realize ['riə,laɪz, 'rɪə-]	real	ize	變成實際的 ⇨ *v*. **實現；了解**
	實際的	變成（become）	

specialize ['spɛʃəl,aɪz]	special	ize	使特別的 ⇨ *v*. **使特殊化；專研**
	特別的	使（make）	

apologize [ə'pɑlə,dʒaɪz]	apolog(y)	ize	使道歉 ⇨ *v*. **道歉**
	道歉	使（make）	

characterize ['kærɪktə,raɪz]	character	ize	使有特性 ⇨ *v*. **顯示～的特性**
	特性	使（make）	

| emphasize ['ɛmfə,saɪz] | emphas(is) 強調 | ize 使(make) | 使強調 ⇨ v. **強調** |

| memorize ['mɛmə,raɪz] | memory 記憶 | ize 使(make) | 使有記憶 ⇨ v. **記憶；背誦** |

| sympathize ['sɪmpə,θaɪz] | sympath(y) 同情 | ize 使(make) | 使有同情 ⇨ v. **同情** |

4. -ate　表「使～；引起～」等之義，如：

| captivate ['kæptə,vet] | captiv(e) 被俘虜的 | ate 使(make) | 使被俘虜的 ⇨ v. **使着迷** |

| circulate ['sɝkjə,let] | circul 循環 (circle) | ate 使(make) | 使～循環 ⇨ v. **流通；分布** |

| graduate ['grædʒʊ,et] | gradu 等級(grade) | ate 做爲(as) | 做爲～等級 ⇨ v. **畢業** |

| habituate [hə'bɪtʃʊ,et] | habit(u) 習慣 | ate 使(make) | 使有～習慣 ⇨ v. **使習慣於** |

| originate [ə'rɪdʒə,net] | origin 開端 | ate 做爲(as) | 做爲開端 ⇨ v. **創始；發明** |

| animate ['ænə,met] | anim(a) 生命 | ate 使(make) | 使有生命 ⇨ v. **使有生氣活力** |

| concentrate ['kɑnsn̩,tret, -sɛn,-] | con 一起 (together) | centr 中心 (center) | ate 使(make) | 使一起 在中心 ⇨ v. **集中** |

5. -ish

publish
〔'pʌblɪʃ〕

publ(ic)	ish
公開的	動詞字尾

公開 ⇨ v. **公開；出版**

vanish
〔'vænɪʃ〕

va(i)n	ish
無效的	動詞字尾

無效 ⇨ v. **消失；消散**

cherish
〔'tʃɛrɪʃ〕

cher	ish
珍愛的（dear）	動詞字尾

珍愛 ⇨ v. **珍愛；撫育**

establish
〔ə'stæblɪʃ〕

establ	ish
穩固的（stable）	使（make）

使穩固的 ⇨ v. **建立**

diminish
〔də'mɪnɪʃ〕

dimin	ish
少（less）	使（make）

使少 ⇨ v. **減少；縮小**

banish
〔'bænɪʃ〕

ban	ish
放逐	動詞字尾

放逐 ⇨ v. **逐出境；放逐**

famish
〔'fæmɪʃ〕

fam	ish
饑荒（famine）	動詞字尾

饑荒 ⇨ v. **挨餓；餓死**

finish
〔'fɪnɪʃ〕

fin	ish
結束（end）	動詞字尾

結束 ⇨ v. **結束；完成**

6. -er　用於動詞或擬聲語之後，表「反覆；頻頻」之義，如：

waver
〔'wevɚ〕

wav	er
波動（wave）	動詞字尾

頻頻波動 ⇨ v. **擺動；搖曳**

wander
〔'wɑndɚ〕

wand	er
行走（wend）	動詞字尾

反覆行走 ⇨ v. **四處走；閒蕩**

patter 〔'pætɚ〕	pat(t) 輕拍（pat）	er 動詞字尾	反覆輕拍 ⇨ v. 發急速輕拍聲

chatter 〔'tʃætɚ〕	chat(t) 閒談（chat）	er 動詞字尾	頻頻閒談 ⇨ v. 喋喋不休；嘮叨

twitter 〔'twitɚ〕	twit(t) 嘲弄（twit）	er 動詞字尾	反覆發 twit 聲 ⇨ v.（鳥）囀

7.　-le　表「反覆」之義，如：

dazzle 〔'dæzļ〕	daz(z) 暈眩（daze）	le 動詞字尾	暈眩 ⇨ v. 使迷惑；使目眩

scribble 〔'skribļ〕	scrib(b) 書寫（scribe）	le 動詞字尾	書寫 ⇨ v. 潦草書寫；塗鴉

sparkle 〔'spɑrkļ〕	spark 火花（spark）	le 動詞字尾	火花 ⇨ v. 放散火花；閃爍

startle 〔'stɑrtļ〕	start 驚起（start）	le 動詞字尾	驚起 ⇨ v. 使吃驚；驚動

trample 〔'træmpļ〕	tramp 踐踏（tramp）	le 動詞字尾	踐踏 ⇨ v. 踐踏；蹂躪

② 表示「名詞」的字尾

- **- age**   carriage〔'kærɪdʒ〕*n.* 運輸;客車廂
- **- al**   arrival〔ə'raɪvḷ〕*n.* 到達(的人或物)
- **- acy**   accuracy〔'ækjərəsɪ〕*n.* 準確性
- **- cy**   bankruptcy〔'bæŋkrʌptsɪ , -rəptsɪ〕*n.* 破產
- **- ance**   admittance〔əd'mɪtṇs〕*n.* 入場權
- **- ancy**   constancy〔'kɑnstənsɪ〕*n.* 不變;堅定
- **- ence**   conference〔'kɑnfərəns〕*n.* 會議;談判
- **- ency**   currency〔'kɝənsɪ〕*n.* 通貨(硬幣或紙幣)
- **- dom**   kingdom〔'kɪŋdəm〕*n.* 王國;領域
- **- ful**   cupful〔'kʌpfʊl〕*n.* 一滿杯之量
- **- hood**   childhood〔'tʃaɪld,hʊd〕*n.* 兒童時期

1   **-age**   表「集合、狀態、地位、身分、動作」之義,如:

baronage
〔'bærənɪdʒ〕

baron	age
男爵	名詞字尾

男爵的地位 ⇨ *n.* **男爵的爵位**

carriage
〔'kærɪdʒ〕

carri	age
運送(carry)	名詞字尾

運送狀態 ⇨ *n.* **運輸;客車廂**

cartage
〔'kɑrtɪdʒ〕

cart	age
輕便貨車	名詞字尾

輕便貨車的動作 ⇨ *n.* **貨車運輸**

marriage
〔'mærɪdʒ〕

marri	age
結婚(marry)	名詞字尾

結婚狀態 ⇨ *n.* **婚姻;婚禮**

passage
〔'pæsɪdʒ〕

pass	age
通過	名詞字尾

通過之處 ⇨ *n.* **通道;走廊**

patronage	patron	age	
〔'petrənɪdʒ〕	保護人	名詞字尾	保護人的任務 ⇨ *n.* **保護**

pilgrimage	pilgrim	age	
〔'pɪlgrəmɪdʒ〕	朝聖者	名詞字尾	朝聖者的任務 ⇨ *n.* **朝聖**

postage	post	age	
〔'postɪdʒ〕	郵件	名詞字尾	寄郵件費用 ⇨ *n.* **郵費；郵資**

stoppage	stop(p)	age	
〔'stɑpɪdʒ〕	停止(stop)	名詞字尾	停止狀態 ⇨ *n.* **停止；中止**

usage	us	age	
〔'jusɪdʒ〕	使用(use)	名詞字尾	使用狀態 ⇨ *n.* **使用；用法**

2 │ **-al** │ 動詞＋al＝名詞；用來表該動詞的名詞意思，如：

arrival	arriv	al	
〔ə'raɪvl̩〕	到達(arrive)	名詞字尾	到達 ⇨ *n.* **到達(的人或物)**

denial	deni	al	
〔dɪ'naɪəl〕	否認 (deny)	名詞字尾	否認 ⇨ *n.* **否認；拒絕**

proposal	propos	al	
〔prə'pozl̩〕	建議(propose)	名詞字尾	建議 ⇨ *n.* **建議；提議**

renewal	renew	al	
〔rɪ'njuəl, -'nuəl〕	更新	名詞字尾	更新 ⇨ *n.* **更新；恢復**

trial	tri	al	
〔'traɪəl〕	審問(try)	名詞字尾	審問(案件) ⇨ *n.* **審判；審訊**

3. | **-acy** | 形容詞或名詞＋acy＝名詞；表「性質、狀態、職位」之義，如：

accuracy	accur	acy	
〔'ækjərəsɪ〕	正確的（accurate）	名詞字尾	正確狀態 ⇨ *n.* **準確性**

fallacy	fall	acy	
〔'fæləsɪ〕	謬誤的 （fallacious）	名詞字尾	謬誤狀態 ⇨ *n.* **謬誤**

intimacy	intim	acy	
〔'ɪntəməsɪ〕	親密的 （intimate）	名詞字尾	親密狀態 ⇨ *n.* **親密；親近**

magistracy	magistr	acy	
〔'mædʒɪstrəsɪ〕	行政長官 （magistrate）	名詞字尾	長官之 職權 ⇨ *n.* **長官的職權**

4. | **-cy** | 名詞、形容詞或動詞＋cy＝名詞；表「職位、身分、性質、狀態」之義。

❶接於以 -t 或 -n 作結尾的名詞後，如：

bankruptcy	bankrupt	cy	
〔'bæŋkrʌptsɪ〕	破產	名詞字尾	破產狀態 ⇨ *n.* **破產；倒閉**

captaincy	captain	cy	
〔'kæptɪnsɪ〕	首領	名詞字尾	首領身分 ⇨ *n.* **首領之職位**

diplomacy	diploma	cy	
〔dɪ'ploməsɪ〕	外交家 （diplomat）	名詞字尾	外交家任務 ⇨ *n.* **外交（手腕）**

infancy	infan	cy	
〔'ɪnfənsɪ〕	嬰兒（infant）	名詞字尾	在嬰兒狀態 ⇨ *n.* **幼時；幼年**

prophecy	prophe	cy	
〔'prɑfəsɪ〕	預言家（prophet）	名詞字尾	預言家任務 ⇨ *n.* **預言**

❶ 接於以 **-ate** ，**-ant** ，**-ent** 或 **-tic** 等作結尾的形容詞或名詞後，
如：

adequacy	adequa	cy	
〔'ædəkwəsɪ〕	足夠的（adequate）	名詞字尾	具足夠的性質 ⇨ *n.* **充足；適當**

ascendancy	ascendan	cy	
〔ə'sɛndənsɪ〕	優越的（ascendant）	名詞字尾	具優越的性質 ⇨ *n.* **優越**

expediency	expedien	cy	
〔ɪk'spidɪənsɪ〕	權宜的（expedient）	名詞字尾	具權宜的性質 ⇨ *n.* **權宜；方便**

lunacy	luna	cy	
〔'lunəsɪ〕	瘋子（lunatic）	名詞字尾	瘋子的狀態 ⇨ *n.* **瘋癲；精神錯亂**

❶ 屬於動詞＋ **cy** 變名詞的情況，如：

occupancy	occupan	cy	
〔'ɑkjəpənsɪ〕	佔有（occupy）	名詞字尾	佔有的性質 ⇨ *n,* **佔有；佔據**

vacancy	vacan	cy	
〔'vekənsɪ〕	使空（vacate）	名詞字尾	使空狀態 ⇨ *n.* **空；空隙**

5. ┃ **-ance** ┃　表「動作、狀態、性質」等之義。

❶ 動詞＋ **ance** ＝名詞：

admittance	admit(t)	ance	
〔əd'mɪtn̩s〕	許入（admit）	名詞字尾	具許入的性質 ⇨ *n.* **入場權**

continuance	continu	ance	
〔kən'tɪnjʊəns〕	繼續 （continue）	名詞字尾	具繼續的性質 ⇨ *n.* **連續；繼續**

defiance	defi	ance	
〔dɪ'faɪəns〕	違抗（defy）	名詞字尾	具違抗的性質 ⇨ *n.* **違抗；挑戰**

performance	perform	ance	
〔pə'fɔrməns〕	執行	名詞字尾	具執行的性質 ⇨ *n.* **執行；實行**

remembrance	remembr	ance	
〔rɪ'mɛmbrəns〕	記憶 （remember）	名詞字尾	具記憶 的性質 ⇨ *n.* **記憶；紀念**

❶ 以 -ant 結尾的形容詞，將字尾 t 改成 ce，即變成名詞。

brilliance	brilli	ance	
〔'brɪljəns〕	光亮的 （brilliant）	名詞字尾	具光亮的性質 ⇨ *n.* **光亮；光輝**

distance	dist	ance	
〔'dɪstəns〕	遠離的 （distant）	名詞字尾	遠離狀態 ⇨ *n.* **距離**

elegance	eleg	ance	
〔'ɛləgən〕	文雅的 （elegant）	名詞字尾	具文雅的性質 ⇨ *n.* **文雅；優雅**

importance	import	ance	
〔ɪm'pɔrtn̩s〕	重要的 （important）	名詞字尾	具重要 的性質 ⇨ *n.* **重要；重要性**

reluctance	reluct	ance	
〔rɪ'lʌktəns〕	勉強的 （reluctant）	名詞字尾	具勉強的性質 ⇨ *n.* **勉強；不願**

radiance	radi	ance	
〔'redɪəns〕	輻射的（radiant）	名詞字尾	具輻射 的性質 ⇨ *n.* **輻射；發光**

6. | **-ancy**　表「動作、狀態、性質」的名詞字尾。

constancy 〔'kɑnstənsɪ〕	constant	ancy	具不變的性質 ⇨ *n.* **不變**；**堅定**
	不變的	名詞字尾	

pregnancy 〔'prɛgnənsɪ〕	pregn	ancy	懷孕狀態 ⇨ *n.* **懷孕**
	懷孕的 (pregnant)	名詞字尾	

vacancy 〔'vekənsɪ〕	vac	ancy	空的狀態 ⇨ *n.* **空**；**空缺**
	空的 (vacant)	名詞字尾	

7. | **-ence**　與以 -ent 為字尾的形容詞相關的名詞字尾；表「性質、狀態」之義，如：

conference 〔'kɑnfərəns〕	confer	ence	具商議的性質 ⇨ *n.* **會議**
	商議	名詞字尾	

dependence 〔dɪ'pɛndəns〕	depend	ence	依賴狀態 ⇨ *n.* **依賴**；**信任**
	依賴	名詞字尾	

difference 〔'dɪfərəns〕	differ	ence	相異狀態 ⇨ *n.* **相異**；**不同**
	相異	名詞字尾	

excellence 〔'ɛksl̩əns〕	excel(l)	ence	具勝過的性質 ⇨ *n.* **卓越**；**傑出**
	勝過(excel)	名詞字尾	

residence 〔'rɛzədəns〕	reside	ence	具居住的性質 ⇨ *n.* **住宅**；**居住**
	居住	名詞字尾	

absence 〔'æbsn̩s〕	abs	ence	缺席狀態 ⇨ *n.* **缺席**
	缺席的 (absent)	名詞字尾	

diligence 〔'dɪlədʒəns〕	dilig	ence	具勤勉的性質 ⇨ *n.* **勤勉**
	勤勉的 (diligent)	名詞字尾	

| evidence ['ɛvədəns] | evid
明顯的
(evident) | ence
名詞字尾 | 具明顯的性質 ⇨ *n.* 證據；跡象 |

| innocence ['ɪnəsn̩s] | innoc
無罪的
(innocent) | ence
名詞字尾 | 無罪狀態 ⇨ *n.* 無罪；天眞 |

| presence ['prɛzn̩s] | pres
出席的
(present) | ence
名詞字尾 | 出席狀態 ⇨ *n.* 出席；在場 |

8. -ency　同 -ence（7）。

| currency ['kɝənsɪ] | curr
流通的
(current) | ency
名詞字尾 | 具流通的性質 ⇨ *n.* 通貨；流通 |

| emergency [ɪ'mɝdʒənsɪ] | emerg
緊急的
(emergent) | ency
名詞字尾 | 具緊急的性質 ⇨ *n.* 緊急事件 |

| fluency ['fluənsɪ] | flu
流利的
(fluent) | ency
名詞字尾 | 具流利的性質 ⇨ *n.* 流利；流暢 |

| sufficiency [sə'fɪʃənsɪ] | suffici
充分的
(sufficient) | ency
名詞字尾 | 具充分的性質 ⇨ *n.* 充分；足夠 |

| urgency ['ɝdʒənsɪ] | urg
緊急的
(urgent) | ency
名詞字尾 | 具緊急的性質 ⇨ *n.* 緊急；急迫 |

9. -dom

◑表「地位、階級、管轄權、勢力範圍、領域」之義，如：

| Christendom ['krɪsn̩dəm] | Christen
基督教的
(Christian) | dom
名詞字尾 | 基督教
的領域 ⇨ *n.* 信基督教的地區 |

earldom
〔'ɝldəm〕

earl	dom
伯爵	名詞字尾

伯爵的地位 ⇨ *n.* **伯爵的爵位或尊號**

kingdom
〔'kɪŋdəm〕

king	dom
君王	名詞字尾

君王的勢力範圍 ⇨ *n.* **王國**

❶ 抽象觀念表「狀態」之意義：

freedom
〔'fridəm〕

free	dom
自由的	名詞字尾

自由狀態 ⇨ *n.* **自由；自由權**

martyrdom
〔'mɑrtədəm〕

martyr	dom
殉教者	名詞字尾

殉教者狀態 ⇨ *n.* **殉教；殉難**

wisdom
〔'wɪzdəm〕

wise	dom
智慧的	名詞字尾

智慧狀態 ⇨ *n.* **智慧**

❶ 表「集合名詞」之義，如：

officialdom
〔ə'fɪʃəldəm〕

official	dom
官方的	名詞字尾

官方的集合稱 ⇨ *n.* **官場**

squiredom
〔'skwaɪrdəm〕

squire	dom
鄉紳	名詞字尾

鄉紳的集合稱 ⇨ *n.* **鄉紳**

10. **-ful** 表「滿～（之量）」的意義，如：

armful
〔'ɑrm,fʊl〕

arm	ful
臂	名詞字尾

滿臂之量 ⇨ *n.* **（單或雙臂）一抱之量**

basketful
〔'bæskɪt,fʊl〕

basket	ful
籃	名詞字尾

滿籃之量 ⇨ *n.* **滿籃之量**

cupful
〔'kʌpfʊl〕

cup	ful
杯	名詞字尾

滿杯之量 ⇨ *n.* **滿杯之量**

handful 〔'hænd,fʊl, 'hæn-〕	hand 手	ful 名詞字尾	滿手之量 ⇨ *n.* **一撮；一把**

mouthful 〔'maʊθ,fʊl〕	mouth 嘴	ful 名詞字尾	滿嘴之量 ⇨ *n.* **一口；滿口**

spoonful 〔'spʊn,fʊl〕	spoon 匙	ful 名詞字尾	滿匙之量 ⇨ *n.* **一匙；滿匙**

11. -hood

❶ 表「性質、狀態、階級、身分、境遇」等之義，如：

brotherhood 〔'brʌðə,hʊd〕	brother 兄弟	hood 名詞字尾	具兄弟的性質 ⇨ *n.* **手足之情**

childhood 〔'tʃaɪld,hʊd〕	child 兒童	hood 名詞字尾	兒童狀態 ⇨ *n.* **兒童時期**

knighthood 〔'naɪthʊd〕	knight 騎士	hood 名詞字尾	騎士的身分 ⇨ *n.* **騎士的資格**

manhood 〔'mænhʊd〕	man 成人	hood 名詞字尾	成人狀態 ⇨ *n.* **成年；成人**

falsehood 〔'fɔlshʊd〕	false 錯誤的	hood 名詞字尾	具錯誤的性質 ⇨ *n.* **虛假；不實**

hardihood 〔'hardɪ,hʊd〕	hardi 健壯的 (hardy)	hood 名詞字尾	具健壯的性質 ⇨ *n.* **健壯；大膽**

❶ 表「界、團體、社會」等集合名稱之義：

neighbourhood 〔'nebə,hʊd〕	neighbour 鄰近的	hood 名詞字尾	鄰近的團體 ⇨ *n.* **四鄰；近鄰的人**

priesthood 〔'prist‧hʊd〕	priest 牧師	hood 名詞字尾	牧師團體 ⇨ *n.* **牧師之集合稱**

- **ice**	service〔'sɜvɪs〕 *n.* 服務；貢獻
- **ing**	banking〔'bæŋkɪŋ〕 *n.* 銀行業
- **ion**	action〔'ækʃən〕 *n.* 行爲；動作姿態
-**ation**,	examination〔ɪg,zæmə'neʃən〕 *n.* 考試；測驗
- **cation**	application〔,æplə'keʃən〕 *n.* 應用；用途
- **ition**	addition〔ə'dɪʃən〕 *n.* 加；附加物
- **tion**	consumption〔kən'sʌmpʃən〕 *n.* 消耗；用盡
-**sion**	decision〔dɪ'sɪʒən〕 *n.* 決定；決心
- **ism**	criticism〔'krɪtə,sɪzm̩〕 *n.* 非難；批評
-**ment**	achievement〔ə'tʃivmənt〕 *n.* 完成；成就
-**mony**	matrimony〔'mætrə,monɪ〕 *n.* 婚姻；婚禮
-**ness**	kindness〔'kaɪndnɪs〕 *n.* 仁慈；親切

12. | **-ice** | 表「狀態、性質」等之義。

service 〔'sɜvɪs〕	serv 服務 (serve)	ice 名詞字尾	具服務性質 ⇨ *n.* **服務；貢獻**
notice 〔'notɪs〕	not 留意 (note)	ice 名詞字尾	留意狀態 ⇨ *n.* **注意；告示**
caprice 〔kə'pris〕	capr 跳躍 (caper)	ice 名詞字尾	具跳躍的性質 ⇨ *n.* **反覆無常；善變**
edifice 〔'ɛdəfɪs〕	edif 陶冶 (edify)	ice 名詞字尾	具陶冶的性質 ⇨ *n.* **心中構思之物**

| justice
〔'dʒʌstɪs〕 | just
公平的 | ice
名詞字尾 | 具公平性質 ⇨ *n.* **公道；正義** |

| cowardice
〔'kaʋədɪs〕 | coward
膽怯的 | ice
名詞字尾 | 具膽怯的性質 ⇨ *n.* **膽小的；怯儒的** |

| malice
〔'mælɪs〕 | mal
不良的（bad） | ice
名詞字尾 | 具不良的性質 ⇨ *n.* **惡意** |

13. **- ing**　加於原形動詞之後變成動名詞，表下列諸義：

❶ 表動詞之「動作、職業」，如：

| banking
〔'bæŋkɪŋ〕 | bank
經營銀行 | ing
名詞字尾 | 從事銀行業務 ⇨ *n.* **銀行業** |

| dancing
〔'dænsɪŋ〕 | danc
跳舞（dance） | ing
名詞字尾 | 跳舞的動作 ⇨ *n.* **跳舞** |

| soldiering
〔'soldʒərɪŋ〕 | soldier
做軍人 | ing
名詞字尾 | 從事軍人職業 ⇨ *n.* **從軍** |

❶ 表動作之「結果、產物、材料」或具體物、材料之集合稱等，如：

| building
〔'bɪldɪŋ〕 | build
建築 | ing
名詞字尾 | 建築的產物 ⇨ *n.* **建築物** |

| clothing
〔'kloðɪŋ〕 | cloth
穿衣（clothe） | ing
名詞字尾 | 用來穿的材料 ⇨ *n.* **衣服** |

| feeling
〔'filɪŋ〕 | feel
感覺 | ing
名詞字尾 | 感覺的結果 ⇨ *n.* **感覺；感情** |

| learning
〔'lɜnɪŋ〕 | learn
學習 | ing
名詞字尾 | 學習的產物 ⇨ *n.* **學問；學習** |

lodging	**lodg**	**ing**	投宿之處 ⇨ *n.* **寓所**
〔'lɑdʒɪŋ〕	投宿 (lodge)	名詞字尾	

painting	**paint**	**ing**	繪畫的產物 ⇨ *n.* **畫；着色**
〔'pentɪŋ〕	繪畫	名詞字尾	

14. ❘ **-ion** ❘ 由形容詞、動詞轉變而來，用以表示「狀態、動作」的名詞字尾。

action	**act**	**ion**	表現的動作 ⇨ *n.* **行爲；作用**
〔'ækʃən〕	表現	名詞字尾	

confusion	**confus**	**ion**	混亂狀態 ⇨ *n.* **混亂；迷惑**
〔kən'fjuʒən〕	使混亂 (confuse)	名詞字尾	

exception	**except**	**ion**	除～之外的狀態 ⇨ *n.* **例外**
〔ɪk'sɛpʃən〕	除～之外	名詞字尾	

instruction	**instruct**	**ion**	教導的動作 ⇨ *n.* **教授；指導**
〔ɪn'strʌkʃən〕	教導	名詞字尾	

possession	**possess**	**ion**	持有狀態 ⇨ *n.* **擁有；財產**
〔pə'zɛʃən〕	持有	名詞字尾	

15. ❘ **-ation** ❘ 表「動作、結果、狀態」之義。

examination	**examin**	**ation**	考試狀態 ⇨ *n.* **考試；測驗**
〔ɪg,zæmə-'neʃən〕	考試 (examine)	名詞字尾	

expectation	**expect**	**ation**	期待狀態 ⇨ *n.* **期望；預料**
〔,ɛkspɛk-'teʃən〕	期待	名詞字尾	

invitation
[,ɪnvə'teʃən]

invit	ation
邀請 (invite)	名詞字尾

邀請狀態 ⇨ *n.* **邀請；請帖**

organization
[,ɔrgənə'zeʃən,
-aɪ'ze-]

organiz	ation
組織 (organize)	名詞字尾

組織的狀態 ⇨ *n.* **組織；結構**

occupation
[,ɑkjə'peʃən]

occup	ation
使忙碌 (occupy)	名詞字尾

使忙碌的狀態 ⇨ *n.* **職業；占領**

❶《比較》-cation，同 -ation，表「動作、結果、狀態」之義。

application
[,æplə'keʃən]

appli	cation
應用 (apply)	名詞字尾

應用狀態 ⇨ *n.* **應用；用途**

classification
[,klæsəfə-
'keʃən]

classif	cation
分類 (classify)	名詞字尾

分類的狀態 ⇨ *n.* **分類；類別**

justification
[,dʒʌstəfə-
'keʃən]

justif	cation
替～辯護 (justify)	名詞字尾

替～辯護的狀態 ⇨ *n.* **辯護；理由**

modification
[,mɑdəfə-
'keʃən]

modifi	cation
修改 (modify)	名詞字尾

修改的狀態 ⇨ *n.* **修改；修飾**

purification
[,pjʊrəfə-
'keʃən]

purifi	cation
淨化 (purify)	名詞字尾

淨化的狀態 ⇨ *n.* **淨化；精鍊**

16. -ition 同 -ion（14）。

addition
[ə'dɪʃən]

add	ition
增加	名詞字尾

增加的狀態 ⇨ *n.* **加；附加物**

definition [͵dɛfə'nɪʃən]	defin 下定義 (define)	ition 名詞字尾	下定義的狀態 ⇨ *n.* **定義**
opposition [͵ɑpə'zɪʃən]	oppos 反對 (oppose)	ition 名詞字尾	反對的狀態 ⇨ *n.* **反對；抵抗**
repetition [͵rɛpɪ'tɪʃən]	repet 重複 (repeat)	ition 名詞字尾	重複的狀態 ⇨ *n.* **重複；複製品**
supposition [͵sʌpə'zɪʃən]	suppos 想像 (suppose)	ition 名詞字尾	想像的狀態 ⇨ *n.* **假定；推測**

17. **-tion** 表「動作、狀態」之抽象名詞。

consumption [kən'sʌmpʃən]	consump 消耗 (consume)	tion 名詞字尾	消耗狀態 ⇨ *n.* **消耗**
description [dɪ'skrɪpʃən]	descrip 描寫 (describe)	tion 名詞字尾	描寫狀態 ⇨ *n.* **描寫；敘述**
introduction [͵ɪntrə'dʌkʃən]	introduc 介紹 (introduce)	tion 名詞字尾	介紹狀態 ⇨ *n.* **介紹**
perception [pə'sɛpʃən]	percep 感覺 (perceive)	tion 名詞字尾	感覺狀態 ⇨ *n.* **感覺；知覺**
retention [rɪ'tɛnʃən]	reten 保留 (retain)	tion 名詞字尾	保留狀態 ⇨ *n.* **保留；記憶**

18. **-sion** 同 -tion(17)。

compulsion [kəm'pʌlʃən]	compul 強迫 (compel)	sion 名詞字尾	強迫狀態 ⇨ *n.* **強迫；強制**

decision	deci	sion	
〔dɪ'sɪʒən〕	決定 (decide)	名詞字尾	決定狀態 ⇨ *n.* **決定；決心**

inclusion	inclu	sion	
〔ɪn'kluʒən〕	包含 (include)	名詞字尾	包含狀態 ⇨ *n.* **包含；包括**

omission	omis	sion	
〔o'mɪʃən〕	省略 (omit)	名詞字尾	省略狀態 ⇨ *n.* **省略；遺漏**

permission	permis	sion	
〔pɚ'mɪʃən〕	允許 (permit)	名詞字尾	允許狀態 ⇨ *n.* **允許；許可**

suspension	suspen	sion	
〔sə'spɛnʃən〕	停止 (suspend)	名詞字尾	停止狀態 ⇨ *n.* **中止；懸掛**

＊注意：凡以 - ion, -ation, -cation, -ition, -tion 和 -sion 等作結尾的字，其
重音一律落在 - ion 的前一音節。

19. │ **-ism** │ 抽象名詞的字尾，具下列諸義：

❶ 表「行動、狀態、作用」之義，如：

baptism	bapt	ism	
〔'bæptɪzəm〕	施洗禮 (baptize)	名詞字尾	施洗禮狀態 ⇨ *n.* **洗禮；洗滌罪過**

criticism	critic	ism	
〔'krɪtə- ,sɪzəm〕	批評 (criticize)	名詞字尾	批評狀態 ⇨ *n.* **非難；批評**

heroism	hero	ism	
〔'hɛro,ɪzəm〕	英雄	名詞字尾	英雄狀態 ⇨ *n.* **英雄氣概；英勇**

❶ 表「體系、主義、信仰」之義，如：

militarism	militar	ism	
〔'mɪlətə,rɪzəm〕	軍事 (military)	名詞字尾	軍事主義 ⇨ *n.* **軍國主義；尚武精神**

socialism
〔'soʃəl,ɪzəm〕

social	ism
社會的	名詞字尾

社會主義 ⇨ *n.* **社會主義**

egoism
〔'igo,ɪzəm,
'ɛgo-〕

ego	ism
自我	名詞字尾

自我主義 ⇨ *n.* **自我主義；利己主義**

● 表「特性、特徵」之義，如：

Americanism
〔ə'mɛrəkən-
,ɪzəm〕

American	ism
美國	名詞字尾

美國特性 ⇨ *n.* **美國特有的習性**

20. **-ment**　由動詞或形容詞形成的名詞字尾，表「結果、狀態、動作、手段」等之義。

achievement
〔ə'tʃivmənt〕

achieve	ment
完成	名詞字尾

完成狀態 ⇨ *n.* **完成；成就**

agreement
〔ə'grimənt〕

agree	ment
同意	名詞字尾

同意狀態 ⇨ *n.* **同意；契約**

amusement
〔ə'mjuzmənt〕

amuse	ment
消遣	名詞字尾

消遣狀態 ⇨ *n.* **消遣；娛樂**

movement
〔'muvmənt〕

move	ment
移動	名詞字尾

移動狀態 ⇨ *n.* **移動；動作**

refreshment
〔rɪ'frɛʃmənt〕

refresh	ment
使爽快	名詞字尾

使爽快狀態 ⇨ *n.* **爽快；心曠神怡**

government
〔'gʌvənmənt〕

govern	ment
統治	名詞字尾

統治狀態 ⇨ *n.* **統治；政府**

21. -mony

表「結果、狀態、動作」之名詞字尾。

acrimony
〔'ækrə,monɪ〕

acri	mony
尖刻的 (acrid)	名詞字尾

尖刻的狀態 ⇨ *n.* **苛刻；刻薄**

matrimony
〔'mætrə-
,monɪ〕

matri	mony
母親 (mother)	名詞字尾

母親狀態
（女人結婚生子而當母親）⇨ *n.* **婚姻**

testimony
〔'tɛstə,monɪ〕

testi	mony
證明 (testify)	名詞字尾

證明結果 ⇨ *n.* **證言；證據**

22. -ness

接在形容詞或分詞之後造成名詞，表「性質、狀態、程度」之義。

kindness
〔'kaɪndnɪs〕

kind	ness
慈愛的	名詞字尾

具慈愛的性質 ⇨ *n.* **仁慈（的行為）**

tiredness
〔'taɪrdnɪs〕

tired	ness
疲倦的	名詞字尾

疲倦的狀態 ⇨ *n.* **疲倦**

ugliness
〔'ʌglɪnɪs〕

ugli	ness
醜陋的 (ugly)	名詞字尾

具醜陋的性質 ⇨ *n.* **醜陋；醜惡**

up-to-dateness

up-to-date	ness
最新的	名詞字尾

最新的狀態 ⇨ *n.* **當代；最新**

uselessness
〔'juslɪsnɪs〕

useless	ness
無用的	名詞字尾

具無用的性質 ⇨ *n.* **無用；無效**

darkness
〔'dɑrknɪs〕

dark	ness
黑暗的	名詞字尾

黑暗的狀態 ⇨ *n.* **黑暗；不明**

-o(u)r	behavio(u)r〔bɪ'hevjɚ〕*n.*行爲；態度
-(e)ry	bribery〔'braɪbərɪ〕*n.*行賄或受賄之行爲
-ship	citizenship〔'sɪtəzn,ʃɪp〕 *n.*公民身分
-th	death〔dɛθ〕*n.*死亡；毀滅
-t	weight〔wet〕*n.*重量；體重
-tude	aptitude〔'æptə,tjud,-,tud〕*n.*傾向；才能
-ty, **-ety**	certainty〔'sɝtn̩tɪ〕*n.*無疑；確信
	anxiety〔æŋ'zaɪətɪ〕*n.*憂慮；不安
-ity	ability〔ə'bɪlətɪ〕*n.*能力；才幹
-ure	creature〔'kritʃɚ〕*n.*生物
-y	difficulty〔'dɪfə,kʌltɪ〕*n.*困難；難題
-ic, **-ics**	arithmetic〔ə'rɪθmə,tɪk〕*n.*算術
	gymnastics〔dʒɪm'næstɪks〕*n.*體操

23. **-o(u)r**   表「動作，狀態，性質」的名詞字尾。

behavio(u)r
〔bɪ'hevjɚ〕

behave	o(u)r
行爲	名詞字尾

具行爲性質 ⇨ *n.* **行爲；態度**

error
〔'ɛrɚ〕

err	or
犯錯	名詞字尾

具犯錯性質 ⇨ *n.* **錯誤**

tremor
〔'trɛmɚ〕

tremble	or
發抖	名詞字尾

發抖狀態 ⇨ *n.* **顫抖**

ardo(u)r
〔'ɑrdɚ〕

ard	o(u)r
熱心的 (ardent)	名詞字尾

具熱心的性質 ⇨ *n.* **熱心；熱情**

valo(u)r
〔'væl ɚ〕

val	o(u)r
強壯的(strong)	名詞字尾

具強壯的性質 ⇨ *n.* **勇猛；勇氣**

fervo(u)r	**ferv**	**o(u)r**	
〔'fɜvə〕	熱情的（fervent）	名詞字尾	具熱情的性質 ⇨ *n.* **熱情**

splendo(u)r	**splend**	**o(u)r**	
〔'splɛndə〕	華麗的（splendid）	名詞字尾	具華麗的性質 ⇨ *n.* **華麗**

stupor	**stup**	**o(u)r**	
〔'stjupə〕	無知覺的（stupid）	名詞字尾	無知覺的狀態 ⇨ *n.* **昏迷**

注意：在英國通常用 -our 形式，唯 error, tremor, stupor 等字則無 -our 形式

24. -(e)ry

◑ 表「特殊的性質、行為或習慣」之義，如：

bravery	**brave**	**(e)ry**	
〔'brevərɪ〕	勇敢的	名詞字尾	具勇敢的性質 ⇨ *n.* **勇敢；華麗**

bribery	**bribe**	**(e)ry**	
〔'braɪbərɪ〕	賄賂	名字詞尾	賄賂行為 ⇨ *n.* **行賄或受賄的行為**

forgery	**forge**	**(e)ry**	
〔'fɔrdʒərɪ, 'for-〕	偽造	名詞字尾	偽造行為 ⇨ *n.* **偽造（文書）**

mockery	**mock**	**ery**	
〔'mɑkərɪ〕	嘲弄	名詞字尾	嘲弄行為 ⇨ *n.* **嘲弄；挖苦**

pedantry	**pedant**	**ry**	
〔'pɛdn̩trɪ〕	愛賣弄學問者	名詞字尾	賣弄學問者的行為 ⇨ *n.* **自炫博學**

revelry	**revel**	**ry**	
〔'rɛvəlrɪ, 'rɛvl̩rɪ〕	狂歡	名詞字尾	狂歡行為 ⇨ *n.* **狂歡；飲宴作樂**

rivalry 〔'raɪvlrɪ〕	rival 競爭	ry 名詞字尾	競爭行爲 ⇨ *n.* **競爭；敵對**

robbery 〔'rɑbərɪ〕	rob(b) 搶劫（rob）	ery 名詞字尾	搶劫行爲 ⇨ *n.* **搶劫；盜取**

slavery 〔'slevərɪ〕	slave 奴隸	(e)ry 名詞字尾	具奴隸性質 ⇨ *n.* **奴隸（制度）**

● 表「～業；～商；～術」之義，如：

archery 〔'ɑrtʃərɪ〕	arch 弓箭手（archer）	ery 名詞字尾	弓箭手之術 ⇨ *n.* **箭術；射藝**

chemistry 〔'kɛmɪstrɪ〕	chemist 化學家	ry 名詞字尾	化學家從事的行業 ⇨ *n.* **化學**

fishery 〔'fɪʃərɪ〕	fish 捕魚	ery 名詞字尾	捕魚行業 ⇨ *n.* **漁業；漁場**

pottery 〔'pɑtəɪ〕	pot(t) 陶瓷工人 （potter）	ery 名詞字尾	陶瓷工人從 事的行業 ⇨ *n.* **陶器製造術**

● 表「～製造所；～店」之義，如：

bakery 〔'bekərɪ〕	bak 烘；焙（bake）	ery 名詞字尾	烘焙（麵包）之所 ⇨ *n.* **麵包店**

brewery 〔'bruərɪ〕	brew 釀造	ery 名詞字尾	釀造之所 ⇨ *n.* **釀造所**

grocery 〔'grosəɪ〕	groc 雜貨商（grocer）	ery 名詞字尾	雜貨商之所 ⇨ *n.* **雜貨店**

◐ 表「～類」之義，如：

| jewellery
〔'dʒuəlrı,
'dʒuəl‐〕 | jewell
珠寶（jewel） | ery
名詞字尾 | 珠寶類 ⇨ *n.* **珠寶之集合稱** |

| machinery
〔mə'ʃinərı〕 | machin
機械
（machine） | ery
名詞字尾 | 機械類 ⇨ *n.* **機械之集合稱** |

25. -ship

◐ 接在形容詞之後而成抽象名詞，如；

| hardship
〔'hɑrdʃıp〕 | hard
辛苦的 | ship
名詞字尾 | 辛苦 ⇨ *n.* **辛苦** |

◐ 接在名詞之後，表「狀態、身分、職位、任期、技術、手法」等義，如；

| citizenship
〔'sıtəzn̩,ʃıp〕 | citizen
公民 | ship
名詞字尾 | 公民的身分 ⇨ *n.* **公民身分** |

| friendship
〔'frɛndʃıp〕 | friend
朋友 | ship
名詞字尾 | 朋友關係 ⇨ *n.* **友誼；友情** |

| horsemanship
〔'hɔrsmən‐
,ʃıp〕 | horseman
騎馬者 | ship
名詞字尾 | 騎馬者技術 ⇨ *n.* **馬術** |

| premiership
〔'primıɚ,ʃıp〕 | premier
首相 | ship
名詞字尾 | 首相職位
（任期） ⇨ *n.* **首相之職位與任期** |

| sportsmanship
〔'sportsmən,ʃıp〕 | sportsman
運動者 | ship
名詞字尾 | 運動者狀態 ⇨ *n.* **運動員精神** |

26. | **-th** | 形容詞或動詞 + th＝抽象名詞，其義同 -ness（22）。

breadth
〔brɛdθ〕

bread	th
寬的（broad）	名詞字尾

寬的程度 ⇨ *n.* **寬；寬度**

death
〔dɛθ〕

dea	th
死的（dead）	名詞字尾

死的狀態 ⇨ *n.* **死亡；毀滅**

depth
〔dɛpθ〕

dep	th
深的（deep）	名詞字尾

深的程度 ⇨ *n.* **深；深度**

length
〔lɛŋkθ, lɛŋθ〕

leng	th
長的（long）	名詞字尾

長的程度 ⇨ *n.* **長；長度**

truth
〔truθ〕

tru	th
眞實的（true）	名詞字尾

具眞實的性質 ⇨ *n.* **事實；眞相**

warmth
〔wɔrmpθ, wɔrmθ〕

warm	th
溫暖的（warm）	名詞字尾

具溫暖的性質 ⇨ *n.* **溫暖；熱心**

width
〔wɪdθ〕

wid	th
寬廣的（wide）	名詞字尾

寬廣的程度 ⇨ *n.* **廣；廣度**

youth
〔juθ〕

you	th
年輕的（young）	名詞字尾

具年輕的性質 ⇨ *n.* **青年們；青春**

birth
〔bɝθ〕

bir	th
生（bear）	名詞字尾

生的狀態 ⇨ *n.* **出世；生產**

growth
〔groθ〕

grow	th
生長	名詞字尾

具生長的性質 ⇨ *n.* **生長；發展**

tilth
〔tɪlθ〕

til	th
耕種（till）	名詞字尾

具耕種的性質 ⇨ *n.* **耕作；耕植**

27. $\boxed{\text{-t}}$ 動詞＋t＝抽象名詞，其義同 -th（26）。

complaint
〔kəm'plent〕

complain	t
抱怨（complain）	名詞字尾

具抱怨的性質 ⇨ *n.* **訴苦**

constraint
〔kən'strent〕

constrain	t
強迫（constrain）	名詞字尾

具強迫的性質 ⇨ *n.* **強迫**

joint
〔dʒɔɪnt〕

join	t
連接	名詞字尾

具連接的性質 ⇨ *n.* **連接物**

restraint
〔rɪ'strent〕

restrain	t
克制	名詞字尾

具克制的性質 ⇨ *n.* **抑制；約束**

weight
〔wet〕

weigh	t
稱重	名詞字尾

具稱重的性質 ⇨ *n.* **重量；體重**

28. $\boxed{\text{-tude}}$ 通常接於以 -ti 作結尾的拉丁字源形容詞後，表「性質、狀態」之義，如：

aptitude
〔'æptə,tjud,
 -tud〕

apti	tude
偏好（apt）	名詞字尾

具偏好的性質 ⇨ *n.* **傾向；才能**

exactitude
〔ɪg'zæktə-
,tjud〕

exacti	tude
正確的（exact）	名詞字尾

具正確的性質 ⇨ *n.* **正確**

promptitude
〔'prɑmptə-
,tjud〕

prompti	tude
敏捷的（prompt）	名詞字尾

具敏捷的性質 ⇨ *n.* **敏捷**

quietude
〔'kwaɪə,tjud,
 -tud〕

quie	tude
安靜的（quiet）	名詞字尾

具安靜的性質 ⇨ *n.* **安靜；鎮靜**

| solitude
〔'sɑlə,tjud〕 | soli
孤獨的
(solitary) | tude
名詞字尾 | 具孤獨的性質 ⇨ *n.* **孤獨** |

29. | **-ty** | 形容詞 + ty ＝抽象名詞，表「性質、狀態」之義，如：

| certainty
〔'sɝtn̩tɪ〕 | certain
無疑的 | ty
名詞字尾 | 具無疑的性質 ⇨ *n.* **無疑；確信** |

| cruelty
〔'kruəltɪ〕 | cruel
殘忍的 | ty
名詞字尾 | 具殘忍的性質 ⇨ *n.* **殘忍；虐待** |

| loyalty
〔'lɔɪəltɪ,
'lɔj-〕 | loyal
忠貞的 | ty
名詞字尾 | 具忠貞的性質 ⇨ *n.* **忠貞；忠誠** |

| novelty
〔'nɑvl̩tɪ〕 | novel
新奇的 | ty
名詞字尾 | 具新奇的性質 ⇨ *n.* **新奇；異常之事物** |

| safety
〔'seftɪ〕 | safe
安全的 | ty
名詞字尾 | 安全狀態 ⇨ *n.* **安全；安全裝置** |

◑《比較》 -ety 屬 -ty（29）的變體。

| anxiety
〔æŋ'zaɪətɪ〕 | anxi
憂慮的(anxious) | ety
名詞字尾 | 憂慮狀態 ⇨ *n.* **憂慮；不安** |

| gaiety
〔'geətɪ〕 | gai
快樂的
(gay) | ety
名詞字尾 | 快樂狀態 ⇨ *n.* **歡樂的精神** |

| propriety
〔prə'praɪətɪ〕 | propri
適當的(proper) | ety
名詞字尾 | 具適當的性質 ⇨ *n.* **適當；適宜** |

| sobriety
〔sə'braɪətɪ〕 | sobri
清醒的(sober) | ety
名詞字尾 | 清醒狀態 ⇨ *n.* **清醒；沈着** |

variety 〔vəˈraɪətɪ〕	vari	ety	不同狀態 ⇨ *n.* **變化；多樣**
	不同的（various）	名詞字尾	

30. **-ity** 抽象名詞字尾，表「狀態、性質」之義，如：

ability 〔əˈbɪlətɪ〕	abil	ity	具能幹的性質 ⇨ *n.* **能力；才幹**
	能幹的（able）	名詞字尾	

equality 〔ɪˈkwɑlətɪ〕	equal	ity	具相等的性質 ⇨ *n.* **相等；平等**
	相等的	名詞字尾	

gravity 〔ˈgrævətɪ〕	grav	ity	具沈重的性質 ⇨ *n.* **重；重力**
	沈重的（grave）	名詞字尾	

popularity 〔ˌpɑpjə- ˈlærətɪ〕	popular	ity	具流行的性質 ⇨ *n.* **流行；普遍**
	流行的	名詞字尾	

stupidity 〔stjuˈpɪdətɪ〕	stupid	ity	具愚蠢的性質 ⇨ *n.* **愚蠢；魯鈍**
	愚蠢的	名詞字尾	

注意；凡以 -ety 或 -ity 結尾的字，該字尾之前的音節爲重音所在。

31. **-ure** 表「動作、動作結果、過程、官署或代議機關」之義，如：

creature 〔ˈkritʃɚ〕	creat	ure	創造的結果 ⇨ *n.* **生物**
	創造（create）	名詞字尾	

departure 〔dɪˈpɑrtʃɚ〕	depart	ure	離開的結果 ⇨ *n.* **離開；變更**
	離開	名詞字尾	

failure 〔ˈfeljɚ〕	fail	ure	失敗的結果 ⇨ *n.* **失敗；不足**
	失敗	名詞字尾	

mixture	mixt	ure	
['mɪkstʃɚ]	混合(mix)	名詞字尾	混合的結果 ⇨ *n.* **混合**

pressure	press	ure	
['prɛʃɚ]	壓	名詞字尾	壓的結果 ⇨ *n.* **壓力；壓迫**

legislature	legislat	ure	
['lɛdʒɪs-,letʃɚ]	制定法律 (legislate)	名詞字尾	制定法律的機關 ⇨ *n.* **立法機關**

32. | **-y** | 形容詞或動詞＋y＝抽象名詞。

delivery	deliver	y	
[dɪ'lɪvərɪ]	遞送	名詞字尾	遞送 ⇨ *n.* **遞送；分娩**

discovery	discover	y	
[dɪ'skʌvərɪ]	發現	名詞字尾	發現 ⇨ *n.* **發現；發明**

flattery	flatter	y	
['flætərɪ]	諂媚	名詞字尾	諂媚 ⇨ *n.* **諂媚；阿諛之詞**

mastery	master	y	
['mæstərɪ, 'mɑs-]	控制	名詞字尾	控制 ⇨ *n.* **控制權；精通**

recovery	recover	y	
[rɪ'kʌvərɪ]	恢復	名詞字尾	恢復 ⇨ *n.* **恢復；尋回**

difficulty	difficult	y	
['dɪfə,kʌltɪ]	困難的	名詞字尾	困難 ⇨ *n.* **困難；難題**

honesty	honest	y	
['ɑnɪstɪ]	誠實的	名詞字尾	誠實 ⇨ *n.* **誠實；正直**

jealousy	jealous	y	
['dʒɛləsɪ]	嫉妒的	名詞字尾	嫉妒 ⇨ *n.* **嫉妒；小心翼翼的維護**

modesty ['mɑdəstɪ]	modest 謙遜的	y 名詞字尾	謙遜 ⇨ *n.* 謙遜；質樸

33. -ic ,-ics 表「～學；～術」等義，如：

arithmetic [ə'rɪθmə,tɪk]	arithmet 數目(number)	ic 名詞字尾	算數目之學 ⇨ *n.* 算術

logic ['lɑdʒɪk]	log 理性(logos)	ic 名詞字尾	理性之學 ⇨ *n.* 論理學；邏輯

magic ['mædʒɪk]	mag 術士(magi)	ic 名詞字尾	術士之學 ⇨ *n.* 巫術；魔術

physic ['fɪzɪk]	phys 自然(nature)	ic 名詞字尾	自然之學 ⇨ *n.* 自然科學；醫學

rhetoric ['rɛtərɪk]	rhetor 說話(speak)	ic 名詞字尾	說話之學 ⇨ *n.* 修辭學

gymnastics [dʒɪm-'næstɪks]	gymnast 裸(naked)	ics 名詞字尾	裸身練習之學 ⇨ *n.* 體操

mathematics [,mæθə-'mætɪks]	mathemat 數理(math.)	ics 名詞字尾	數理之學 ⇨ *n.* 數學

phonetics [fo'nɛtɪks, fə-]	phonet 語音(sound)	ics 名詞字尾	語音之學 ⇨ *n.* 語音學

physics ['fɪzɪks]	phys 物理(physic)	ics 名詞字尾	物理之學 ⇨ *n.* 物理學

politics 〔'pɑlə,tɪks〕	polit	ics	政治之學 ⇨ *n.* **政治學**
	政治的（politic）	名詞字尾	

34. 其他名詞字尾

❶ d→ce , se 以 -d 作結尾的動詞＋ce 或 se ＝名詞，如：

applause 〔ə'plɔz〕	applau	se	鼓掌 ⇨ *n.* **鼓掌**
	鼓掌（applaud）	名詞字尾	

defence 〔dɪ'fɛns〕	defen	ce	保衞 ⇨ *n.* **防衞；防禦**
	保衞（defend）	名詞字尾	

expanse 〔ɪk'spæns〕	expan	se	擴展 ⇨ *n.* **擴張；廣濶的區域**
	擴展（expand）	名詞字尾	

expense 〔ɪk'spɛns〕	expen	se	花費 ⇨ *n.* **費用；犧牲**
	花費（expend）	名詞字尾	

offence 〔ə'fɛns〕	offen	ce	冒犯 ⇨ *n.* **犯法；攻擊**
	冒犯（offend）	名詞字尾	

pretence 〔prɪ'tɛns〕	preten	ce	佯裝 ⇨ *n.* **佯裝；僞裝**
	佯裝（pretend）	名詞字尾	

response 〔rɪ'spɑns〕	respon	se	回答 ⇨ *n.* **回答；回應**
	回答（respond）	名詞字尾	

suspense 〔sə'spɛns〕	suspen	se	懸掛 ⇨ *n.* **懸疑；懸念**
	懸掛（suspend）	名詞字尾	

❶ d , de → ss 以 -d , -de 作結尾的動詞＋ ss ＝名詞，如：

excess	exce	ss	
〔ɪk′sɛs〕	超過（exceed）	名詞字尾	超過 ⇨ *n.* **過分；超額**

process	proce	ss	
〔′prɑsɛs, ′prosɛs〕	進行（proceed）	名詞字尾	進行 ⇨ *n.* **進行；過程**

recess	rece	ss	
〔rɪ′sɛs, ′risɛs〕	後退（recede）	名詞字尾	後退到～ ⇨ *n.* **休息期間**

success	succe	ss	
〔sək′sɛs〕	成功（succeed）	名詞字尾	成功 ⇨ *n.* **成功；成就**

❶ se → ce 以 -se 作結尾的動詞＋ ce ＝名詞，如：

advice	advi	ce	
〔əd′vaɪs〕	勸告（advise）	名詞字尾	勸告 ⇨ *n.* **忠告；勸告**

choice	choi	ce	
〔tʃɔɪs〕	選擇（choose）	名詞字尾	選擇 ⇨ *n.* **選擇**

device	devi	ce	
〔dɪ′vaɪs〕	發明（devise）	名詞字尾	發明～ ⇨ *n.* **精巧的東西或裝置**

practice	practi	ce	
〔′præktɪs〕	練習（practise）	名詞字尾	練習 ⇨ *n.* **練習；實行**

❶ the → th 以 -the 作結尾的動詞＋ th ＝名詞，如：

bath	ba	th	
〔bæθ〕	洗澡（bathe）	名詞字尾	洗澡 ⇨ *n.* **沐浴；洗澡**

breath	**brea**	**th**	
〔brɛθ〕	呼吸（breathe）	名詞字尾	呼吸 ⇨ *n.* **呼吸；氣息**

sheath	**shea**	**th**	
〔ʃiθ〕	插入鞘（sheathe）	名詞字尾	插入～ ⇨ *n.* **鞘；護套**

wreath	**wrea**	**th**	
〔riθ〕	盤繞（wreathe）	名詞字尾	盤繞～ ⇨ *n.* **花圈；花環**

◑ ve → f　以 -ve 作結尾的動詞＋ f ＝名詞，如：

belief	**belie**	**f**	
〔bɪ′lif〕	相信（believe）	名詞字尾	相信 ⇨ *n.* **相信；信仰**

grief	**grie**	**f**	
〔grif〕	悲傷（grieve）	名詞字尾	悲傷 ⇨ *n.* **悲傷；傷心事**

life	**li**	**fe**	
〔laɪf〕	生活（live）	名詞字尾	生活 ⇨ *n.* **生命；一生**

proof	**proo**	**f**	
〔pruf〕	證明（prove）	名詞字尾	證明 ⇨ *n.* **證明；物證**

relief	**relie**	**f**	
〔rɪ′lif〕	減輕（relieve）	名詞字尾	減輕 ⇨ *n.* **減輕；解除**

reproof	**reproo**	**f**	
〔rɪ′pruf〕	譴責（reprove）	名詞字尾	譴責 ⇨ *n.* **譴責；斥責的話**

strife	**stri**	**fe**	
〔straɪf〕	鬥爭（strive）	名詞字尾	鬥爭 ⇨ *n.* **爭鬥；爭吵**

③ 表示「形容詞」的字尾

-able	miserable〔ˈmɪzərəb!,ˈmɪzrə-〕	*adj.* 悲慘的
-ible	contemptible〔kənˈtɛmptəb!〕	*adj.* 可輕視的
-ant	defiant〔dɪˈfaɪənt〕	*adj.* 大膽反抗的
-ent	apparent〔əˈpærənt,əˈpɛrənt〕	*adj.* 顯然的
-al	effectual〔əˈfɛktʃʊəl,ɪ-〕	*adj.* 有效的
-ial	adverbial〔ædˈvɝbɪəl,əd-〕	*adj.* 副詞的
-ical	zoological〔zoəˈlɑdʒɪk!〕	*adj.* 動物學的

1. -able

表「可以~的;值得~的;能~的;適於~的;有~性質或傾向的」之義,如:

admittable
〔ədˈmɪtəb!〕

admitt	able
容許(admit)	形容詞字尾

可以容許的 ⇨ *adj.* **可容許的**

changeable
〔ˈtʃendʒəb!〕

change	able
改變	形容詞字尾

可以改變的 ⇨ *adj.* **可改變的**

eatable
〔ˈitəb!〕

eat	able
吃	形容詞字尾

可以吃的 ⇨ *adj.* **可吃的**

lovable
〔ˈlʌvəb!〕

lov	able
愛(love)	形容詞字尾

值得愛的 ⇨ *adj.* **可愛的**

movable
〔ˈmuvəb!〕

mov	able
移動(move)	形容詞字尾

可以移動的 ⇨ *adj.* **可動的**

reliable
〔rɪˈlaɪəb!〕

reli	able
依賴 (rely)	形容詞字尾

可以依賴的 ⇨ *adj.* **可信賴的**

memorable [ˈmɛmərəbl̩]	memor	able	值得紀念的 ⇨ *adj.* 值得紀念的
	紀念 (memory)	形容詞字尾	

miserable [ˈmɪzərəbl̩, ˈmɪzrə-]	miser	able	有悲慘性質的 ⇨ *adj.* 悲慘的
	悲慘 (misery)	形容詞字尾	

reasonable [ˈriznəbl̩]	reason	able	有道理的 ⇨ *adj.* 知理的
	道理	形容詞字尾	

seasonable [ˈsiznəbl̩]	season	able	適於某時期的 ⇨ *adj.* 適時的
	時期	形容詞字尾	

serviceable [ˈsɜvɪsəbl̩]	service	able	有助益性質的 ⇨ *adj.* 有用的
	助益	形容詞字尾	

2 | **-ible** | 屬 -able(1) 的變體。

comprehensible [ˌkɑmprɪˈhɛnsəbl̩]	comprehend	ible	適宜了解的 ⇨ *adj.* 易了解的
	了解	形容詞字尾	

corruptible [kəˈrʌptəbl̩]	corrupt	ible	有腐敗傾向的 ⇨ *adj.* 會腐敗的
	腐敗的	形容詞字尾	

credible [ˈkrɛdəbl̩]	credit	ible	有信用性質的 ⇨ *adj.* 可信的
	信用	形容詞字尾	

flexible [ˈflɛksəbl̩]	flex	ible	有彎曲性質的 ⇨ *adj.* 易彎曲的
	彎曲	形容詞字尾	

sensible [ˈsɛnsəbl̩]	sense	ible	可以感覺的 ⇨ *adj.* 可感覺的
	感覺	形容詞字尾	

visible [ˈvɪzəbl̩]	vis	ible	可以看的 ⇨ *adj.* 可見的
	看（see）	名詞字尾	

contemptible
[kən'tɛmptəbl̩]

contempt	ible
輕視	形容詞字尾

可以輕視的 ⇨ *adj.* **可輕視的**

forcible
['forsəbl̩,
'fɔrs-]

force	ible
力量	形容詞字尾

有力量性質的 ⇨ *adj.* **有力的**

horrible
['hɑrəbl̩]

horr	ible
恐怖 (horror)	形容詞字尾

有恐怖性質的 ⇨ *adj.* **可怖的**

audible
['ɔdəbl̩]

aud(i)	ible
聽(hear)	名詞字尾

可以聽的 ⇨ *adj.* **可聽的**

admissible
[əd'mɪsəbl̩]

admiss	ible
許入 (admit)	形容詞字尾

可以進入的 ⇨ *adj.* **有權進入的**

3. **-ant**   表「有、顯示出、做出～動作的」之義，如：

attendant
[ə'tɛndənt]

attend	ant
陪伴	形容詞字尾

陪伴的 ⇨ *adj.* **伴隨的**

assistant
[ə'sɪstənt]

assist	ant
幫助	形容詞字尾

幫助的 ⇨ *adj.* **帮助的；副的**

defiant
[dɪ'faɪənt]

defi	ant
不服從 (defy)	形容詞字尾

不服從的 ⇨ *adj.* **大膽反抗的**

ignorant
['ɪgnərənt]

ignor	ant
忽視 (ignore)	形容詞字尾

做出忽視動作的 ⇨ *adj.* **無知識的**

observant
[əb'sɝvənt]

observ	ant
觀察 (observe)	形容詞字尾

顯示出觀察的 ⇨ *adj.* **善於觀察的**

pleasant
['plɛznt]

pleas	ant
使快樂 (please)	形容詞字尾

顯示出快樂的 ⇨ *adj.* **愉快的**

4. -ent   屬 -ant(3) 的變體。

apparent 〔ə'pærənt, ə'pɛrənt〕	appar 呈現 (appear)	ent 形容詞字尾	呈現的 ⇨ *adj.* **顯然的；外表上的**

dependent 〔dɪ'pɛndənt〕	depend 依賴	ent 形容詞字尾	依賴的 ⇨ *adj.* **依賴的**

different 〔'dɪfərənt〕	differ 不同	ent 形容詞字尾	不同的 ⇨ *adj.* **不同的**

excellent 〔'ɛkslənt〕	excel(1) 優於	ent 形容詞字尾	顯示出優於的 ⇨ *adj.* **最優的**

prevalent 〔'prɛvələnt〕	preval 盛行 (prevail)	ent 形容詞字尾	顯示出盛行的 ⇨ *adj.* **普遍的；流行的**

sufficient 〔sə'fɪʃənt〕	suffici 足夠 (suffice)	ent 形容詞字尾	足夠的 ⇨ *adj.* **足夠的**

urgent 〔'ɝdʒnte〕	urg 驅策 (urge)	ent 形容詞字尾	顯示出驅策的 ⇨ *adj.* **力促的；急迫的**

5. -al   表「～的；似～的；遵於～的；有～之性質的」之義，如：

central 〔'sɛntrəl〕	centr 中心 (centre)	al 形容詞字尾	中心的 ⇨ *adj.* **中央的；中心的**

formal 〔'fɔrml〕	form 形式	al 形容詞字尾	有形式之性質的 ⇨ *adj.* **正式的**

national 〔'næʃənl〕	nation 國家	al 形容詞字尾	國家的 ⇨ *adj.* **國家的**

natural [ˈnætʃərəl]	natur	al	自然的 ⇨ *adj.* **自然的**
	自然 (nature)	形容詞字尾	

postal [ˈpostl̩]	post	al	郵政的 ⇨ *adj.* **郵政的；郵局的**
	郵政	形容詞字尾	

effectual [əˈfɛktʃʊəl, ɪ-]	effect	al	有效果的 ⇨ *adj.* **有效的**
	效果	形容詞字尾	

eventual [ɪˈvɛntʃʊəl]	event	al	結果的 ⇨ *adj.* **結果的**
	結果	形容詞字尾	

habitual [həˈbɪtʃʊəl]	habitu	al	習慣的 ⇨ *adj.* **習慣的**
	習慣 (habit)	形容詞字尾	

intellectual [ˌɪntl̩ˈɛktʃʊəl]	intellectu	al	智力的 ⇨ *adj.* **智力的**
	智力 (intellect)	形容詞字尾	

spiritual [ˈspɪrɪtʃʊəl]	spirit	al	精神的 ⇨ *adj.* **精神的；靈魂的**
	精神	形容詞字尾	

6. | -ial |　屬 -al(5) 的變體。

adverbial [ædˈvɝbɪəl, əd-]	adverb	ial	副詞的 ⇨ *adj.* **副詞的**
	副詞	形容詞字尾	

commercial [kəˈmɝʃəl]	commerc	ial	商業的 ⇨ *adj.* **商業的**
	商業 (commerce)	形容詞字尾	

industrial [ɪnˈdʌstrɪəl]	industr	ial	工業的 ⇨ *adj.* **工業上的**
	商業 (industry)	形容詞字尾	

official [əˈfɪʃəl]	offic	ial	職務的 ⇨ *adj.* **職務上的**
	職務 (office)	形容詞字尾	

| racial
['reʃəl] | rac
種族
(race) | ial
形容詞字尾 | 種族的 ⇨ *adj.* **種族的** |

---

7. | **-ical** | 表「關於～的；(像)～的」之義，如：

| musical
['mjuzɪkl̩] | music
音樂 | ical
形容詞字尾 | 音樂的 ⇨ *adj.* **音樂的** |

| typical
['tɪpɪkl̩] | type
型 | ical
形容詞字尾 | 像～型的 ⇨ *adj.* **典型的** |

| zoological
[͵zoə'lɑdʒɪkl̩] | zoology
動物學 | ical
形容詞字尾 | 動物學的 ⇨ *adj.* **動物學的** |

●《**比較**》大致上，-ic，-ical 可以互相轉用，但也有意義相異的情形，如：

| biographic
[͵baɪə'græfɪk] | biography
傳記 | ic
形容詞字尾 | 傳記的 ⇨ | *adj.* **傳記的**
(= *biographical*) |

| biographical
[͵baɪə'græfɪkl̩] | biography
傳記 | ical
形容詞字尾 | 傳記的 ⇨ | *adj.* **傳記的**
(= *biographic*) |

| economic
[͵ikə'nɑmɪk,
͵ɛk-] | economy
經濟 | ic
形容詞字尾 | 經濟的 ⇨ *adj.* **經濟(學)的；實用的** |

| economical
[͵ikə'nɑmɪkl̩,
͵ɛk-] | economy
經濟 | ical
形容詞字尾 | 經濟的 ⇨ *adj.* **經濟的；節省的** |

| historic
[hɪs'tɔrɪk] | history
歷史 | ic
形容詞字尾 | 歷史的 ⇨ *adj.* **歷史上著名的** |

| historical
[hɪs'tɔrɪkl̩] | history
歷史 | ical
形容詞字尾 | 關於歷史的 ⇨ *adj.* **有關歷史的** |

-ate	affectionate〔ə'fɛkʃənɪt〕*adj.* 摯愛的；親切的
-ite	composite〔kəm'pɑzɪt〕*adj.* 混合而成的
-an	republican〔rɪ'pʌblɪkən〕*adj.* 共和國的
-ian	Brazilian〔brə'zɪljən,bə-〕*adj.* 巴西的
-ar	muscular〔'mʌskjələ〕*adj.* 肌肉的
-ary	complementary〔,kɑmplə'mɛntərɪ〕*adj.* 補足的
-ed	deceased〔dɪ'sist〕*adj.* 死亡的
	winged〔wɪŋd,'wɪŋɪd〕*adj.* 有翅的
-en	earthen〔'ɝθən〕*adj.* 土製的
	chosen〔'tʃozn̩〕*adj.* 精選的

8. **-ate** 名詞＋ate＝形容詞，表「有～的」之義，如：

affectionate
〔ə'fɛkʃənɪt〕

affection	**ate**
愛	形容詞字尾

有愛的 ⇨ *adj.* **摯愛的；親切的**

compassionate
〔kəm'pæʃənɪt〕

compassion	**ate**
同情	形容詞字尾

有同情的 ⇨ *adj.* **有同情心的**

fortunate
〔'fɔrtʃənɪt〕

fortune	**ate**
運氣	形容詞字尾

有運氣的 ⇨ *adj.* **好運氣的**

passionate
〔'pæʃənɪt〕

passion	**ate**
熱情	形容詞字尾

有熱情的 ⇨ *adj.* **熱情的**

proportionate
〔prə'porʃənɪt,
 -'pɔr-〕

proportion	**ate**
比例	形容詞字尾

有比例的 ⇨ *adj.* **比例的**

9. **-ite** 動詞＋ite＝形容詞，表「～的」之義，如：

| opposite
[ˈɑpəzɪt] | **oppos**
反對（oppose） | **ite**
形容詞字尾 | 反對的 ⇨ *adj.* **反對的；相對的** |

| composite
[kəmˈpɑzɪt] | **compos**
組成（compose） | **ite**
形容詞字尾 | 組成的 ⇨ *adj.* **混合而成的** |

| definite
[ˈdɛfənɪt] | **defin**
限定（define） | **ite**
形容詞字尾 | 限定的 ⇨ *adj.* **明確的** |

| favorite
[ˈfevərɪt] | **favor**
愛護 | **ite**
形容詞字尾 | 愛護的 ⇨ *adj.* **最喜愛的** |

10. **an-** 名詞＋an＝形容詞，表「～的；屬於～的；有～特殊性的」之義，如：

| suburban
[səˈbɝbən] | **suburb**
市郊 | **an**
形容詞字尾 | 市郊的 ⇨ *adj.* **市郊的** |

| republican
[rɪˈpʌblɪkən] | **republic**
共和國 | **an**
形容詞字尾 | 共和國的 ⇨ *adj.* **共和國的** |

| European
[ˌjʊrəˈpiən] | **Europe**
歐洲 | **an**
形容詞字尾 | 歐洲的 ⇨ *adj.* **歐洲的** |

| Roman
[ˈromən] | **Rom**
羅馬（Rome） | **an**
形容詞字尾 | 羅馬的 ⇨ *adj.* **羅馬的** |

| Russian
[ˈrʌʃən] | **Russi**
俄國（Russia） | **an**
形容詞字尾 | 俄國的 ⇨ *adj.* **俄國的** |

| American
[əˈmɛrɪkən] | **Americ**
美國（America） | **an**
形容詞字尾 | 美國的 ⇨ *adj.* **美國的** |

11. | -ian |　屬 -an（10）的變體

Brazilian 〔brə'zɪljən, bə-〕	**Brazil** 巴西	**ian** 形容詞字尾	巴西的 ⇨ *adj.* **巴西的**

Christian 〔'krɪstʃən〕	**Christ** 基督	**ian** 形容詞字尾	基督的 ⇨ *adj.* **基督（教）的**

Egyptian 〔ɪ'dʒɪpʃən, i-〕	**Egypt** 埃及	**ian** 形容詞字尾	埃及的 ⇨ *adj.* **埃及（人）的**

Parisian 〔pə'rɪʒən〕	**Paris** 巴黎	**ian** 形容詞字尾	巴黎的 ⇨ *adj.* **巴黎的**

12. | -ar |　表「～的；像～的；有～性質的」之義，如：

angular 〔'æŋgjələ〕	**angul** 角（angle）	**ar** 形容詞字尾	角的 ⇨ *adj.* **有角的**

circular 〔'sɜkjələ〕	**circul** 圓（circle）	**ar** 形容詞字尾	圓的 ⇨ *adj.* **圓的**

familiar 〔fə'mɪljə〕	**famil** 家（family）	**ar** 形容詞字尾	似家的 ⇨ *adj.* **適於家族的**

muscular 〔'mʌskjələ〕	**muscul** 肌肉（muscle）	**ar** 形容詞字尾	肌肉的 ⇨ *adj.* **肌肉的**

polar 〔'polə〕	**pol** 北或南極（pole）	**ar** 形容詞字尾	北或南極的 ⇨ *adj.* **屬於北極 或南極的**

regular 〔'rɛgjələ〕	**regul** 有規律（regularity）	**ar** 形容詞字尾	有規律的 ⇨ *adj.* **有規律的**

13. -ary 表「～的；與～有關的」之義，如：

complementary
[ˌkɑmplə'mɛntərɪ]

complement	ary
補足物	形容詞字尾

補足物的 ⇨ *adj.* **補足的**

customary
['kʌstəmˌɛrɪ]

custom	ary
習慣	形容詞字尾

習慣的 ⇨ *adj.* **慣常的**

elementary
[ˌɛlə'mɛntərɪ]

element	ary
基礎	形容詞字尾

基礎的 ⇨ *adj.* **基礎的**

legendary
['lɛdʒəndˌɛrɪ]

legend	ary
傳奇	形容詞字尾

傳奇的 ⇨ *adj.* **傳奇的**

momentary
['momənˌtɛrɪ]

moment	ary
瞬間	形容詞字尾

瞬間的 ⇨ *adj.* **剎那的**

14. -ed

❶ 原型動詞＋ ed ＝形容詞。

civilized
['sɪvḷˌaɪzd]

civiliz	ed
使開化（civilize）	形容詞字尾

使開化的 ⇨ *adj.* **開化的**

deceased
[dɪ'sist]

deceas	ed
死亡（decease）	形容詞字尾

死亡的 ⇨ *adj.* **死亡的**

learned
['lɜnɪd]

learn	ed
學習	形容詞字尾

學習的 ⇨ *adj.* **學問上的**

marked
[mɑrkt]

mark	ed
記號	形容詞字尾

記號的 ⇨ *adj.* **有記號的**

united
[jʊ'naɪtɪd]

unit	ed
聯合（unite）	形容詞字尾

聯合的 ⇨ *adj.* **聯合的**

◑ 名詞＋ ed ＝形容詞

feathered ['fɛðəd]	feather 羽毛	ed 形容詞字尾	有羽毛的 ⇨ *adj.* **有羽的；有翼的**

gifted ['gɪftɪd]	gift 天才	ed 形容詞字尾	天才的 ⇨ *adj.* **有天才的**

skilled [skɪld]	skill 技巧	ed 形容詞字尾	有技巧的 ⇨ *adj.* **巧妙的；需要技能的**

talented ['tæləntɪd]	talent 才幹	ed 形容詞字尾	有才幹的 ⇨ *adj.* **有才能的；多才的**

winged [wɪŋd]	wing 翅	ed 形容詞字尾	有翅的 ⇨ *adj.* **有翅的；迅速的**

15. -en

◑ 物質名詞＋ en ＝形容詞，表「～的；～製的」。

earthen ['ɝθən]	earth 泥土	en 形容詞字尾	泥土製的 ⇨ *adj.* **土製的　地球上的**

golden ['goldn̩]	gold 金	en 形容詞字尾	金製的 ⇨ *adj.* **金製的；金色的**

silken ['sɪlkən]	silk 絲	en 形容詞字尾	絲（製）的 ⇨ *adj.* **絲製的；如絲的**

wooden ['wʊdn̩]	wood 木頭	en 形容詞字尾	木頭製的 ⇨ *adj.* **木製的；呆笨的**

woolen ['wʊlɪn]	wool 羊毛	en 形容詞字尾	羊毛（製）的 ⇨ *adj.* **羊毛（製）的**

＊注意：物質名詞有時也可當作形容詞使用。

❶ 某些動詞＋en＝過去分詞（不規則變化），可作形容詞用，如：

chosen　| **chos** | **en** | 選擇的 ⇨ *adj*. **精選的**
['tʃozn̩] | 選擇（choose） | 形容詞字尾 |

fallen　| **fall** | **en** | 掉落的 ⇨ *adj*. **掉落的；被毀滅的**
['fɔlən] | 掉落 | 形容詞字尾 |

hidden　| **hidd** | **en** | 躲藏的 ⇨ *adj*. **隱藏的；秘密的**
['hɪdn̩] | 躲藏（hide） | 形容詞字尾 |

spoken　| **spok** | **en** | 說的 ⇨ *adj*. **口頭的；口述的**
['spokən] | 說（speak） | 形容詞字尾 |

written　| **writt** | **en** | 寫的 ⇨ *adj*. **被寫的**
['rɪtn̩] | 寫（write） | 形容詞字尾 |

- ern	northern〔'nɔrðən〕*adj*. 向北方的
- ese	Chinese〔tʃaɪ'niz, tʃaɪ'nis〕*adj*. 中國的；中國人的
- esque	grotesque〔gro'tɛsk〕*adj*. 怪異風格的
- ful	hopeful〔'hopfəl〕*adj*. 有希望的
- ic	angelic〔æn'dʒɛlɪk〕*adj*. 天使的
- id	horrid〔'hɔrɪd, 'hɑr-〕*adj*. 可怖的
- ile	mercantile〔'mɝkən,til, -taɪl〕*adj*. 商人的；商業的
- ine	sanguine〔'sæŋgwɪn〕*adj*. 血紅的；樂天的

16. 　**-ern**　表方向的名詞＋ern＝形容詞，解為「～方的」，如：

eastern　| **east** | **ern** | 東方的 ⇨ *adj*. **東方的**
['istən] | 東方 | 形容詞字尾 |

northern 〔'nɔrðən〕	north 北方	ern 形容詞字尾	北方的 ⇨ *adj.* **向北方的**

southern 〔'sʌðən〕	south 南方	ern 形容詞字尾	南方的 ⇨ *adj.* **南方的**

western 〔'wɛstɚn〕	west 西方	ern 形容詞字尾	西方的 ⇨ *adj.* **西方的**

17. **-ese** 表地名之名詞＋ese ＝形容詞，解為「～（語）的；～（人）的」之義，如：

Chinese 〔tʃaɪ'niz〕	Chin 中國（China）	ese 形容詞字尾	中國的 ⇨ *adj.* **中國（人）的**

Japanese 〔,dʒæpə'niz〕	Japan 日本	ese 形容詞字尾	日本的 ⇨ *adj.* **日本（人）的**

Portuguese 〔'portʃə,giz〕	Portugu 葡萄牙（Portugal）	ese 形容詞字尾	葡萄牙的 ⇨ *adj.* **葡萄牙的**

18. **-esque** 名詞＋esque ＝形容詞，表「～式樣的；～風格的」之義，如：

grotesque 〔gro'tɛsk〕	grot 巖穴（grotto）	esque 形容詞字尾	巖穴風格的 ⇨ *adj.* **怪異風格的**

picturesque 〔,pɪktʃə'rɛsk〕	pictur 圖畫（picture）	esque 形容詞字尾	圖畫式樣的 ⇨ *adj.* **如畫的**

arabesque 〔,ærə'bɛsk〕	arab 阿拉伯（Arabia）	esque 形容詞字尾	阿拉伯式樣的 ⇨ *adj.* **阿拉伯式的**

19. | **-ful** |

❶ 名詞＋ful＝形容詞,表「充滿～的;多～的;有～性質的」之義,如:

beautiful　　**beauti** | **ful**　　具有美性質的 ⇨ *adj.* **美麗的**
〔'bjutəfəl〕　　美（beauty） | 形容詞字尾

careful　　**care** | **ful**　　小心的 ⇨ *adj.* **小心的;謹慎的**
〔'kɛrfəl〕　　小心 | 形容詞字尾

graceful　　**grace** | **ful**　　優雅的 ⇨ *adj.* **優雅的;合度的**
〔'gresfəl〕　　優雅 | 形容詞字尾

hopeful　　**hope** | **ful**　　充滿希望的 ⇨ *adj.* **有希望的**
〔'hopfəl〕　　希望 | 形容詞字尾

powerful　　**power** | **ful**　　充滿力量的 ⇨ *adj.* **有力的**
〔'pauəfəl〕　　力量 | 形容詞字尾

❶ 動詞＋ful＝形容詞。其義同上。

forgetful　　**forget** | **ful**　　多忘記的 ⇨ *adj.* **健忘的**
〔fə'gɛtfəl〕　　忘記 | 形容詞字尾

wakeful　　**wake** | **ful**　　多醒著的 ⇨ *adj.* **易醒的**
〔'wekfəl〕　　醒著 | 形容詞字尾

20. | **-ic** |　表「～的;似～的;～性的」之義,如:

angelic　　**angel** | **ic**　　天使的 ⇨ *adj.* **天使的;天堂的**
〔æn'dʒɛlɪk〕　　天使 | 形容詞字尾

basic　　**bas** | **ic**　　有基礎性質的 ⇨ *adj.* **基本的**
〔'besɪk〕　　基礎（base） | 形容詞字尾

carbonic	carbon	ic	
[kɑr'bɑnɪk]	炭	形容詞字尾	炭的 ⇨ *adj.* **炭的；含炭素的**

heroic	hero	ic	
[hɪ'ro·ɪk]	英雄	形容詞字尾	像英雄的 ⇨ *adj.* **英雄式的**

patriotic	patriot	ic	
[,petrɪ'ɑtɪk]	愛國者	形容詞字尾	像愛國者的 ⇨ *adj.* **愛國的**

public	publ	ic	
['pʌblɪk]	人 (people)	形容詞字尾	有人性質的 ⇨ *adj.* **公眾的**

rustic	rust	ic	
['rʌstɪk]	鄉村（country）	形容詞字尾	鄉村的 ⇨ *adj.* **鄉村的**

21. | -id |　動詞或名詞＋ id ＝形容詞。

vivid	viv	id	
['vɪvɪd]	活（live）	形容詞字尾	活的 ⇨ *adj.* **活潑的；生動的**

horrid	horr	id	
['hɔrɪd,'hɑr-]	恐怖（horror）	形容詞字尾	恐怖的 ⇨ *adj.* **可怖的**

splendid	splend	id	
['splɛndɪd]	閃耀（shine）	形容詞字尾	閃耀的 ⇨ *adj.* **輝煌的；華麗的**

stupid	stup	id	
['stjupɪd]	吃驚（amazed）	形容詞字尾	愚蠢得令人吃驚 ⇨ *adj.* **愚蠢的**

timid	tim	id	
['tɪmɪd]	恐懼（fear）	形容詞字尾	恐懼的 ⇨ *adj.* **膽小的**

rapid	rap	id	
['ræpɪd]	迅速的（hurry）	形容詞字尾	迅速的 ⇨ *adj.* **迅速的**

22. | -ile | 表「關於～的；易於～的；能～的」之義，如：

facile
['fæsḷ,-sɪl]

fac	ile
製造(make)	形容詞字尾

易於製造的 ⇨ *adj.* **易得的**

fragile
['frædʒəl]

frag	ile
破碎(break)	形容詞字尾

易破碎的 ⇨ *adj.* **易碎的**

hostile
['hɑstɪl]

host	ile
敵意(hostility)	形容詞字尾

有敵意的 ⇨ *adj.* **有敵意的**

mercantile
['mɝkən,til]

mercant	ile
商人(merchant)	形容詞字尾

關於商人的 ⇨ *adj.* **商人(業)的**

textile
['tɛkstḷ]

text	ile
織(weave)	形容詞字尾

能織的 ⇨ *adj.* **織的**

23. | -ine | 名詞＋ ine ＝形容詞。

Alpine
['ælpaɪn]

Alp	ine
阿爾卑斯山脈(Alps)	形容詞字尾

阿爾卑斯山的 ⇨ *adj.* **(像)阿爾卑斯山的**

crystaline
['krɪstḷɪn]

crystal	ine
水晶	形容詞字尾

如水晶般的 ⇨ *adj.* **水晶的**

sanguine
['sæŋgwɪn]

sangu	ine
血(sanguino)	形容詞字尾

如血色般的 ⇨ *adj.* **血紅的；樂天的**

feminine
['fɛmənɪn]

femin	ine
婦女(femine)	形容詞字尾

婦女的 ⇨ *adj.* **婦女的**

feline
['filaɪn]

fel	ine
貓(cat)	形容詞字尾

貓的 ⇨ *adj.* **貓科的；似貓的**

- **ish**	feverish〔ˈfivərɪʃ〕*adj.* 發熱的
	purplish〔ˈpɜplɪʃ, -plɪʃ〕*adj.* 略帶紫色的
- **ive**	instinctive〔ɪnˈstɪŋktɪv〕*adj.* 本能的；直覺的
- **ative**	authoritative〔əˈθɔrə,tetɪv〕*adj.* 有權威的
- **less**	boundless〔ˈbaʊndlɪs〕*adj.* 無窮的
- **like**	godlike〔ˈgɑd,laɪk〕*adj.* 如神的；神聖的
- **ly**	heavenly〔ˈhɛvənlɪ〕*adj.* 天國的
- **most**	utmost〔ˈʌt,most〕*adj.* 最遠的
- **ory**	contradictory〔,kɑntrəˈdɪktərɪ〕*adj.* 矛盾的
- **ous**	zealous〔ˈzɛləs〕*adj.* 熱心的；熱誠的
- **some**	blithesome〔ˈblaɪðsəm〕*adj.* 愉快的；喜樂的
- **y**	muddy〔ˈmʌdɪ〕*adj.* 泥的；似泥的

24. -ish

❶ 名詞＋ ish ＝形容詞，表「有～特性的」之義，如：

childish 〔ˈtʃaɪldɪʃ〕	child 小孩	ish 形容詞字尾	有小孩性情的 ⇨ *adj.* **孩子氣的**
feverish 〔ˈfivərɪʃ〕	fever 發熱	ish 形容詞字尾	有發熱症狀的 ⇨ *adj.* **發熱的**
foolish 〔ˈfulɪʃ〕	fool 愚人	ish 形容詞字尾	有愚人特性的 ⇨ *adj.* **愚蠢的**
selfish 〔ˈsɛlfɪʃ〕	self 自己	ish 形容詞字尾	有利己性的 ⇨ *adj.* **自私的**

Turkish	Turk	ish	
[ˈtɝkɪʃ]	土耳其人	形容詞字尾	有土耳其人特性的 ⇨ *adj.* **土耳其的**

❶ 形容詞＋ish，形成另外一種形容詞，表「帶有～味道的」之義，如：

brownish	brown	ish	
[ˈbraʊnɪʃ]	棕色的	形容詞字尾	帶棕色味道的 ⇨ *adj.* **略帶棕色的**

greenish	green	ish	
[ˈgrinɪʃ]	綠色的	形容詞字尾	帶綠色味道的 ⇨ *adj.* **淺綠色的**

longish	long	ish	
[ˈlɔŋɪʃ]	長的	形容詞字尾	帶有長狀特性的 ⇨ *adj.* **稍長的；有點長的**

purplish	purpl	ish	
[ˈpɝplɪʃ]	紫色(purple)	形容詞字尾	帶紫色味道的 ⇨ *adj.* **略帶紫色的**

sweetish	sweet	ish	
[ˈswitɪʃ]	甜的	形容詞字尾	帶甜味的 ⇨ *adj.* **有點甜味的；稍甜的**

25. **-ive** 　動詞或名詞＋ive＝形容詞，表「有～性質的；有～傾向的；能～的」之義，如：

active	act	ive	
[ˈæktɪv]	行動	形容詞字尾	有行動傾向的 ⇨ *adj.* **活動的；活躍的**

assertive	assert	ive	
[əˈsɝtɪv]	斷言	形容詞字尾	能斷言的 ⇨ *adj.* **斷定的**

instructive	instruct	ive	
[ɪnˈstrʌktɪv]	教導	形容詞字尾	有教導性質的 ⇨ *adj.* **教訓的；有益的**

oppressive	oppress	ive	
[əˈprɛsɪv]	壓迫	形容詞字尾	有壓迫傾向的 ⇨ *adj.* **壓迫的**

| reflective
[rɪˈflɛktɪv] | **reflect**
反射 | **ive**
形容詞字尾 | 有反射性質的 ⇨ *adj.* **反射的** |

| effective
[əˈfɛktɪv, ɪ-] | **effect**
效果 | **ive**
形容詞字尾 | 有效果的 ⇨ *adj.* **有效的；生效的** |

| excessive
[ɪkˈsɛsɪv] | **excess**
過多之量 | **ive**
形容詞字尾 | 過多的 ⇨ *adj.* **過度的；過分的** |

| instinctive
[ɪnˈstɪŋktɪv] | **instinct**
本能 | **ive**
形容詞字尾 | 本能的 ⇨ *adj.* **本能的；直覺的** |

| massive
[ˈmæsɪv] | **mass**
大量 | **ive**
形容詞字尾 | 大量的 ⇨ *adj.* **大量的；大而重的** |

| sportive
[ˈsportɪv] | **sport**
遊戲 | **ive**
形容詞字尾 | 有遊戲性質的 ⇨ *adj.* **遊戲的** |

26. -ative　動詞或名詞 + ative ＝形容詞，表「～的」之義，如：

| affirmative
[əˈfɝmətɪv] | **affirm**
斷言 | **ative**
形容詞字尾 | 斷言的 ⇨ *adj.* **斷言的；證實的** |

| imaginative
[ɪˈmædʒəˌnetɪv] | **imagin**
想像（imagine） | **ative**
形容詞字尾 | 想像的 ⇨ *adj.* **富於想像的** |

| representative
[ˌrɛprɪˈzɛntətɪv] | **represent**
代表 | **ative**
形容詞字尾 | 有代表性的 ⇨ *adj.* **代表性的** |

| talkative
[ˈtɔkətɪv] | **talk**
說話 | **ative**
形容詞字尾 | 說話的 ⇨ *adj.* **好說話的** |

| creative
[krɪˈetɪv] | **creat**
創造（create） | **ive**
形容詞字尾 | 創造的 ⇨ *adj.* **有創造力的** |

narrative ['nærətɪv]	narrat 敍述(narrate)	ive 形容詞字尾	敍述的 ⇨ *adj.* **敍述的；敍事的**

authoritative [ə'θɔrə,tetɪv]	authoritat 權威(authority)	ive 形容詞字尾	權威的 ⇨ *adj.* **有權威的；可信的**

27. -less

◑ 名詞＋ less ＝形容詞，表「無～的；缺～的」之義，如：

aimless ['emlɪs]	aim 目的	less 形容詞字尾	無目的的 ⇨ *adj.* **無目的的**

boundless ['baʊndlɪs]	bound 範圍	less 形容詞字尾	無範圍的 ⇨ *adj.* **無窮的**

breathless ['brɛθlɪs]	breath 呼吸	less 形容詞字尾	無呼吸的 ⇨ *adj.* **無呼吸的；死的**

careless ['kɛrlɪs]	care 小心	less 形容詞字尾	不小心的 ⇨ *adj.* **粗心的；疏忽的**

doubtless ['daʊtlɪs]	doubt 懷疑	less 形容詞字尾	不懷疑的 ⇨ *adj.* **無疑的**

◑ 動詞＋ less ＝形容詞，表「不會～的；難以～的」之義，如：

ceaseless ['sislɪs]	cease 停止	less 形容詞字尾	不會停止的 ⇨ *adj.* **永不停止的；不斷的**

countless ['kaʊntlɪs]	count 數	less 形容詞字尾	難以估計的 ⇨ *adj.* **無數的**

dauntless ['dɔntlɪs, 'dɑnt-]	daunt 恐嚇	less 形容詞字尾	不受恐嚇的 ⇨ *adj.* **大膽的；勇敢的**

regardless 〔rɪˈgɑrdlɪs〕	**regard** 考慮	**less** 形容詞字尾	毫不考慮的 ⇨ *adj.* **不顧的**

resistless 〔rɪˈzɪstlɪs〕	**resist** 抵抗	**less** 形容詞字尾	難以抵抗 ⇨ *adj.* **不可抵抗的**

28. -like

名詞＋ like ＝形容詞，表「似～的；像～的」之義，如：

childlike 〔ˈtʃaɪldˌlaɪk〕	**child** 小孩	**like** 形容詞字尾	像小孩的 ⇨ *adj.* **孩子氣的；率直的**

gentlemanlike 〔ˈdʒɛntl̩mənˌlaɪk〕	**gentleman** 紳士	**like** 形容詞字尾	似紳士般的 ⇨ *adj.* **如紳士的**

godlike 〔ˈgɑdˌlaɪk〕	**god** 神	**like** 形容詞字尾	像神般的 ⇨ *adj.* **如神的；神聖的**

manlike 〔ˈmænˌlaɪk〕	**man** 男子	**like** 形容詞字尾	似男子般的 ⇨ *adj.* **似男人的**

womanlike 〔ˈwʊmənˌlaɪk〕	**woman** 女子	**like** 形容詞字尾	似女子般的 ⇨ *adj.* **似女子的**

29. -ly

❶ 名詞＋ ly ＝形容詞，表「像～的；具～之性質的」，如：

bodily 〔ˈbɑdl̩ɪ, -dɪlɪ〕	**bodi** 身體（body）	**ly** 形容詞字尾	具身體之 性質的 ⇨ *adj.* **身體上的**

brotherly 〔ˈbrʌðəlɪ〕	**brother** 兄弟	**ly** 形容詞字尾	像兄弟的 ⇨ *adj.* **（如）兄弟的**

friendly ⟨'frɛndlɪ⟩	**friend** 朋友	**ly** 形容詞字尾	像朋友般的 ⇨ *adj.* **朋友似的；友善的**

heavenly ⟨'hɛvənlɪ⟩	**heaven** 天國	**ly** 形容詞字尾	具天國之性質的 ⇨ *adj.* **天國的**

lovely ⟨'lʌvlɪ⟩	**love** 愛	**ly** 形容詞字尾	具有令人疼愛性質的 ⇨ *adj.* **可愛的**

◑ 時間之名詞＋ ly，會形成形容詞及副詞，表「每～的（地）」之義，如：

daily ⟨'delɪ⟩	**dai** 一日（day）	**ly** 形容詞字尾	每日的 ⇨ *adj., adv.* **每日的（地）**

hourly ⟨'aʊrlɪ⟩	**hour** 小時	**ly** 形容詞字尾	每小時的 ⇨ *adj.* **以小時計的** *adv.* **時時地**

monthly ⟨'mʌnθlɪ⟩	**month** 月	**ly** 形容詞字尾	每月的 ⇨ *adj.* **每月的** *adv.* **每月一次地**

weekly ⟨'wiklɪ⟩	**week** 週	**ly** 形容詞字尾	每週的（地）⇨ *adj.* *adv.* **每週一次的（地）**

yearly ⟨'jɪrlɪ⟩	**year** 年	**ly** 形容詞字尾	每年的（地）⇨ *adj.* *adv.* **每年一次的（地）**

30. | **-most** | 表「最～的」之義的最高級形容詞，如：

endmost ⟨'ɛnd,most⟩	**end** 末端	**most** 形容詞字尾	最末端的 ⇨ *adj.* **最末端的；最遠的**

foremost ⟨'for,most, 'fɔr-,-məst⟩	**fore** 在前的	**most** 形容詞字尾	最前面的 ⇨ *adj.* **最先的；首要的**

innermost ['ɪnəˌmost, -məst]	inner 內部的	most 形容詞字尾	最內部的 ⇨ *adj.* **最內的**

topmost ['tɑpˌmost, -məst]	top 最高點	most 形容詞字尾	最高點的 ⇨ *adj.* **最高的；絕頂的**

utmost ['ʌtˌmost]	ut 離開（out）	most 形容詞字尾	離開最遠的 ⇨ *adj.* **最遠的**

31. **-ory**　名詞或動詞＋ ory ＝形容詞，表「似～的；～性質的」之義，如：

congratulatory [kən'grætʃələˌtorɪ]	congratulat 祝賀（congratulate）	ory 形容詞字尾	祝賀的 ⇨ *adj.* **祝賀的**

contradictory [ˌkɑntrə'dɪktərɪ]	contradict 矛盾	ory 形容詞字尾	矛盾性質的 ⇨ *adj.* **矛盾的**

obligatory [ə'blɪgəˌtorɪ]	obligat 強制（oblige）	ory 形容詞字尾	強制的 ⇨ *adj.* **強制的**

preparatory [prɪ'pærəˌtorɪ]	preparat 準備（prepare）	ory 形容詞字尾	準備的 ⇨ *adj.* **準備的**

satisfactory [ˌsætɪs'fæktərɪ]	satisfact 使滿意（satisfy）	ory 形容詞字尾	滿意性質的 ⇨ *adj.* **令人滿意的**

32. **-ous**　名詞或動詞＋ ous ＝形容詞，表「多～的；似～的；～性的；有～特徵的；有～癖的；盛行～的」之義，如：

dangerous ['dendʒərəs]	danger 危險	ous 形容詞字尾	有危險性的 ⇨ *adj.* **危險的**

famous
['feməs]

fam	ous
名聲(fame)	形容詞字尾

名聲盛行的 ⇨ *adj.* **有名的**

industrious
[ɪn'dʌstrɪəs]

industri	ous
勤勉(industry)	形容詞字尾

有勤勉性的 ⇨ *adj.* **勤勉的**

victorious
[vɪk'torɪəs]

victori	ous
勝利(victory)	形容詞字尾

似勝利狀的 ⇨ *adj.* **勝利的**

zealous
['zɛləs]

zeal	ous
熱心	形容詞字尾

熱心的 ⇨ *adj.* **熱心的；熱誠的**

continuous
[kən'tɪnjʊəs]

continu	ous
繼續(continue)	形容詞字尾

有持續性的 ⇨ *adj.* **不斷的**

covetous
['kʌvətəs]

covet	ous
貪	形容詞字尾

有貪念的 ⇨ *adj.* **貪婪的**

envious
['ɛnvɪəs]

envi	ous
嫉妒(envy)	形容詞字尾

有嫉妒性的 ⇨ *adj.* **嫉妒的**

grievous
['grivəs]

griev	ous
悲傷(grieve)	形容詞字尾

極為悲傷的 ⇨ *adj.* **引起悲傷的**

riotous
['raɪətəs]

riot	ous
騷亂	形容詞字尾

有騷亂性的 ⇨ *adj.* **(引起)暴亂的**

beauteous
['bjutɪəs]

beaute	ous
美(beauty)	形容詞字尾

具有美的特徵的 ⇨ *adj.* **美麗的**

bounteous
['baʊntɪəs]

bounte	ous
慷慨(bounty)	形容詞字尾

慷慨的 ⇨ *adj.* **慷慨的；好施的**

duteous
['djutɪəs,'du-]

dute	ous
責任(duty)	形容詞字尾

有責任心的 ⇨ *adj.* **盡職的**

righteous	righte	ous	
〔'raɪtʃəs〕	正當的（right）	形容詞字尾	正當的 ⇨ *adj.* **行爲正當的**

gracious	graci	ous	
〔'greʃəs〕	仁慈（grace）	形容詞字尾	仁慈的 ⇨ *adj.* **仁慈的**

laborious	labori	ous	
〔lə'borɪəs〕	勞動（labor）	形容詞字尾	有勞動性的 ⇨ *adj.* **費力的**

malicious	malici	ous	
〔mə'lɪʃəs〕	惡意（malice）	形容詞字尾	有惡意的 ⇨ *adj.* **懷惡意的**

spacious	spaci	ous	
〔'speʃəs〕	空間（space）	形容詞字尾	有空間的 ⇨ *adj.* **廣大的**

vicious	vici	ous	
〔'vɪʃəs〕	惡（vice）	形容詞字尾	惡的 ⇨ *adj.* **惡的；邪惡的**

33. -some

● 名詞、動詞或形容詞＋some＝形容詞，表「易於～；有～傾向的；使～」之義，如：

burdensome	burden	some	
〔'bɜdṇsəm〕	負擔	形容詞字尾	使成爲負擔的 ⇨ *adj.* **沈重的**

troublesome	trouble	some	
〔'trʌblsəm〕	苦惱	形容詞字尾	使苦惱的 ⇨ *adj.* **使人苦惱的**

blithesome	blithe	some	
〔'blaɪðsəm〕	快樂的	形容詞字尾	有快樂傾向的 ⇨ *adj.* **愉快的**

wearisome	weari	some	
〔'wɪrɪsəm〕	疲勞的（weary）	形容詞字尾	使疲勞的 ⇨ *adj.* **使人疲倦的**

meddlesome 〔'mɛd̦ḷsəm〕	**meddle** 干涉	**some** 形容詞字尾	有干涉傾向的 ⇨ *adj.* **愛管閒事的**

tiresome 〔'taɪrsəm〕	**tire** 使厭倦	**some** 形容詞字尾	使厭倦的 ⇨ *adj.* **令人厭倦的**

❶ 數目＋ some ＝形容詞，表「～群的」之義，如

twosome 〔'tusəm〕	**two** 兩個	**some** 形容詞字尾	兩個一組的 ⇨ *adj.* **由兩個組成的**

34. ⎡ -y ⎤

❶ 名詞＋ y ＝形容詞，表「稍微～的；有幾分～的；充滿～的；具有～
　之性質的；類似～的」之義，如：

healthy 〔'hɛlθɪ〕	**health** 健康	**y** 形容詞字尾	有助健康的 ⇨ *adj.* **健康的**

lucky 〔'lʌkɪ〕	**luck** 幸運	**y** 形容詞字尾	有幾分幸運的 ⇨ *adj.* **幸運的；好運的**

muddy 〔'mʌdɪ〕	**mudd** 泥（mud）	**y** 形容詞字尾	充滿泥巴的 ⇨ *adj.* **泥的；似泥的**

noisy 〔'nɔɪzɪ〕	**nois** 噪音（noise）	**y** 形容詞字尾	充滿噪音的 ⇨ *adj.* **喧鬧的**

❶ 表色彩的形容詞＋ y ＝形容詞，表「稍微～的；帶～的」之義，如：

whity 〔'hwaɪtɪ〕	**whit** 白的（white）	**y** 形容詞字尾	稍微呈白色的 ⇨ *adj.* **略白的**

yellowy 〔'jɛloɪ〕	**yellow** 黃的	**y** 形容詞字尾	帶有黃色的 ⇨ *adj.* **略黃的**

表示「副詞」的字尾

-ly	actually〔ˈæktʃʊəlɪ〕*adv*.真實地
-ling	darkling〔ˈdɑrklɪŋ〕*adv*.在黑暗中地
-long	headlong〔ˈhɛdˌlɔŋ〕*adv*.頭向前地
-wards	afterward(s)〔ˈæftəwəd(z)〕*adv*.以後
-ways	always〔ˈɔlwez,ˈɔlwɪz〕*adv*.永遠地
-wise	otherwise〔ˈʌðəˌwaɪz〕*adv*.否則

1 **-ly** 是由古英文 lic（=*like*）演變而來的字根；多接於形容詞之後。

actually
〔ˈæktʃʊəlɪ〕

actual	ly
真實的	副詞字尾

真實地 ⇨ *adv*.**真實地；實際上**

badly
〔ˈbædlɪ〕

bad	ly
不好的	副詞字尾

不好地 ⇨ *adv*.**不好地；惡劣地**

eagerly
〔ˈigəlɪ〕

eager	ly
焦急的	副詞字尾

焦急地 ⇨ *adv*.**焦急地；熱切的**

heartily
〔ˈhɑrtɪlɪ〕

hearti	ly
心 （heart）	副詞字尾

發於心中 ⇨ *adv*.**誠懇地；衷心地**

nobly
〔ˈnoblɪ〕

nob	ly
高尚的（noble）	副詞字尾

高尚地 ⇨ *adv*.**高尚地**

*注意：以 -le 結尾的形容詞，變為副詞時須去 le 後加 ly，不可直接在 le 之後加 ly。

pathetically
〔pəˈθɛtɪklɪ〕

pathetic(al)	ly
感傷的	副詞字尾

感傷地 ⇨ *adv*.**感傷地**

*注意：以 -ic 結尾的形容詞，變為副詞時須在 ic 之後加 al 再加 ly，不可寫為 -icly。

2. -ling

形容詞或名詞＋ling＝副詞；表「～狀態」之義。

darkling
['dɑrklɪŋ]

dark	ling
黑暗（的）	副詞字尾

在黑暗狀態 ⇨ *adv*. **在黑暗中地**

flatling
['flætlɪŋ]

flat	ling
平坦（的）	副詞字尾

在平坦狀態 ⇨ *adv*. **平坦地**

sideling
['saɪdlɪŋ]

side	ling
斜（的）	副詞字尾

在斜的狀態 ⇨ *adv*. **斜地；橫地**

3. -long

名詞＋long＝副詞，表「往～方面」之義。

headlong
['hɛd,lɔŋ]

head	long
前頭	副詞字尾

往前頭的方向 ⇨ *adv*. **頭向前地**

sidelong
['saɪd,lɔŋ]

side	long
斜；側	副詞字尾

往斜的方向 ⇨ *adv*. **斜地；橫地**

4. -ward(s)

副詞字尾，表「方向」之義。若作為形容詞，則只能使用 -ward.

afterward(s)
['æftəwəd(z)]

after	ward(s)
之後	副詞字尾

之後的方向 ⇨ *adv*. **以後**

backward(s)
['bækwəd(z)]

back	ward(s)
後方	副詞字尾

向後的方向 ⇨ *adv*. **向後地**

eastward(s)
['istwəd(z)]

east	ward(s)
東方	副詞字尾

向東的方向 ⇨ *adv*. **向東地**

homeward(s)
['homwəd(z)]

home	ward(s)
家（國）	副詞字尾

向家（國）的方向 ⇨ *adv*. **向家（國）地**

| leeward
〔'liwəd〕 | lee
下風的 | ward
副詞字尾 | 向下風的方向 ⇨ *adv.* **向下風** |

| seaward(s)
〔'siwəd(z)〕 | sea
海 | ward(s)
副詞字尾 | 向海的方向 ⇨ *adv.* **向海地** |

5. ⎡-ways⎤ 表「方法」、「方向」之義。

| always
〔'ɔlwez, 'ɔlwɪz〕 | al
全部的（all） | ways
副詞字尾 | 用盡全部的方法 ⇨ *adv.* **永遠地** |

| coastways
〔'kost,wez〕 | coast
沿岸（地區） | ways
副詞字尾 | 沿岸的方向 ⇨ *adv.* **沿岸地** |

6. ⎡-wise⎤ 和 -ways 同字源，表「方法」、「方向」之義。

| coastwise
〔'kost,waɪz〕 | coast
沿岸（地區） | wise
副詞字尾 | 沿岸的方向 ⇨ *adv.* **沿岸地** |

| likewise
〔'laɪk,waɪz〕 | like
相似的 | wise
副詞字尾 | 相似地 ⇨ *adv.* **也；同樣地** |

| otherwise
〔'ʌðɚ,waɪz〕 | other
其餘的 | wise
副詞字尾 | 用其餘的方法 ⇨ *adv.* **否則；要不然** |

Exercise Twenty

❖ 請在空白處填入通當的字尾並完成該單字：

1.　**class**　　　+　--------------　=　---------------------------
　　類別（class）　　　　使（make）　　　　　分類（arrange in class）

2.　**remembr**　+　--------------　=　---------------------------
　　記憶　　　　　　　名詞字尾　　　　　　記憶（memory）
　（remember）

3.　**social**　　+　--------------　=　---------------------------
　　社會的（social）　　　名詞字尾　　　　　　社會主義

4.　**nation**　　+　--------------　=　---------------------------
　　國家（nation）　　　形容詞字尾　　　　國家的（of a nation）

5.　**child**　　+　--------------　=　---------------------------
　　小孩（child）　　　形容詞字尾　　　　　　孩子氣的
　　　　　　　　　　　　　　　　　　　（behaving like a child）

6.　**doubt**　　+　--------------　=　---------------------------
　　懷疑（doubt）　　　形容詞字尾　　　　無疑的（very probably）

7.　**actual**　　+　--------------　=　---------------------------
　　眞實的（actual）　　　副詞字尾　　　　　實際地（in fact）

※ 答案請參考字尾篇的解說。

◄字源索引► ETYMOLOGY

◀ 單字索引 ▶ VOCABULARY

M

N

心得筆記欄

☆ ☆ ☆ 全國最完整的文法書 ☆ ☆ ☆

文法寶典全集

劉 毅 編著／售價990元

　　這是一本想學好英文的人必備的工具書，作者積多年豐富的教學經驗，針對大家所不了解和最容易犯錯的地方，編寫成一本完整的文法書。

　　本書編排方式與眾不同，第一篇就給讀者整體的概念，再詳述文法中的細節部分，內容十分完整。文法說明以圖表為中心，一目了然，並且務求深入淺出。無論您在考試中或其他書中所遇到的任何不了解的問題，或是您感到最煩惱的文法問題，查閱「文法寶典全集」均可迎刃而解。

　　哪些副詞可修飾名詞或代名詞？(P.228)；什麼是介副詞？(P.543)；哪些名詞可以當副詞用？(P.100)；倒裝句(P.629)、省略句(P.644)等特殊構句，為什麼倒裝？為什麼省略？原來的句子是什麼樣子？在「文法寶典全集」裏都有詳盡的說明。

　　可見如果學文法不求徹底了解，反而成為學習英文的絆腳石，只要讀完本書，您必定信心十足，大幅提高對英文的興趣與實力。

高三同學要如何準備「升大學考試」

　　考前該如何準備「學測」呢？「劉毅英文」的同學很簡單，只要熟讀每次的模考試題就行了。每一份試題都在7000字範圍內，就不必再背7000字了，從後面往前複習，越後面越重要，一定要把最後10份試題唸得滾瓜爛熟。根據以往的經驗，詞彙題絕對不會超出7000字範圍。每年題型變化不大，只要針對下面幾個大題準備即可。

準備「詞彙題」最佳資料：

背了再背，背到滾瓜爛熟，讓背單字變成樂趣。

考前不斷地做模擬試題就對了！

你做的題目愈多，分數就愈高。不要忘記，每次參加模考前，都要背單字、背自己所喜歡的作文。考壞不難過，勇往直前，必可得高分！

練習「模擬試題」，可參考「學習出版公司」最新出版的「7000字學測試題詳解」。我們試題的特色是：
①以「高中常用7000字」為範圍。②經過外籍專家多次校對，不會學錯。③每份試題都有詳細解答，對錯答案均有明確交待。

「克漏字」如何答題

　　第二大題綜合測驗（即「克漏字」），不是考句意，就是考簡單的文法。當四個選項都不相同時，就是考句意，就沒有文法的問題；當四個選項單字相同、字群排列不同時，就是考文法，此時就要注意到文法的分析，大多是考連接詞、分詞構句、時態等。「克漏字」是考生最弱的一環，你難，別人也難，只要考前利用這種答題技巧，勤加練習，就容易勝過別人。

準備「綜合測驗」（克漏字）可參考「學習出版公司」最新出版的「7000字克漏字詳解」。

本書特色：

1. 取材自大規模考試，英雄所見略同。
2. 不超出7000字範圍，不會做白工。
3. 每個句子都有文法分析。一目了然。
4. 對錯答案都有明確交待，列出生字，不用查字典。
5. 經過「劉毅英文」同學實際考過，效果極佳。

「文意選填」答題技巧

　　在做「文意選填」的時候，一定要冷靜。你要記住，一個空格一個答案，如果你不知道該選哪個才好，不妨先把詞性正確的選項挑出來，如介詞後面一定是名詞，選項裡面只有兩個名詞，再用刪去法，把不可能的選項刪掉。也要特別注意時間的掌控，已經用過的選項就劃掉，以免重複考慮，浪費時間。

準備「文意選填」，可參考「學習出版公司」最新出版的「7000字文意選填詳解」。

特色與「7000字克漏字詳解」相同，不超出7000字的範圍，有詳細解答。

「閱讀測驗」的答題祕訣

① 尋找關鍵字——整篇文章中，最重要就是第一句和最後一句，第一句稱為主題句，最後一句稱為結尾句。每段的第一句和最後一句，第二重要，是該段落的主題句和結尾句。從「主題句」和「結尾句」中，找出相同的關鍵字，就是文章的重點。因為美國人從小被訓練，寫作文要注重主題句，他們給學生一個題目後，要求主題句和結尾句都必須有關鍵字。

② 先看題目、劃線、找出答案、標題號——考試的時候，先把閱讀測驗題目瀏覽一遍，在文章中掃瞄和題幹中相同的關鍵字，把和題目相關的句子，用線畫起來，便可一目了然。通常一句話只會考一題，你畫了線以後，再標上題號，接下來，你找其他題目的答案，就會更快了。

③ 碰到難的單字不要害怕，往往在文章的其他地方，會出現同義字，因為寫文章的人不喜歡重覆，所以才會有難的單字。

④ 如果閱測內容已經知道，像時事等，你就可以直接做答了。

準備「閱讀測驗」，可參考「學習出版公司」最新出版的「7000字閱讀測驗詳解」，本書不超出7000字範圍，每個句子都有文法分析，對錯答案都有明確交待，單字註明級數，不需要再查字典。

「中翻英」如何準備

可參考劉毅老師的「英文翻譯句型講座實況DVD」，以及「文法句型180」和「翻譯句型800」。考前不停地練習中翻英，翻完之後，要給外籍老師改。翻譯題做得越多，越熟練。

「英文作文」怎樣寫才能得高分？

① 字體要寫整齊，最好是印刷體，工工整整，不要塗改。

② 文章不可離題，尤其是每段的第一句和最後一句，最好要有題目所說的關鍵字。

③ 不要全部用簡單句，句子最好要有各種變化，單句、複句、合句、形容詞片語、分詞構句等，混合使用。

④ 不要忘記多使用轉承語，像 *at present*（現在），*generally speaking*（一般說來），*in other words*（換句話說），*in particular*（特別地），*all in all*（總而言之）等。

⑤ 拿到考題，最好先寫作文，很多同學考試時，作文來不及寫，吃虧很大。但是，如果看到作文題目不會寫，就先寫測驗題，這個時候，可將題目中作文可使用的單字、成語圈起來，寫作文時就有東西寫了。但千萬記住，絕對不可以抄考卷中的句子，一旦被發現，就會以零分計算。

⑥ 試卷有規定標題，就要寫標題。記住，每段一開始，要內縮5或7個字母。

⑦ 可多引用諺語或名言，並注意標點符號的使用。文章中有各種標點符號，會使文章變得更美。

⑧ 整體的美觀也很重要，段落的最後一行字數不能太少，也不能太多。段落的字數要平均分配，不能第一段只有一、兩句，第二段一大堆。第一段可以比第二段少一點。

準備「英文作文」，可參考「學習出版公司」出版的：

英文字源入門
WORD POWER

書 + MP3 一片 售價：280 元

編　　著 / 謝 靜 慧
發 行　所 / 學習出版有限公司　　☎ (02) 2704-5525
郵 撥 帳 號 / 05127272 學習出版社帳戶
登　記　證 / 局版台業 *2179* 號
印　刷　所 / 裕強彩色印刷有限公司
台 北 門 市 / 台北市許昌街 10 號 2F　　☎ (02) 2331-4060
台灣總經銷 / 紅螞蟻圖書有限公司　　☎ (02) 2795-3656
本公司網址 / www.learnbook.com.tw
電 子 郵 件 / learnbook@learnbook.com.tw

2019 年 11 月 1 日新修訂

ISBN 978-986-231-009-0